文春文庫

舫《もやい》鬼九郎

高橋克彦

文藝春秋

目次

単行本　一九九二年五月　実業之日本社刊
一次文庫　一九九六年二月　新潮文庫
DTP制作　言語社

舫《もやい》　鬼九郎《おにくろう》

緋《ひ》炎《えん》

1

親父橋《おやじばし》のたもとの浅瀬にその女の死体は投げ捨てられてあった。

寛永二十年二月の初旬。牡丹雪《ぼたんゆき》の激しく降り頻《しき》る朝のことだった。

親父橋は日本橋方面から吉原へと通じる細道の堀《ほり》に架かった小さな橋である。親父橋とは奇妙な名だが、それは吉原の生みの親、庄司甚右衛門《しょうじじんえもん》に由来している。官許による公娼街《こうしょうがい》吉原が誕生したのは元和《げんな》の中頃《なかごろ》、寛永二十年の今よりおよそ二十五年ほど前のことだが、それまで江戸市中に散らばっていた遊廓《ゆうかく》を一つに取り纏《まと》め、幕府に願い出て吉原という新天地を作り上げたのが甚右衛門であった。甚右衛門は皆から親父と慕われ、永い間、吉原の総纏めをしていた。その関《かか》わりで新しく架けられた橋が、いつしか親父橋と呼ばれるようになったのである。逆に言うと吉原通いの客か遊里に暮らす者たちしか滅多に利用しない橋でもあった。昼から夕べにかけては遊び客の賑《にぎ》わいもあるが、それ以外はほとんど人通りがない。その上、夜明け前から降りはじめた雪が死体の発見を遅らせた。急を聞いて駆け付けた役人の見立てによると、捨てられたのは昨夜のことらしかった。当然、吉原の大門が閉ざされてからのことであろう。

大雪にもかかわらず死体が見付かって四半刻《しはんとき》（三十分）も経《た》たぬうち、橋の上や堀端には噂《うわさ》を耳にした多くの野次馬が詰め掛けていた。近くには吉原への客を当て込んだ人形操りや女狂言の芝居小屋も軒を連ねている。もともと物見高い連中の多い一画だった。

しかも、ただの殺人ではなかった。

女は全裸の上に無残にも細い首を切り落とされていたのである。いかに色絡《いろがら》みの喧嘩《けんか》が絶えない花街でも、さすがにこれほどの事件は珍しい。

女の体にはすでに筵《むしろ》が掛けられている。

だが、橋の上からは筵より食《は》み出た白い足がはっきりと見てとれた。女の肌《はだ》は雪に負けぬ白さだった。

「吉原の女《なか》たぁ違う。どこの店にも姿をくらました女はいねえそうだ」

役人が駆け付ける前から橋の上に陣取っていた若者が数を増す野次馬連中に得々として言い立てた。年齢《とし》は肝腎《かんじん》の首がないので当て推量になるが、崩れていない乳の形から思うに、せいぜい十七ぐらいだろうと、若者は声を張り上げた。腰の細さや肌の輝きから見ても、生きてる時分にゃさぞかし何人もの男を迷わした美《い》い女だったに違いない。指が華奢《きやしや》なとこも重ねれば、どこかのお大名のお抱えってことも考えられる。働いてねえ指さ。若者の推測に野次馬たちは溜《た》め息《いき》を吐《つ》いた。

上司らしい役人が到着した。

また新たな調べが行なわれる。

見守る男たちの目が期待に輝いた。

筵が乱暴に剝《は》がされた。

野次馬たちから呻《うめ》きが上がった。

若者の言葉通り女は申し分のない体をしていた。乳首がぴんと立っている。確かに若い。血はすべて川に洗い流されたらしく、首のないことを除けば不気味さも感じられない。むしろ男の気をそそる体だ。何人かは反対側の堀端に急いだ。女の足はそちら側に向かって大きく広げられていたのである。

だが——

役人が女の体を抱えて反転させた時、野次馬たちは青ざめた。蹲《うずくま》って吐く者もあった。女の背中の皮が肩の下から尻《しり》にかけて大きく剝がされていたのである。しかも、よほど乱暴に剝ぎ取ったものらしく、血にまみれた背中には白い背骨が何本か見えていた。

「酷《ひで》えことしやがる」

若者は吐き気を堪《こら》えながら呟《つぶや》いた。まるで雪に赤い花が咲いたようだが、無残な花だ。

役人が小者に女の足を開かせた。広げた女陰《ほと》に躊躇《ちゆうちよ》なく二本の指を差し入れた。残っている体温と乱暴の痕跡《こんせき》を調べるための方法である。橋の上の女たちは目を背《そむ》けた。自分がその女であったならと想像したのだろう。

役人は引き抜いた指を鼻に当てて男の淫水《いんすい》の匂《にお》いを嗅《か》いだ。やがて首を横に振った。

乱暴されてはいなかったらしい。

「ったく……狂ってるぜ」

眺《なが》めていた若者はまた口にして、その視線を堀端の野次馬たちに注いだ。

〈ん……?〉

ほとんど刻をおなじくして、そそくさと人混《ひとご》みから抜け出ようとしている男たちが目についた。右手に抜け出たのは頭巾《ずきん》で顔を隠した二人。傘《かさ》を持つ一人は人並み外れた巨漢だった。連れの男の頭が巨漢の肩より下にある。それで特に目についたのだ。一方、左手に出たのは背こそ高いものの華奢な物腰の侍だった。赤い深編笠《ふかあみがさ》が雪の白さに映えている。

ただの野次馬とは思えなかった。右手に抜け出た二人の腰にも長い刀が落とされている。吉原で夜遊びする侍は滅多に居ない。着流しだから近隣の屋敷の者でもないはずだ。勘に過ぎないが、若者には彼らが今度の事件となにか関わりがあるように思えた。

〈どっちにする〉

若者は一瞬悩んで相手を赤い深編笠の男に定めた。相手が一人という理由ばかりでなく、その派手な身形《みなり》に興味を魅《ひ》かれたのである。半襟《はんえり》だけを赤くした黒い着物の背には銀糸で野晒《のざら》しの髑髏《どくろ》が大きく縫いとられていた。高下駄《たかげた》には娘が用いるような赤鼻緒。

〈それに……〉

あの刀はなんだ?　と若者は訝《いぶか》った。

侍とは思えぬ一本差しである。それも遠目にも分かるほどの長刀だ。あんな刀が人に使いこなせるとは思えない。加えて柄《つか》巻《ま》きは黒と白二本の紐《ひも》で編んである。恐らく奇を衒《てら》った飾り刀であろう。

〈よっぽどの冠気《かぶき》野郎だぜ〉

冠気とは異相異風の者を示す。伊達《だて》者に代わる当世の言い方だが、もみあげを人の倍も長くし、馴染《なじ》みの遊女からの手紙をこよりにしたもので髷《まげ》を結んでいるという自分の派手さを棚《たな》に上げて若者は呆《あき》れた。

〈ああいう野郎がのさばりやがるから……〉

世の中がおかしくなりやがるんだ、と若者は怒りを覚えた。若者は背中に差している竹杖《たけづえ》の重みを確かめた。芯《しん》には鉄を流し込んでいる。若者の得意としている武器だった。どうせ旗本の倅《せがれ》かなにかに違いない。

腕には自信がある。場合によっては痛め付けてやる覚悟で若者は男の後を追った。

堀に沿って歩いていた男は堀留《ほりどめ》町の家並に突き当たると路地を抜けて通旅籠《とおりはたご》町、大伝馬町の通りを渡り、小伝馬町へ入ると牢屋《ろうや》の方へと真っ直《す》ぐ足を向けた。

〈誂《あつら》え向きだ〉

てっきり小伝馬町を右に折れて馬喰《ばくろ》町から浅草橋に向かうと見当をつけていた若者は見込み違いを反対に喜んだ。この界隈《かいわい》は牢屋があるせいもあって人が滅多に近寄らぬ場所だ。喧嘩にはもってこいの空き地や寺がいくらでもある。

先を行く男は牢屋の白壁を左にしてのんびりと歩いていた。若者は一丁ほど離れて尾《つ》けた。雪で足跡を見失うおそれもない。

〈神田にでも抜ける気か〉

牢屋を過ぎれば松並木にぶつかる。それを左に辿《たど》ると神田橋へと繋《つな》がる。右は弥勒《みろく》寺、雲光院、本誓寺と連なる寺町だ。が、案に相違して男は右手に消えた。寺町の裏手には大名の下屋敷が多かったはずだ。若者は舌打ちした。迂闊《うかつ》に足を踏み入れれば怪我《けが》をする。今日のところは屋敷を確かめるだけで諦《あきら》める他はなさそうだ。若者は緊張を緩めた。

が——

少し遅れて角を曲がった若者は目を疑った。男の姿が忽然《こつぜん》と消えていたのである。足跡は道の途中でぷっつりと跡絶《とだ》えていた。若者は走ってその足跡を調べた。信じられなかった。右にも左にも門はない。たとえあったとしても右手の壁までは一間以上も離れている。

宙に消えたとしか思えなかった。

若者は空を見上げた。

驚きで心の臓が飛び出しそうだった。

道に大きく迫《せ》り出した太い松の枝に男が腰を掛けて見下ろしていたのだ。むろん、どんなにしても跳び上がれる高さではなかった。第一、雪に残された足跡には乱れもない。

若者は咄嗟《とっさ》に袂《たもと》から小石を取り出すと男に投げ付けた。いつも用意してある。

男は礫《つぶて》を刀の柄で楽々と弾《はじ》いた。

「てめえ、なにもんだ！」

竹杖を構えて若者は叫んだ。と言ってもこの位置では勝負にもならない。

「幕府の犬ではないようだ」

男は若者の風体を眺めて笑った。

「降りてきやがれ！」

若者はなおも挑発《ちょうはつ》した。

「望みとあらば……」

男は裾《すそ》を翻《ひるがえ》してふわりと大地に立った。枝が揺れて雪を舞わせた。

「なんの意趣があって俺《おれ》の後を尾けた？」

男は編笠の奥から若者を睨《にら》み付けた。

「返答によっては許さぬ」

「生憎《あいにく》とそいつぁこっちのセリフだぜ」

若者は竹杖の間合いを計りながら言った。

「あの殺しと、てめえの関わりが聞きてぇ」

「うぬとの関わりは？」

男は赤い笠をぐいと上げて質《ただ》した。

鷹《たか》のように鋭い目をした男だった。

「なきゃあ余計な詮索《せんさく》だってのか」

若者は嘲笑《あざわら》うといきなり男に踏み込んだ。男は若者の手筋を読んでいたらしくあっさりと躱《かわ》して足を掛けた。踏み込みの鋭さがかえって仇《あだ》となった。若者は不様に転げた。が、立ち上がりざま水平に竹杖を払った。今度こそ納得のいく振りだった。しかし男はそれもわずかに後退しただけで避けた。重い杖が災いして重心を崩した若者は前につんのめった。頭から雪溜まりに突っ込んだ。

「くそっ」

全身が熱くなった。若者は罵声《ばせい》を浴びせながら竹杖を闇雲《やみくも》に振り回した。ひょいひょいと、男は若者の振りを逃れる。若者の息が激しくなった。腕が鉛のように重い。

「鉄でも仕込んでいると見える」

音を聞き分けて男は苦笑した。

「その腕で俺は倒せぬ。無駄《むだ》だ」

男は面倒くさそうに懐《ふところ》ろから短筒を取り出した。若者はぎょっとして引き下がった。見るのははじめてだが、もちろん知っている。

男は若者の胸に銃口を向けた。不思議な銃だった。二つの銃口が見える。それに小さい。

「南蛮でも珍しいものだ。火縄《ひなわ》を使わず、同時に二発撃てる。必ず死ぬぞ。うぬごときに用いては弾が勿体《もったい》ないが、まだ人に試してみたことがないのでな」

男は笑顔を絶やさず指に力を入れた。若者はさすがに身を縮めた。

「うぬの名はなんと言う？」

男は銃口を顔に定めて促した。

「幡随院《ばんずいいん》の長兵衛《ちょうべえ》だ」

覚悟を決めて若者は応じた。たいがいの相手はこう名乗ると顔色が変わる。

「橋の上でうるさく騒いでいた男だろう。なにを生業《なりわい》としている？」

男は長兵衛と聞いても眉《まゆ》一つ動かさない。

「こちとら侠気《おとこぎ》を売る身だ。仕事は持たねえ」

必死に隙《すき》を探りながら長兵衛は叫んだ。

「今一度訊《たず》ねる。うぬと殺された女との関わりは？」

「知らねえ。顔でもくっついてりゃ、あるいは見知った女ってこともあるだろうが」

「なぜ俺を追った？」

「てめえの態度が気に入らなかったからよ」

「ほう。どんな風に？」

「なんとなくだ。てめえばかりじゃねえ。他の二人も追おうとしたが、こっちの体は一つだ。それでてめえに決めただけさ」

「他の二人？」

「頭巾で顔を隠していた二人だ。目が笑っていやがった。あっちにすりゃよかったぜ」

「なるほど。ず抜けて大きな男がいたな」

男も頷《うなず》いて、

「俺を選んだことを仏に感謝するがいい。あっちなら今頃殺されていたかも知れんぞ」

短筒を懐ろに収めた。

長兵衛は呆気《あっけ》に取られた。

「俺は殺しと関わりがない。むしろうぬと同様に殺した相手を捜したいと思っておる身だ」

それだけ言うと男は長兵衛に背を向けた。

どこにも隙は見当たらなかった。

「名前を……聞かせちゃ貰《もら》えねえかね」

竹杖を背中に戻して長兵衛は言った。

「天竺《てんじく》……徳兵衛」

男は振り向くと笠を上げて名乗った。

そうして足速に弥勒寺の境内に消えた。

「けっ」

長兵衛は唾《つば》を吐いた。

天竺とは、人を小馬鹿《こばか》にした名であった。

〈こうなりゃ、意地でも殺しの下手人をおいらが突き止めにゃあなるめえ〉

長兵衛は自分に言い聞かせた。

2

「天竺徳兵衛ねぇ」

その日の夕刻。長兵衛から経緯を聞いて権兵衛《ごんべえ》は首を捻《ひね》った。通称唐犬《とうけん》権兵衛。まだ十八の若さだが裏の世界では長兵衛とともに名の知れ渡っている男だった。大きく剃《そ》り上げた額と、その真ん中を走る二本の深い爪痕《つめあと》がこの男の特徴である。傷は熊《くま》ほどに巨大な洋犬によってつけられたものだ。簡単に言うと人と犬との喧嘩《けんか》に過ぎないが、権兵衛はその犬を捩《ね》じ伏せて喉《のど》を嚙《か》み千切った。それで唐犬という呼び名が広まった。

「おめえも知らねえとこを見ると、江戸者じゃねえな。あの派手な身形だ。いやでも目につく。大坂辺りから下ってきたか」

長兵衛は下唇《したくちびる》を嚙み締めた。

「にしても、兄ぃに手を焼かすたぁ、大した野郎だ。旗本奴《やっこ》でさえ兄ぃの名を耳にすりゃ尻尾《しっぽ》を巻いて逃げ出すってご時世なのに」

幡随院長兵衛。当年とって二十一。まさに売り出し中の男であった。まだ一家こそ構えていないが、世間からはあと十年もしないうちに江戸の男伊達すべてがこの長兵衛の下に纏まるとさえ目されている男なのである。いかに短筒を突き付けられようと恐れる長兵衛ではない。それが身を引いたからには相当な手だれに違いない。権兵衛は腕を組んだ。

「恐ろしく身の軽い野郎だ。どうやってあの松に取り付いたか……夜盗かも知れねえな。大方、縄でも道具にしたんだろう」

長兵衛は杯の酒を一気に飲み干した。吉原の馴染《なじ》みの店だが、女は遠ざけてある。

「女の身許《みもと》についちゃ、どうだ？」

長兵衛は権兵衛に質した。

「それもさっぱりで。恐らく素人《しろうと》じゃあるめえと睨んでいるらしいですぜ。役人どもは昼から見世物小屋を当たっておりやす」

「あの体は生娘《きむすめ》だ」

長兵衛は首を横に振った。

「じゃあ、背中の皮を剥《は》いだのは？」

逆に権兵衛が訊ねた。

「入墨《すみ》でも背負ってたと言うのか」

権兵衛の頷きに長兵衛は笑った。

「しかしそれ以外になにが考えられやす？」

「………」

「首を切り落としたのは女の身許を隠すために違いねえ。としたら背中にも直ぐにそれと分かる目印があったと見るのが道理ってもんでさあね。大きな痣《あざ》ってこともあるが、入墨と考える方が早え。女に入墨は珍しいが、両国辺りにゃ何人かおりやしょう」

「そこまでして隠すにしちゃあ、場所がちょいと賑《にぎ》やか過ぎやしねえか」

長兵衛は遮《さえぎ》った。

「ここは浅草界隈《かいわい》と並んで人の目が集まるとこなんだぜ。本気で隠すつもりなら本所辺りまで出張って藪《やぶ》にでも捨てりゃよかろうってもんじゃねえか」

「なるほど。こいつは妙だ」

権兵衛もポンと膝《ひざ》を叩《たた》いた。

「皮を剝いだのは、なにかの見せしめか、下手人の好みに違いねえ。それとも俺たちにゃ見当もつかねえような理由《わけ》があるのさ。入墨なんぞは関《かか》わりねえよ。町方もご苦労なこった。小屋の女となりゃ、入れ替わりも激しい。何十日かけたところで無駄足にならあ」

「兄ぃは女の素性をどう睨んでいるんで？」

「死体はどこに運ばれた？」

「昼までは堀留町の番屋が預かっていたと思いやすが」

「月番に見知りの者はいねえか？」

番屋に詰める顔ぶれは月ごとに変わる。吉原ならともかく、堀留町となると長兵衛にも知り合いは少ない。

「兄ぃならだれでも承知ですぜ」

「番屋にゃ定廻《じょうまわ》りや手先の目が光っているはずだ。迂闊に顔を出しゃ藪蛇《やぶへび》になる。見当外れをやらかす連中だ。こっちに矛先《ほこさき》が向く」

権兵衛は大きく頷いた。

「面倒だろうが、直ぐにでも当たってみてくれ。つてが見付かったらそいつをここに連れてきて貰いてえ。酒の肴《さかな》に話が聞きてえだけだと思わせりゃ定廻りにまで届きやしねえさ」

「なんとか当たってみます」

権兵衛は張り切って部屋を飛び出た。

半刻《はんとき》（一時間）も待たずに権兵衛は一人の男を伴ってふたたび姿を見せた。

「なんだ。新吉じゃねえか」

長兵衛は笑顔で手招きした。都合のいい男が月番に当たっていたものだ。新吉は長兵衛が日頃《ひごろ》面倒を見ている男の一人だった。

「月番じゃねえんですがね」

権兵衛が口にした。

「ことがことだけに駆り出されたそうで。仕事もしねえでぶらぶらしてやがるからでさ」

「ずうっと番屋に居たのか？」

へえ、と長兵衛の杯を受けながら新吉は応じた。まだ十六の若者だった。本職は大工だったが、売られた喧嘩で腕の筋を切って以来、雑用しか任せられなくなり、今は女狂言の小屋に顔を出してなにがしかにありついている。

「定廻りは確か横山の旦那《だんな》だったな」

女の女陰《ほと》に指を突っ込んだ同心である。横いたち、と仇名《あだな》される腕利《うでき》きだった。吉原の女たちにはすこぶる評判が悪い。

「入墨の女を捜してるって噂《うわさ》だが……」

長兵衛の言葉に新吉は頷いた。

「横いたちともあろう男がとんだ眼鏡違《ちげ》えだぜ。遠目に見たきりだがあの女は素人だ。入墨を入れるような女じゃねえさ」

「ところが、そうでもないらしいんで」

新吉は辺りを気にして小声になった。

「入墨もただのもんじゃなかろうと」

「ただのもんじゃねえ？」

「こいつは、あっしの口から出たと人に言わねえで下さい」

新吉の目が落ち着かなくなった。

「横山の旦那は、ひょっとして隠れキリシタンじゃねえかと睨んでいるようで」

長兵衛と権兵衛は顔を見合わせた。

「どこをおせばそういう話になる？」

長兵衛の目が険しくなった。天主教を信仰する者たちが島原で兵を挙げて制圧されたのは、わずか五年前、寛永十五年のことだ。世に言う島原の乱である。首謀者の益田《ますだ》（天草）四郎は討ち死にし、乱は平定されたと言うものの、すべてのキリシタンが撲滅されたわけではない。島原から大坂、京、江戸へと逃れた者たちも無数に居るはずである。その意味では隠れキリシタンの存在も格別奇妙とは言えないのだが……。

「死骸《しがい》の背中の肉の中から……」

新吉は少しの躊躇《ちゆうちよ》の末に、

「南蛮の仏を刻んだ銀のかんざしが見付かったんでさ」

「そいつぁ確かか！」

長兵衛は唸《うな》った。

「あっしもこの目で見届けました」

「……」

「もしかして女の背中にゃ南蛮の仏でも彫り込まれていたんじゃ？　横山の旦那のお見立てはそういうことでござんした。そんな危ねえものなら剝ぎ取ってもおかしかぁねえ」

「だとしたら途方もねえことだ」

長兵衛は疑いながらも朝に出会った天竺徳兵衛を頭に思い浮かべた。天竺と名乗ったからには、無論、南蛮と繋《つな》がりがある。それにあの短筒だ。ちょっとやそっとで手に入れられる代物《しろもの》ではなかった。島原の残党と考えれば江戸に馴染みがなくて当たり前だ。

「しかし……なんだってかんざしが肉の中に」

権兵衛は戸惑っていた。

「キリシタンの連中にゃそういうしきたりでもあるのかも知れん」

長兵衛が言うと新吉も頷いた。

「厄介《やっかい》なことになりやがった」

長兵衛は襟首《えりくび》をぼりぼりと掻《か》いた。

「相手が隠れキリシタンとなりゃ迂闊《うかつ》に関わるわけにもいかねえな。下手すりゃこっちまで巻き添えだ。こいつはしばらく様子を見るのが利口ってもんだ」

「兄ぃがなにか今度の一件に?」

新吉が不審な目をした。

「小遣いだ。今後も頼むぜ」

長兵衛は新吉に金を手渡して話を切り上げた。新吉は礼を言って立ち上がった。

「そう言や、首の切り口はどうだった?」

新吉の背に長兵衛が重ねた。

「すっぱりと一太刀で。よほど腕の立つ野郎の仕業だろうと……」

「にしちゃ背中の傷は酷《ひど》かった。どうにも解《げ》せねえことだらけだな」

顎《あご》で新吉を促した長兵衛の目は暗かった。

〈そうか！〉

長兵衛は突然に思い至った。

〈あのでっけえ野郎は相撲取りかもな〉

相撲取りなら大名お抱えで刀を許されている。腰の動きを止めると急速に長兵衛の一物は萎《な》えた。

「どうしたのさ」

上に乗ってよがり声を上げていた玉垣《たまがき》は目を開けて乱暴に腰を揺すった。長兵衛の一物は湿った音をさせて玉垣から外れた。

「すまねえ。ちょいと考えごとだ」

長兵衛は玉垣を下ろすと煙草《たばこ》盆に手を伸ばした。玉垣は長兵衛の髷《まげ》を引いた。もう半年以上も馴染んだ仲だ。遠慮はない。

「半分もいかしてくれねえで」

玉垣は不満そうに煙草に火をつけると長兵衛に渡した。その目は笑っていた。

「店に相撲取りは来るか？」

「いくらも来るよ」

「この店ならどうせ名の知れねえ野郎ばかりだろうが……どんなやつが上がる？」

「寝た相手を聞きたいのかえ」

「人並み外れてでっけえ野郎だ」

どっちが、と笑って玉垣は長兵衛に抱きつくと一物を捻り上げた。

「遊びで訊《き》いてるんじゃねえぜ」

長兵衛はうるさそうに腕を払った。

玉垣も真面目《まじめ》な顔をして向き合った。

「死んだ鬼勝象之助《おにかつぞうのすけ》よりもかい？」

玉垣は背丈のほどを質《ただ》した。紀州藩のお抱えで二年前に亡《な》くなった鬼勝象之助は雲をつく大男として評判を得ていた力士であった。

「いかにも。あいつぐらいはありそうだった」

「そんな相撲取りはもういないわさ」

玉垣は何人かの力士の名を挙げた。言われた力士の体付きを頭に描きながら長兵衛は朝に見た巨漢の記憶と重ねた。どうにもしっくりと来ない。頭巾《ずきん》に隠されて、長兵衛は目しか見ていないが、玉垣の挙げた連中はいずれも若過ぎるような気がした。勘だが四十は超えていたはずだ。

〈ってと、辞めた相撲取りか？〉

長兵衛の頭に一人の名が浮かんだ。

〈まさか！〉

思って直ぐに長兵衛は苦笑いした。歳《とし》や背格好は似ていても、あの男がまさか殺しに関わり合っているとは信じられない。第一、風の噂では四、五年前に長崎で死んだと……。

〈長崎だぁ？〉

それなら島原と目と鼻の場所である。乱のあったのは五年前。偶然が重なり過ぎている。長兵衛の背筋に寒気が走った。

〈冗談じゃねえぞ〉

長兵衛は目を瞑《つぶ》って巨漢を頭に描いた。

〈似ている〉

長兵衛がその相撲取りを見たのは、かれこれ十年も昔のことだった。それでも小山のような体付きに似合わぬ優しい黒目が今でも頭から離れない。それは別に長兵衛に限ったことではなく、江戸のだれもが覚えていることだ。日下《ひのした》開山と称《たた》えられ、江戸相撲ではじめて横綱を授けられた大力士、明石《あかし》志賀之助。まさしく日本一の男なのである。

〈いくらなんでもなぁ〉

やはり信じられない。と言うより、長兵衛には信じたくない気持の方が強かった。

〈だが……もし、そうなら〉

必ず室町の浮世《うきよ》小路《こうじ》に住まいする夢の市郎兵衛のところに出入りしているはずである。二人が義兄弟の杯を交わしているのを知らない江戸っ子はいなかった。

〈ますます面倒になりやがった〉

夢の市郎兵衛は裏の世界を支配している男だった。長兵衛とて一匹狼《いっぴきおおかみ》と自慢していても、市郎兵衛に逆らわずにいるから首が無事に繋がっているだけだ。

〈どっちにしても身が保《も》たねえや〉

キリシタンの残党と夢の市郎兵衛相手ではいくらなんでも勝負にならない。長兵衛はゾクッと襟を搔き合わせた。

3

それから四日が過ぎた夕まぐれ。

長兵衛は小舟町の船宿の二階に居た。障子を開けると堀《ほり》が見下ろせる。堀は真っ直ぐ浮世小路まで伸びて突き当たる。夢の市郎兵衛の動きを知るには絶好の場所だった。市郎兵衛はこの堀を利用して吉原や両国に出向く。

〈俺《おれ》も物好きなもんだな〉

舟を漕《こ》ぐ音がするたびにそっと窓に近付く自分に長兵衛は苦笑いした。これで三日もこの部屋に居続けである。いったんは諦《あきら》めたものの、どうしても胸に浮かんだ疑惑を確かめずにはいられなかった。しかし、この界隈《かいわい》は市郎兵衛の膝元《ひざもと》だ。船宿とてもちろん市郎兵衛の息がかかっている。そこで長兵衛は権兵衛に頼んで二人の女を昼と夜入れ替わりに手配するよう言い付けた。そうすれば居続けも不自然ではなくなる。船宿で頼んでもいいのだが、それには金がかかるし、本気で女を抱かねばならない。それに舟の音がしても女との最中ではどうしようもない。

〈そろそろか〉

女がやってくる時分だった。

窓際《まどぎわ》に胡座《あぐら》をかいて煙草を喫《す》っていると舟の音がした。またか、と思いながら長兵衛は障子を小さく開けた。その顔が即座に変わった。この寒さにもかかわらず浮世小路の舟溜《ふなだ》まりに十人近い男たちが顔を揃《そろ》えていた。だれかの出迎えに違いない。長兵衛は立ち上がると舟を捜した。真下を通り過ぎたのはただの釣《つ》り舟だった。まだ到着していないらしい。

長兵衛は足速に階段を下りた。

「ちょいと出掛けてくらあ。女が来る。上がって待つように言っといてくれ」

宿の者に伝えて長兵衛は外に出た。この暗さでは顔の見分けがつかない。

長兵衛は路地に身を隠して舟溜まりを見張った。長兵衛の勘は当たっていた。男たちの中には、なんと市郎兵衛の顔があったのだ。よほどの客と睨《にら》んでいい。

しばらく待つと舟が姿を現わした。若い者たちが襟を正して舟溜まりの前に並んだ。

舟はゆっくりと停止した。

屋形から頭巾を被《かぶ》った二人が出てきた。

〈この前のやつらだ！〉

長兵衛は小躍りしたい気分だった。となればあの巨漢はやはり明石志賀之助ということになる。長兵衛は舌打ちした。

〈ここらが汐時《しおどき》か……〉

考えが当たっていただけで満足しなければならない。これ以上深入りすればどうなるか知らない長兵衛ではなかった。

だが……。

〈もうちょい、もうちょいだけだ〉

長兵衛に巣くう物好きの虫が許さなかった。せめて明石志賀之助の隠れ家だけでも突き止めようと思った。

長兵衛が船宿に戻ると女が待っていた。長兵衛は女を布団《ふとん》に誘った。意外な顔をしながらも女は素直に従った。昨夜までは形だけのものだったのである。先に布団に入った長兵衛は女を乱暴に扱った。市郎兵衛の見張りも今夜で終《しま》いとなる。抑えていた欲望に火がついた。長兵衛は女の尻《しり》を高々と抱えると指で女陰を広げて一気に突き立てた。女は身悶《みもだ》えた。権兵衛の捜した女であるからには素人《しろうと》ではない。だが女陰の締まりは娘のそれだった。

女を先に帰して長兵衛は待った。明石志賀之助と思《おぼ》しき男が市郎兵衛の住まいを訪ねて、かれこれ一刻《とき》(二時間)にもなる。声がするごとに長兵衛は障子の隙間《すきま》から覗《のぞ》いた。

〈………?〉

長兵衛の目は怪しげな舟影を捕らえた。だいぶ前から堀に浮かんでいるのだが、見ようによっては明石志賀之助たちの乗ってきた舟を見張っているように思える。屋根の下に明りはない。だが少し開けられた障子は舟溜まりに向けられていた。舟の暗がりの中には人の気配も感じられた。

〈まさか町方ってこともあるまい〉

市郎兵衛にちょっかいを出すほどの度胸を持った町方が居るとは思えなかった。市郎兵衛は五百を超す子分どもを従えている。

長兵衛の興味はその舟に注がれた。こちらも明りを消して舟を見守る。しばらくすると障子の隙間が大きくなった。男のものらしい影が見えた。月明りがその隙間を照らした。長兵衛は思わず声を上げるところだった。舟の中の男は般若《はんにゃ》の面を被っていたのである。

〈どうなっていやがる〉

長兵衛の肩が震えた。恐れよりも武者震いだ。長兵衛は竹杖《たけづえ》を摑《つか》むと部屋を出た。のんびりと構えていられなくなったのだ。

長兵衛が宿を出たのと舟溜まりに賑《にぎ》やかな声がしたのは同時だった。

反射的に長兵衛は般若面の男の舟を見やった。いつの間にか船頭が竿《さお》を握っている。

舟溜まりでは市郎兵衛に見送られて明石志賀之助たちが舟に乗り込んだ。

〈こうなりゃ地獄までも行ってみせるぜ〉

長兵衛は江戸橋へと先回りした。堀の出口はその橋近くだ。あそこで見張っていれば舟がどこに向かうか見当がつく。海にでも出ない限り川端をどこまでも追えるはずだ。

長兵衛は駆け続けた。

4

舟は大川を遡《さかのぼ》り両国橋さえ過ぎて浅草へと向かった。浅草観音にほど近い駒形《こまがた》堂の川《かわ》縁《べり》でようやく舫《もや》ったのを見届けると長兵衛は安堵《あんど》の息を吐《つ》いた。小舟町からここまで一里半は楽にある。その道をほとんど駆け通しだった。さすがに息が上がっている。

〈般若野郎もくっついていやがる〉

そちらも志賀之助たちの舟が岸についたのを知ってか、下流の土手に舟を寄せていた。大事を取って長兵衛は般若面の後を尾《つ》けることにした。間に挟《はさ》まっては危ない。

〈こっちも二人か〉

般若面の他に、もう一人が舟から下りた。

〈なんだ、あいつらは？〉

黒装束に覆面という姿を眺《なが》めて長兵衛は薄気味悪さを覚えた。得体の知れない連中ばかりがごろごろしている。

〈いくつ命があっても足りねえな〉

話が通じる連中とは思えなかった。


人気の跡絶《とだ》えた浅草観音に通じる道を長兵衛は追った。前には般若面、その先を明石志賀之助たちが歩いている。

明石志賀之助たちは雷門を潜《くぐ》って境内へ足を踏み入れた。少し遅れて般若面たちが続く。

〈おっ〉

長兵衛の足が止まった。

般若面を狙《ねら》うように雷門の陰から七、八人の男たちが現われたのである。

〈なるほど、知っていやがったのか〉

市郎兵衛の手の者と長兵衛は見た。町中ではうるさくなるのでここまで誘ったのだ。知られるのも当たり前だ。この自分にさえ気付かれるほどの監視であった。

長兵衛は足音を忍ばせて走った。

境内に入ると、すでに般若面たちは刀を抜いた男たちに取り囲まれていた。長兵衛は物陰に潜んで様子を窺《うかが》った。

般若面は連れの男に先を促すと刀を抜いた。

「そうはさせるか！」

二人の男たちが追った。般若面は素早く回り込んで二人の前に立ち塞《ふさ》がった。男たちが刀を振り上げて般若面を襲った。二人の間を般若面は擦り抜けた。刀の触れ合う音は聞こえなかった。が、二人はどうっと地面に転がった。悲鳴はその後に発せられた。二人は瞬時にして腕を切り落とされていたのだ。

残りの者たちに動揺が生まれた。

しかし、敵はただ一人である。数をたのんで男たちはいっせいに飛び掛かった。

般若面は地面を蹴《け》り上げざま先頭の男の首を刎《は》ねると返す刀で二人の腹を払った。あっと言う間に男たちの数は三人に減った。一人が刀を捨てて逃げ出した。般若面は残りの二人の前に血刀を差し出した。

「野郎！」

つられて二人は般若面に立ち向かった。般若面は一人の突きを正面で払い、もう一人の面を両断した。血飛沫《ちしぶき》が噴き出た。返り血を避けるように反転した般若面は恐怖に身動きできなくなっている男を見下ろした。男は尻餅《しりもち》のままじりじり後退した。般若面は低く笑うと男に背を向けた。男は刀を握り直して般若面の背中を襲った。般若面は振り向きもせず刀を後ろに突き立てた。男は腹を貫かれて絶命した。

〈化け物だ……〉

長兵衛は言葉を失った。ほんのわずかの間に般若面は七人を切り捨てていた。

〈にしても……〉

むごい仕打ちだった。あれだけの腕なら殺さずに済ます方法もあったはずだ。まるで殺しを楽しんでいるとしか思えない。

そう感じたのは長兵衛ばかりではなかった。

「無駄《むだ》な殺生《せっしょう》を……」

暗がりの中から般若面に声をかけた者が居る。般若面はぎくっとして振り返った。月明りに姿を見せたのは黒い着流しに総髪の若い浪人だった。梵字《ぼんじ》らしきものを白く染め抜いて紋の代わりとしている。

「貴様もこやつらの片割れか」

隙のない身のこなしを警戒しながら般若面は質《ただ》した。異様に長い柄《つか》が気になった。握り拳《こぶし》で五つはある。これでは柄の長さが邪魔をして刀を自由に動かせないだろう。

「新陰流の名が泣きますよ」

男の言葉に般若面はたじろいだ。

「殺生のための剣ではないでしょう」

「貴様、名はなんと言う」

「そちらから名乗るのが礼儀では？」

男は笑って拒んだ。

「戒名の代わりに訊《たず》ねてみただけだ」

般若面は刀を中段に構えて誘った。

男も仕方なく刀を抜いた。般若面は男の刀身の細さに目を疑った。自分の刀の半分の幅しかない。はじめて目にするものだった。これでは十合もしないうちに折れる。

「痩《や》せ腕には似合いの刀だが……」

般若面は思わず呟《つぶや》いた。とうてい実用の剣には見えなかった。

男は気にもせずに身構えた。おなじ構えに般若面は困惑した。

「どこでその剣を？」

柳生《やぎゆう》新陰流であった。

男は一歩踏み込んできた。般若面は余裕を持ってその刀を払った……はずだったが般若面の刀は虚《むな》しく空を切った。男の刀は目にもとまらぬ速さで上段に戻っていた。慌《あわ》てて般若面は後ろに逃れた。充分に間合いを取ったつもりなのに男の刀はぐうんと伸びてきた。長い柄の尻を片手で握っているのだ。奇襲と言っていい。般若面は動転した。カツッと面に衝撃を覚えた。般若の面は二つに割れた。

〈はじめからこれが狙いか！〉

頭を断ち割ることもできたはずだった。

〈この若さでこれほどの腕とは……〉

体勢を立て直しながら般若面は唸《うな》った。と言っても肝腎の般若の面は落ちている。

月明りに隻眼《せきがん》のその顔がはっきりと現われた。しかと見定めて男は頷《うなず》いた。

「柳生十兵衛《じゅうべえ》さまとお見受けいたす」

言い当てられて十兵衛の額から汗が噴き出た。十兵衛は男を睨《ね》めつけた。

「十兵衛さまともあろうお方が、なにゆえにかような真似《まね》を？」

「貴様とは関《かか》わりのないことだ」

十兵衛は余裕を取り戻して男と対峙《たいじ》した。二度とおなじ手を食らう十兵衛ではない。

「正体を知られた上は覚悟するのだな」

十兵衛の体から殺気が迸《ほとばし》った。

「もう一度訊ねる。貴様の名は？」

間合いを詰めながら十兵衛は質した。

「舫《もやい》九郎……時として鬼九郎とも」

男の目が光った。若者には似合わぬ沈んだ輝きであった。

5

〈柳生十兵衛だと！〉

石燈籠《どうろう》の陰に身を潜めて窺っていた幡随院長兵衛は驚きに危うく声を出すところだった。

将軍家剣術指南役であるとともに幕府の総目付（後の大目付）を務めた柳生但馬守宗矩《たじまのかみむねのり》。その嫡男《ちゃくなん》として十兵衛の名はむしろ父親よりもあまねく江戸に知れ渡っていた。父親は功を重ねて一万石の大名にまでなったと言うのに、跡継ぎである十兵衛は逆にそれを疎《うと》んじるように家を飛び出した。将軍家光と喧嘩《けんか》したとの噂《うわさ》も広まっていた。その上、腕は父親譲り、いや一枚も二枚も上手。将軍の指南役以上の剣であるなら、掛け値なしの日本一。加えて渋みのある顔立ちに隻眼となれば、江戸っ子の好みに適《かな》う極大吉。

その柳生十兵衛が目の前に居る。

長兵衛ならずとも目を疑うところだ。

〈しかし……なんだって？〉

般若の面を被《かぶ》り、無慈悲にも七人もの男をあっさりと斬《き》り捨てたのか。

戸惑いながら長兵衛の体は小さく震えていた。もし見付かれば命はない。腕に多少の覚えはあっても、天下の柳生十兵衛が相手では勝負にもならない。

〈とんでもねえことになりやがった〉

さすがに長兵衛も自分の詮索《せんさく》好きを悔やんだ。可哀相《かわいそう》だが十兵衛とやり合えば、あの若い浪人も殺《や》られるに決まっている。その次はこっちの番だ。般若の面で隠していた正体を知られた以上、許してくれるわけがない。十兵衛ほどの男であれば、すでにこちらの気配を察していると見るのが自然だった。

〈今のうちだ〉

とは思うのだが足がすくんで動かない。と同時に勝負を見届けたい気持も働いていた。

〈にしても……〉

十兵衛と知っても平然としている浪人を見やって長兵衛は首を傾《かし》げた。よほどの自信があるのか、よほどの間抜けかのどっちかだ。

〈勝つ……わけはねえよな〉

確かに面を割って落とした腕だ。だが、さっきは十兵衛に油断があったとしか思えない。その証拠に十兵衛には笑いが浮かんでいる。

〈あたら若ぇ命を〉

さして自分と変わりのない浪人の若さを惜しんで、長兵衛は溜《た》め息《いき》を吐《つ》いた。

もっとも、それは長兵衛の目にそう映っているだけに過ぎなかった。余裕の笑いを見せてはいるものの、当の十兵衛は踏み込む隙《すき》を見付けられず、内心舌を巻いていた。

〈どこのだれから柳生の剣を学んだ?〉

柳生の里や江戸の屋敷に出入りする人間のほとんどを十兵衛は知っている。となれば直伝ではない。だが、これほどまでに教授できる門下と言うと、十兵衛には思い当たらなかった。少なくとも江戸には居ない。

〈そもそも……〉

真に新陰流を学んだ者であれば、その総帥《そうすい》である自分に刃を向けるとは思えない。別の流派を究めた後に新陰流を身に着けたと見るのが正しいであろう。

〈天性の資質だな〉

せいぜい二十歳そこそこと十兵衛は見た。その歳《とし》でこの腕にまで上達するには、習練以外の資質が要求される。道場で竹刀《しない》を振るっているだけでは無理である。自分とて真剣の立ち合いに動じなくなったのは二十五を過ぎた辺りだった。自惚《うぬぼ》れるわけではないが、この柳生十兵衛を敵に回してこの落ち着きようは只者《ただもの》ではない。

舫九郎と名乗った相手は右手だけで握った刀をくるりと返して峰を下にした。

〈この俺《おれ》に峰を用いると言うのか〉

十兵衛は怒りよりも無謀さに呆《あき》れた。

「たいそうな自信だ」

十兵衛は思わず口にした。

「反対ですよ」

九郎は刀を斜めに構えて、

「柳生十兵衛さま、やはり強い。まともに受ければこちらの刀が折れる」

「その細さではな」

十兵衛も納得した。細身の刀の利点は軽さであるが、その分、脆弱《ぜいじゃく》だ。

「と申して遠慮はせぬぞ」

十兵衛は冷たい目で言った。命のやり取りに情けは無用だ。十兵衛の言葉に九郎は頷《うなず》いて前に構えた刀の先を左右に大きく揺らした。これだとどちらから攻め込んでも即座に対応できるだろう。軽い刀ゆえに可能な形だ。普通の刀では重心が動いて手首に負担がかかり、いかに鍛えた筋力でもむずかしい。もちろん新陰流には有り得ない形であった。

「珍しい形だな」

「緋《あか》い炎の動きに因《ちな》んで緋炎《ひえん》」

「緋炎……いかにも」

言って十兵衛は腰の小刀を抜くと逆手で左に掲げた。

九郎の頬《ほお》が微《かす》かに痙攣《けいれん》した。十兵衛の策を見抜いたからだった。十兵衛は先に小刀を投じて九郎の剣を封じるつもりなのだ。

九郎はじりじりと後退した。

薄笑いを見せて十兵衛が一歩前に踏み込んだ瞬間、境内に忙《せわ》しない足音が聞こえた。

「ちっ！」

十兵衛の視線が動いた。が、その足音は敵を追って走った仲間のものだった。

「新たに十人ばかりが」

十兵衛と対峙している九郎を認めて黒装束の男はぎょっとなりながら叫んだ。

「命拾いをしたな」

小刀を鞘《さや》に収めて十兵衛は笑った。

「勝負は預かりとしよう。俺は柳生の屋敷に居る。なんとでもしろ」

十兵衛は黒装束の男を促すと闇《やみ》に駆けた。

躊躇《ちゆうちよ》のない行動であった。

九郎は刀をそのままに見送った。

そこに十人ほどの男たちが駆け付けた。

「てめえ！」

境内に転がっている死体を見て男たちは九郎を取り囲んだ。皆、抜き身を手にしている。ほとんどは無頼の町奴《まちやつこ》と思えたが浪人らしい男の姿も何人か数えられた。

九郎が言葉を発する前に二人の男が斬り込んできた。九郎はするりと身を躱《かわ》した。一人の振るった刀が、もう一人の腿《もも》を裂いた。

「見るがいい」

九郎は刀を青い月明りにかざした。

「こやつではない」

血糊《ちのり》の見えない刀を認めて浪人は皆を引かせると石畳に耳をつけた。十兵衛たちの遠ざかる足音を聞き分けてか、浪人は雷門の方向を指差した。何人かが走りはじめた。

「この者はどうする？」

別の浪人が石畳に屈《かが》んでいる浪人に質した。

「皆と行け。俺が始末をつけておく」

それを聞いて他の男たちも駆け出した。

「私には関係のないことだがな」

九郎は刀を構えた浪人に言った。居残っただけあって、なかなかの使い手だ。

「この場に居合わせた不運と諦《あきら》めろ」

「金で雇われたのなら金で始末をつけてもいいんですよ。無駄な殺し合いはしたくない」

「人をみくびるなよ」

浪人は鋭い太刀を九郎に浴びせた。九郎は軽く横に飛んで逃れた。その九郎に刀が食い付いてくる。九郎は峰で敵の刀を受けると真上に跳躍した。とん、と九郎は敵の背後に着地した。九郎の刀は浪人の首筋に当てられていた。浪人は、まさかという顔で振り向いた。が、間髪を入れず浪人は身を縮めて逃れながら横殴りに刀を振るった。身を引きざま、するすると九郎の腕が伸びた。九郎の刀は浪人の柔らかな首を刺し貫いていた。

血飛沫《ちしぶき》を上げて浪人は石畳に転がった。

九郎は浪人の死体を片手で拝んだ。

「そこの者」

刀を収めた九郎は長兵衛の潜む石燈籠に向けて声を発した。長兵衛の腰の力が抜けた。

「今夜のこと、みだりに口外してはならぬ。特に柳生十兵衛の名は秘しておくのが身のためだ。でなければ首を飛ばされるぞ」

「へ……へえ」

長兵衛は辛《かろ》うじて返答した。

九郎はそれを聞くと長兵衛とは反対の方向にのんびりと歩きはじめた。

「ま、待ってくれ」

長兵衛は石燈籠から姿を現わして叫んだ。

「こちとら、怪しい者じゃねえ。幡随院に住まいする長兵衛ってケチな野郎でさ」

「そうか。おぬしが名高い長兵衛か」

九郎はゆっくりと振り返った。

「今夜の一件の粗筋にゃ興味がねえかね。おいらは最初《はな》っから関わってるんだ」

「聞いてどうなると？」

「どうなるって……あんたさんも今夜から柳生十兵衛に命を狙《ねら》われる身じゃありやせんか」

長兵衛は呆れた顔で言った。

「来れば火の粉を払うだけだ。理由《わけ》を知れば来なくなると言うなら別だが……」

九郎はふたたび歩きはじめた。

「じょ、冗談じゃねえぜ」

長兵衛は九郎に続いて足を早めた。

「見ての通り、大勢の仏が転がってるんだ。ただで済むわけがねえ。町方だって躍起になりやがる。おまけに隠れキリシタン絡《がら》みとあっちゃ――」

「隠れキリシタン……」

九郎の足がぴたりと止まった。

「あの町奴たちとそれがどう繋《つな》がる?」

九郎は厳しい目で長兵衛を睨《にら》んだ。

「そうこなくっちゃ」

長兵衛は大きく首を振った。

「なんにしろ、てえした腕だ。柳生十兵衛と互角でやり合うなんぞは信じられねえ」

「どこまで知っている?」

「そいつが問題さね」

悪びれず長兵衛は笑った。

「打ち明けると、なんにも分からねえ。けど、あの町奴どもがだれの手下かってことぐれえは……浮世小路の夢の市郎兵衛の子分どもだ」

「十兵衛さまを誘った頭巾《ずきん》の男たちは?」

「一人は見当もつかねえが、もう一人の大男は相撲取りの明石志賀之助と睨んでおりやす」

「何年も前に死んだという噂では？」

「それでこっちの詮索の虫も疼《うず》いたってわけでね。明石志賀之助と夢の市郎兵衛とは兄弟分だ。そうと睨んで市郎兵衛の家を張っていたら、狙い通りにあの大男が姿を見せやがった。明石志賀之助じゃねえとしても、いずれ繋がりのある男にゃ違いねえ」

「明日の昼に寛永寺の大仏の前で会おう」

頷《うなず》きながら九郎は長兵衛と約した。

「今夜が浅草寺で明日が寛永寺たぁ乙だ」

長兵衛は笑って承知した。

6

翌日の昼前。

長兵衛は弟分の唐犬権兵衛を伴って上野・寛永寺へと向かった。権兵衛を誘ったのは、もちろん護衛に頼んだわけではない。長兵衛は舫九郎と手を組むと心に決めていた。つまりは互いの顔繋ぎのためであった。

「このくそ寒いって日に、てえした人出だ」

寛永寺黒門の前の茶屋には参拝客がたむろしていた。権兵衛は鼻水を啜《すす》った。

「兄ぃも気が利《き》かねえ。なにも大仏の前でなくったって……不忍《しのばず》のほとりにゃ顔を見られる心配のねえ待合がいくらでもあるってのに」

「向こうが決めたんだ。場所を替えりゃ、それで反古《ほご》になったかも知れねえ」

「けど、物好きな野郎じゃござんせんか。まさか誘い出してバッサリてなことにゃ？」

「そうなりゃその時よ。運がねえだけだ」

「いやだよ。こっちにゃ覚悟がねえ」

「まあ、そういうことにはならねえだろうぜ。この長兵衛の眼鏡に曇りはねえはずだ」

約束にはまだ間があった。長兵衛は権兵衛を門前の茶屋に誘った。寒さで手の指がかじかんでいる。熱い茶で体を温めるのが一番だ。それに……権兵衛は気付いていないらしいが、長兵衛には確かめたいこともあった。

茶屋の前には手炙《てあぶ》りを置いた腰掛けが並べられていた。だが、長兵衛はわざと店の中に入った。明らかに無頼の徒と分かる二人の派手な身形《みなり》を眺《なが》めて客たちは声を潜めた。

「ご参拝、ご苦労さまにございやす」

長兵衛は目の合った男に笑いを見せた。安堵《あんど》が他の客に伝わった。長兵衛は外を広く見渡すことのできる窓の側《そば》に陣取った。

「見覚えはねえか？」

橋を渡ってくる一人の女を顎《あご》で示して長兵衛は権兵衛に訊《たず》ねた。黒い頭巾で顔を半分隠しているが素人《しろうと》女ではない。

「そう言や、どっかで……」

権兵衛も頷いた。目許《めもと》だけでも並外れた美形と分かる。権兵衛は頭から腰へと目を動かした。ふるいつきたくなる柳腰だ。

「駄目《だめ》だ。どうしても思い出せねえ」

権兵衛は苛立《いらだ》った。

「あんな女なら忘れっこねえんだが」

「おいらもよ」

長兵衛にはそれが不思議だった。

「昔、吉原に居《なか》た女とか？」

「それじゃ、ますます忘れやしねえさ。素人にゃ見えねえが寝たことはねえな」

長兵衛は断言した。第一、あれほどの女と馴染《なじ》みになれば手放すわけがない。

「あの女がどうかしたんで？」

「ずうっと尾《つ》けてきやがった」

「おいらたちをですかい？」

「それでこの店に入《へえ》った。そいつに間違いなきゃ、あの女もここに来る」

「そりゃあ面白え。あんな女と馴染みになれるんなら、こっちからお頼みしてえや」

権兵衛は薄笑いを浮かべた。

だが……

女は店にも目をくれず通り過ぎた。

「畜生。悟られたか」

長兵衛はそう感じたが、権兵衛は苦笑した。

「悪いが、兄ぃの勘違いですぜ」

それほど女は美しかった。ああいう女と関わりのあるような暮らしはしていない。

「気付いたのは、てめえと待ち合わせた湯島からだ」

「あの辺りからならここに来てもおかしかぁねえ。たまたま道が一緒だったんでさ」

「おいらたちの足に遅れずにか」

長兵衛が言うと権兵衛は目を円くした。

「女にしちゃあ速すぎる。尾いてきやがったとしか考えられねえ」

「てと……市郎兵衛の？」

権兵衛は途端に声を小さくした。

「いくらなんでも気取《けど》られていねえはずだがな。第一、市郎兵衛は女なぞアテにするもんか。血の気の多い子分どもがいくらでも居る」

「それで安心した」

「と言って……柳生十兵衛ともなぁ」

長兵衛は首を捻《ひね》った。

「これから会う野郎の手下に決まってまさあ」

「なんでだ？」

権兵衛の言葉に長兵衛は目を剝《む》いた。

「兄ぃがここに来るのを承知なのは、その野郎しかいねえ理屈だ。ひょっとして兄ぃが仲間を頼んで襲ってでもこねえかと」

「おいらが襲ってどうなる？」

「それはそれ……蛇《じゃ》の道はへびってことさね」

無茶な想像に長兵衛は笑った。

「十人がとこ手勢を頼んだところで、あいつにゃ通じねえ。柳生十兵衛とサシでやり合うほどの腕なんだぜ。確かに言う通りおいらの動きはあいつしか知らねえが……あるとしたら他の理由だ」

長兵衛は出された饅頭《まんじゅう》を頰張《ほおば》ると立ち上がった。何気なし外に目をやった長兵衛は慌《あわ》てて身を縮めた。実に意外な男の姿を認めたのである。長兵衛に冷や汗が噴き出た。

「天竺……徳兵衛」

長兵衛の呟《つぶや》きに権兵衛もぎょっとした。

「なんだってあの野郎まで」

考えられるのは逆にあの女が後を尾けられているということだ。偶然とは思えない。

「いかにも冠気《かぶき》野郎だ」

自分の背丈ほどもある長い刀と背中の髑髏《どくろ》の縫い取りが人目を引く。権兵衛は唸《うな》った。

「あれで尾け回すたぁ、いい度胸だ」

通りの人混《ひとご》みを頼んでのことだろうが、長兵衛は笑いたくなった。

「行くぜ。どうなるか見物《みもの》ってとこだ」

長兵衛は背に差した竹杖《たけづえ》を確かめて言った。


黒門を潜《くぐ》ると広い参道が坂となっている。参道を遮《さえぎ》るように仁王門の巨大な屋根が見えた。大仏はその仁王門の手前の左手の丘の上にある。大仏と言っても泥《どろ》で拵《こしら》えた塑像《そぞう》だ。寛永二年、寛永寺の建立《こんりゅう》に合わせて堀丹後守直寄《ほりたんごのかみなおより》が造立したものだ。高さは大仏本体だけで一丈六尺（およそ四・八メートル）。台座を足せば軽く三丈（九メートル）を超す。造立当初は見物客で賑《にぎ》わったものだが、ものが野晒《のざら》しの塑像なだけに傷《いた》みが激しく、五年も過ぎると江戸っ子の関心は薄れた。春や夏ならまだしも、この季節にわざわざ丘に登る者は居ない。おなじ坂道を辿《たど》る者があっても、すべては手前の文殊堂を訪れるのが目的だ。

ちなみに、この大仏は後になって地震で倒壊したが、あった場所は現在の上野精養軒の裏手の丘である。


「ったく……物好きな野郎ですぜ」

泥に足を取られながら権兵衛はまたおなじことを毒づいた。

「なんかの魂胆でもなきゃこんな場所を……」

「黙って歩け。見張られているかも知れん」

長兵衛が制すると権兵衛は首をすくめた。

やがて二人は大仏の台座の石組に辿り着いた。ぐるりと一回りしたがだれの姿もない。道はなくても、その気になれば裏手の斜面を上がってはこられる。自分たちの辿ってきた長い坂道に人の見えないのを確かめて二人はまた裏手に向かった。

「待たせたようだ」

正面に回ると舫九郎が台座の石段に腰を下ろしていた。長兵衛は唖然《あぜん》として坂を見やった。だれの姿もなかったはずだった。

「いってえ、どっから？」

長兵衛は大仏を反射的に見上げた。

「唐犬権兵衛……名は聞いている」

九郎は身を強張《こわば》らせている権兵衛に言った。

「辺りに人は居ない。昨夜の話を詳しく聞かせて貰《もら》えるだろうな」

「この野郎が柳生十兵衛と？」

想像とは違っていたと見えて権兵衛は長兵衛に問い質《ただ》した。どちらかと言えば優《や》さ男である。とても腕が立つとは思えない。

「言葉に気をつけたがいいぜ」

長兵衛は権兵衛に目配せした。

「第一、その横柄《おうへい》さが気に食わねえ」

権兵衛は聞かずに前に進んだ。

「こちとら、旗本だって怖かねえや。見りゃあウチの兄ぃよりも若えようだが」

「よさねえか！」

長兵衛は権兵衛の横つらを張り飛ばした。

無礼さを咎《とが》めるよりも権兵衛の身を案じてのことだった。

「いかにもこの者の申す通りかも」

九郎は笑って立ち上がった。

「聞かせてくれればありがたい」

「勘弁しておくんなさい。こいつぁ物の道理の分からねえ野郎でして」

たとえ年下でも侍と町人では立場が異なる。長兵衛は腰を曲げて謝った。

「剣こそ用いるが、私とて無頼の徒。おぬしらとおなじだ」

九郎の笑顔は権兵衛にも通じた。権兵衛はぺこりと頭を下げた。

〈奇妙なお人だぜ〉

長兵衛は九郎の着衣の奇妙さと重ねて思った。なんのことはない。九郎が着物の下に纏《まと》っているのは現在の丸首前ボタンの長袖《ながそで》シャツに過ぎないのだが、もちろんこの当時の江戸では作られていない。

長兵衛の目は袂《たもと》より覗《のぞ》く細い袖からなかなか離れなかった。

「南蛮渡りの着物でやすね」

長兵衛が言うと九郎は頷いた。

「もしや天竺徳兵衛という名に覚えは？」

「天竺徳兵衛……聞かぬ名だ」

九郎は首を横に振って、

「その者も関《かか》わりがあるとでも？」

「親父橋の殺しについちゃいかがです？」

「耳にしている。首を切り取られていたとか。皮も剥《は》がされて無残な体だったらしい」

「そいつが発端なんでさ」

長兵衛はこれまでの経緯を詳しく話しはじめた。女の体から南蛮の仏を刻んだかんざしが発見されたと知ると九郎の目が光った。九郎は熱心に長兵衛の説明に聞き入った。

「解《げ》せぬことばかりだな」

九郎は長兵衛の話が終わると口にした。

「今の話では親父橋の殺しと明石志賀之助が繋《つな》がるかどうかも分からぬ。思い違いで明石志賀之助を追ったら別の一件に足を踏み入れたとも考えられそうだ。明石志賀之助が長崎で死んだという噂《うわさ》と隠れキリシタンを強引に結び付けているだけではないか？　そもそもあの大男が明石志賀之助である保証もない」

「そいつぁその通りですがね」

長兵衛は汗を拭《ぬぐ》いながら続けた。

「たまたまにしても奇妙に辻褄《つじつま》が合い過ぎますぜ。天竺徳兵衛だって南蛮渡来の短筒を。こいつはどう見ても長崎に縁がある」

「柳生十兵衛さまはどうだ？」

「もし、どっかのお大名でもこいつに絡んでいりゃあ不思議でもありませんよ。柳生さまは将軍さまに仕える総目付でやしょう。町方に手が出せねえ相手なら出張っても……」

「おかしくはないな」

頷いた九郎は刀の鞘《さや》で石組を叩《たた》いた。

呼応するように台座の裏手から女が現われた。茶屋で見届けた女であった。

「聞いた通りだ。どう思う？」

長兵衛たちの驚愕《きょうがく》をよそに九郎が質《かが》した。

女は九郎の前に片膝《かたひざ》を立てて屈むと、

「柳生十兵衛まで動いているとなれば、容易ならざる事態かと思われます。この者の申せしごとく、親父橋は人の賑わう場所。わざと人目につかせるのが狙《ねら》いかと。陰にはなにか大きなことが隠されておりましょう」

「吉原に目立った動きは見えぬか？」

「今のところは……」

「僧正がどう見るか……だな」

「どうなされるおつもりですか？」

「放って置きたいところだが……柳生十兵衛の方で私を捜し出す。そうなれば面倒だ。その前にことを見極めてカタをつけねば」

「私もそのように」

女は莞爾《かんじ》と微笑《ほほえ》んだ。

「あっ！」

その笑いで権兵衛は思い出した。

「あ、兄ぃ……この女」

「知っているのか？」

「知ってるどこの騒ぎじゃねえや……吉原の高尾太夫《だゆう》でござんすぜ」

「なにぃ！」

長兵衛は声を張り上げた。

「馬鹿《ばか》野郎！　高尾太夫がこんなとこに」

居るはずがない、と言おうとしてまじまじと女の顔を見詰めた長兵衛も絶句した。

似ている。瓜《うり》二つの顔をしていた。

〈有り得ねえ〉

それでも長兵衛は信じなかった。

高尾太夫……吉原広しといえども三浦屋抱えの高尾太夫を超える遊女は存在しない。

気に入らなければ大名とて平気で袖にする女であった。一晩の揚げ代は百両（およそ一千万円）でも無理と噂されている。むろん長兵衛など足下にも近寄れない相手だ。顔を見知っているのは八文字を描いて歩く道中を拝んでいるからである。

長兵衛の視線に女は笑顔を見せた。

長兵衛は眩暈《めまい》を覚えた。

〈いや……嘘《うそ》だ〉

高尾太夫がこの昼日中に自由に出歩けるはずもなかった。必ず店の方で供揃《ともぞろ》えを付ける。吉原を一人で背負う女なのだ。

「間違いありませんぜ」

震えながら権兵衛が断言した。

「私もお二人の名は耳にしております」

「てと……やっぱり」

長兵衛は途端に薄気味悪さを感じた。

「あんたら……いってえ何者なんで？」

明らかに高尾太夫は舫九郎を上に見ている。と言って情夫《いろ》ではない。天下の高尾太夫が従う男など長兵衛には想像もつかなかった。

「俺《おれ》も聞きたいものだ」

不意にどこからか声がかかった。

高尾の顔に緊張が走った。

皆が声の出所を捜した。

かりかりかりかり、と歯車の回るような音が頭上から聞こえた。

「てめえか！」

大仏の頭上に太い枝を張り出している松がある。その枝に天竺徳兵衛が太い金の紐《ひも》を頼りにぶら下がっているのを認めて長兵衛は怒鳴った。

徳兵衛は懐《ふところ》ろの手車を回した。ゆっくりと徳兵衛の体が降りてきた。

「そうか……この前もそいつを使って」

枝に飛び付いたのだ。長兵衛は了解した。

「いまさら名乗る必要もあるまいが……幡随院長兵衛には馴染《なじ》みの天竺徳兵衛だ」

徳兵衛はニヤニヤ笑いながら着地した。紐を軽く引くと、するする懐ろに戻った。

「太夫の後を追っていやしたぜ」

長兵衛が九郎に伝えると徳兵衛は哄笑《こうしょう》した。

「うぬもよほどの阿呆《あほう》だの」

「なにを！」

「俺が追ってきたのは女ではなくうぬの方だ」

「…………」

「世に隠れもない幡随院長兵衛だろうが」

嫌味《いやみ》たらしく徳兵衛は言った。

「うぬの動きを当たるのは楽な仕事だ。お陰で昨夜の浅草寺の立ち合いも見届けることができたぞ。感謝せねばなるまい」

「昨夜、あの場に居やがっただと！」

長兵衛ばかりか九郎も青ざめた。

「まあ、落ち着け」

徳兵衛は台座の石組の上に跳ねた。

「先にも言ったように俺はうぬらの敵ではない。むしろ味方かも知れぬ」

「知れぬ……とは？」

九郎は刀に手を当てながら訊《たず》ねた。

「俺は自分をいいやつだと知っておるが、うぬらもそうであるかは知らぬ。金が目当ての働きなら、組むつもりにはなれぬでな」

「そいつぁこっちの言い分だ」

長兵衛は背中の竹杖《たけづえ》を引き抜いた。今度は側《そば》に頼もしい味方が控えている。

「こういう野郎でさ。人を食っていやがる」

長兵衛も石組の上に飛んだ。

「金になると言うのですか？」

九郎は真面目《まじめ》な顔で徳兵衛に質した。

徳兵衛は押し黙った。

「とても金になりそうにない仕事だが……」

九郎の言葉に徳兵衛は曖昧《あいまい》な笑いを見せて、

「談合は腕を見極めてからでも遅くはないな」

長い刀をぎらりと引き抜いた。

「十兵衛との立ち合い、できれば最後まで見届けたかったぞ。小刀は受けると見たが、続く十兵衛の攻めを防ぎ切れたかどうか」

徳兵衛は長兵衛を無視して飛び下りた。

「短筒にお気をつけなすって」

長兵衛が九郎に声をかけた。

「俺は武士ではない。苦しくなれば短筒も用いる。それを承知で来るがいい」

徳兵衛は地面すれすれに刀を構えた。当然であろう。刀が重過ぎて永い時間上段には持ち堪《こた》えられないはずだ。

「どうやら、飾りではなさそうだ」

九郎とは正反対の剣であった。九郎は慎重に間合いを取った。一度でも刃が触れればそれで終わりだ。九郎の剣が折れる。もっとも、九郎の剣はそれを承知の上で細く仕上げたものだった。互いの刃を合わせることがなければ、片手で扱えるほどの軽い剣が有利であるのは自明の理であろう。だが……もし、人の倍の重さの剣を使えるのなら、徳兵衛の選択も間違ってはいない。長い上に重さが敵に致命傷を与える。

「要らぬ手出しをするな！」

突然、徳兵衛の剣が宙を払った。徳兵衛の背後から九郎を狙った矢が両断されていた。

ざわざわと徳兵衛の背後の藪《やぶ》が動いた。

「なんだ、てめえら！」

長兵衛と権兵衛は素早く身構えた。藪の中から三人の黒装束の男たちが出現したのだ。

「徳兵衛どの。遊びが過ぎるのではないか」

一人が苦々しい口調で言った。手には小さな弓を持っていた。徳兵衛に矢を落とされたのが不満と見える。

「この者どもを味方に加えるわけには……」

「俺が任されている。違うのか？」

「それとこれとは話が異なる」

「そうか。ならばうぬらがやれ。俺はここでうぬらの死ぬのを見守ってやろう」

徳兵衛はあっさりと身を引いた。

「身勝手な」

言われた男は舌打ちすると他の二人を促した。戸惑いながら九郎は三人と向き合った。

「こやつらも、そこの長兵衛とおなじだ」

徳兵衛は石組に腰を下ろすと笑った。

「相手の腕を見極めることができぬ。貴公に勝つつもりでいるらしいぞ。剣術の極意は自分より強いやつと闘わぬことだと、こいつらに教えてやってくれ」

「仲間であろう？」

妙な男だと思いながら九郎は訊ねた。

「その女をこの目で見るまではな。それほどの女、できるなら敵に回したくない。そういう俺の心も分からぬ無粋な者どもだ」

「徳兵衛、その言葉忘れるなよ」

黒装束の男は徳兵衛に罵声《ばせい》を浴びせると当面の敵である九郎に襲いかかった。


十呼吸もせぬうちに勝負はついた。

九郎の足下には三人の死体が転がっていた。そのことごとくが喉《のど》を突かれていた。

「やれやれ」

徳兵衛は哀れな顔をして死体を検分した。

「まあよい。自分らが蒔《ま》いた種だ。俺に任せておればこうはならなかっただろうに」

「……………」

「十兵衛の言いぐさではないが、日をあらためるとしよう。こちらも戻って言い訳をせねばならぬ。貴公の腕を見届けたからには用も済んだ。十兵衛とならば相討ちと見た。俺には短筒がある。どちらにしても苦労をするぞ。俺が貴公なら、俺を敵には回さぬがな」

「だれかに雇われているのですか?」

「それも、ちょいと違う。互いの目的が似ておるので組んでいるだけだ」

「目的とは?」

「貴公の正体を知らずして口にはできぬ。それとも、今ここで白状するとでも?」

「………」

「いずれ突き止めてみせる。その上で、貴公を敵とするか考える。さらばだ」

徳兵衛は懐ろの紐を空に放った。先に鉤《かぎ》が付いていた。鉤は遥《はる》か高みの枝に食い付いた。紐をピンと張ると徳兵衛は手車を回した。徳兵衛は軽々と空に浮かんだ。宙で体を大きく揺らす。徳兵衛は勢いを加えて別の枝に取り付いた。手車から手を離すと紐はどこまでも伸びるらしかった。それを繰り返して徳兵衛は見る間に姿を消した。

「まるで猿《さる》じゃねえか」

長兵衛は呆然《ぼうぜん》と徳兵衛を見送った。

「兄ぃ、決めやしょうぜ」

権兵衛が地面に膝《ひざ》をついて言った。

「なにをだ?」

「この旦那《だんな》の子分にしてもらうんで」

「おう。そいつはおいらも考えてたとこだ」

長兵衛も九郎の前に両手を揃えた。高尾太夫のことと言い、今の鮮やかな勝負と言い、自分と格が違うのははっきりしていた。

「この二人なら役に立ちましょう」

高尾が言い添えた。

「いずれ夢の市郎兵衛を凌《しの》ぐ器量と噂《うわさ》される者たちです。遊女たちの評判もなかなか……」

「僧正がなんと言うか」

「九郎さまさえお嫌《きら》いでなければ」

問題はないと高尾は請け合った。

「それなら、この死体を片付けてくれないか」

九郎は長兵衛に命じた。

「ここに寺社奉行の目が光れば厄介《やっかい》となる」

「へえ。大川にでも沈めて参りましょう」

とりあえず長兵衛は権兵衛と二人で死体を藪の中に隠した。

「吉原で私を見掛けても決して声はかけないように頼みます」

高尾は長兵衛に念を押した。

「そいつは承知だが……旦那とはどういう繋《つな》がりで？」

「後で九郎さまにお聞きなされればよかろう」

吉原に戻る刻限だと言って高尾は九郎に頭を下げた。

「これからは油断せぬように。天竺徳兵衛に高尾の正体を知られてしまった」

「吉原の中は安心です。たとえ天竺徳兵衛だろうと私の側《そば》には滅多に近付けますまい」

「だろうな」

九郎も高尾の立場を思い出して頷《うなず》いた。


「旦那はどこにお住まいなんで？」

高尾を見送ると長兵衛が訊ねた。

「ここだ」

九郎の返事に二人は目を見合わせた。

「ここって言いやすと？」

「この台座の石組の中は空洞《くうどう》になっている」

九郎は裏手に二人を誘うと石組の一つを中に押し込んだ。ぽっかりと穴が開いた。

「この穴が寛永寺の庫裏《くり》に通じている」

「すると……旦那は寛永寺に？」

「限られた者しか知らぬ」

「じゃあ、僧正ってのは！」

「寛永寺を預かる天海僧正」

ぐえっ、と長兵衛は吐息した。

「本当に……どういうお方なんで？」

「私の後についてこい」

九郎は穴に潜った。

長兵衛と権兵衛は不安に駆られながら九郎に続いた。もう後戻りはできなかった。

乱舞

1

舫《もやい》九郎は身を屈《かが》めると寛永寺大仏の台座の石組に入り込み、中に用意してある太い会津《あいづ》の絵蠟燭《ろうそく》に火を点《とも》した。

「扉《とびら》の石を元に戻しておいてくれ」

最後に入った唐犬権兵衛《ごんべえ》に命じながら九郎は絵蠟燭を動かして内部を隅々《すみずみ》まで照らした。地の底に伸びる長い梯子《はしご》を認めて幡随院長兵衛《ばんずいいんちょうべえ》は思わず息を呑《の》み込んだ。そればかりか天井も高い。頭上に微《かす》かな明りがあるのは大仏の目から入り込む光のようだった。恐らく、あの目複雑な塑像《そぞう》の骨組みに沿って狭い板が螺旋《らせん》のごとく上にと通じていた。恐らく、あの目から外を覗《のぞ》くことができるのであろう。

〈いってえ……なんのために？〉

こんな仕掛けが大仏にしつらえられているのか。長兵衛は訝《いぶか》しんだ。それに、寛永寺が拵《こしら》えた大仏と言うならまだしも、これは堀丹後守《ほりたんごのかみ》の寄進になるものだ。となれば……堀丹後守も承知の仕掛けとしか考えられない。それに思い至って長兵衛の足がすくんだ。

〈やっぱり、噂《うわさ》は本当だったのか〉

建立《こんりゅう》当初から上野の寛永寺はただの寺ではなく、徳川の出城として作られたという噂が江戸市中に広まっていた。見晴らしのいい丘の上に位置している他に、山主が徳川家の陰の軍師と目されている天海大僧正とあっては、なおさらであった。天海は先に拵えた日光東照宮と上野寛永寺の二つに多量の武器弾薬を隠し、いざという時には江戸に攻め入った敵を包囲する策に出る、とまことしやかに口にする者さえいるほどだった。まだ徳川の世となってわずか三代目。この先、時代がどう転ぶか、だれにも予測がつかない情況にある。出城の一つや二つがあってもおかしくはない。

「兄ぃ……」

梯子の伸びる穴が、やはり石で組まれていると知って権兵衛は長兵衛の袖《そで》を引いた。大工事である。これほどの普請《ふしん》には何百という人夫を要したに違いない。なのに噂が洩《も》れていないところを見れば……。

〈出城と決まったぜ〉

あらためて長兵衛は舫九郎という男に恐れを抱いた。出城は徳川の絶対の秘密のはずである。そこに自由に出入りできる人間となると……だが、長兵衛にはその先が想像できなかった。旗本とは思えないのが邪魔をする。

「私に遅れぬように」

九郎は梯子を降りた。蠟燭の作る影が穿道《せんどう》を覆《おお》うように広がった。

「兄ぃ。どうぞ、お先に」

尻込《しりご》みした顔で権兵衛は促した。


長兵衛と権兵衛の二人は九郎に従って穴を歩いた。四方が石組のために不気味さはないものの、反対に怯《おび》えがつのる。脇道《わきみち》の多さもそれを倍加した。地図でもなければ二度と入り口には戻れない。寛永寺の地下には縦横に穴が掘られていたのである。それに広くて天井の高い穴だ。槍《やり》や鉄砲を抱えて走り抜けることもできそうだった。いや、この頑丈《がんじょう》な石畳なら大砲の移動さえやれるだろう。脇道の角々にはなにかの符牒《ふちょう》が刻まれている。出口への道標と長兵衛は見た。

〈危ねえぜ、こいつぁ〉

長兵衛の足取りは次第に重くなった。この秘密を知った者を生かして帰すわけがない。手を組むにはどれほど怪しい相手であろうと、ここまで来た以上、後戻りは許されないのだ。それを承知なのか、傍《かたわ》らの権兵衛にも普段の口数がなかった。きょろきょろと目を動かして道を頭に入れているらしかった。

「旦那《だんな》……まだ先は長《なげ》ぇんで？」

額の汗を拭《ぬぐ》いながら長兵衛は質《ただ》した。外は二月の寒さだった。なのにこの地下道の中は、歩いているせいも加わって暖かい。

「上なら、とっくに寛永寺の境内を突き抜けていやすぜ」

「わざと回り道をしている」

「へぇ」

長兵衛は首を傾《かし》げた。

「おぬしたちを殺したくない」

九郎は笑顔で振り向いた。

長兵衛はゾクッと寒気を覚えた。

「私に従って悔やんでいませんか」

「と、とんでもねえ」

長兵衛は慌《あわ》てて首を横に振った。

「今ならまだ引き返すこともできる。ただし、この穴について口外せぬという約束ならば」

「見損なっちゃいけませんや」

長兵衛は精一杯の強がりを見せて、

「男が男と見込んでの願いでさあね。命なんぞを惜しむ長兵衛たぁ違いやすぜ。たとえ旦那が地獄の亡者《もうじゃ》だろうと、いったん決めたからには三途《さんず》の川だって渡って見せまさあ」

「明日にも渡るかも知れぬ」

九郎は冗談でもなく口にした。

「剣を交えたくはないが、十兵衛さまの方で私たちを許しはすまい。柳生《やぎゅう》一門三百が相手だ。いや、もっと多いか」

「こっちは何人で？」

　思わず長兵衛は訊《き》いた。

「さあ。おぬしたちも入れて四人か」

「四人！」

　権兵衛が絶句した。

「けど、この穴を掘るについちゃあ……」

　長兵衛も信じなかった。

「穴掘人夫に手伝って欲しいとでも？」

　九郎は立ち止まると微笑《ほほえ》んだ。

「いざとなりゃ、お仲間がいらっしゃるんでしょう？　寛永寺の坊主《ぼうず》連中とか」

「裏になにがあるかによる。それが判明いたすまで、だれの助けも得られぬ」

　それでも従うか、と九郎が重ねた。

「仲間が何人いようと、手前《てめえ》の命はたった一つきりだ。数とは無縁にござんす。どうぞご自由にお使いなすって」

　おうよ、と権兵衛も胸を張った。

「ならば僧正に引き合わすとしよう」

　九郎は右手の石壁をぐいと押し込んだ。畳一枚ほどの扉になっていた。二人は奥を覗き込んだ。よく磨《みが》かれた板間が広がっている。板間の壁際《かべぎわ》には上に通じる狭い階段も見えた。

「今は私が道場として用いているが、まさかの折りには合議の間となる」

どうりで広い、と二人は頷《うなず》きあった。

「おぬしたちはここで暫時《ざんじ》待っていてくれ。僧正がおられるかどうか見てこよう」

九郎は板間の片隅の角行燈《あんどん》に火を移すと階段を上がって姿を消した。

「………」

長兵衛と権兵衛は顔を見合わせて苦笑した。

「ここでじたばたしてもはじまらねえや」

長兵衛は行燈の側《そば》にどっかりと胡座《あぐら》をかいた。広い板間はさすがに冷え冷えとする。微かな明りでも手をかざすと温まる。

「賽《さい》の目が妙な具合に振られたようで」

権兵衛も手をかざしながら言った。

「大僧正の面《つら》ぁ、拝んだことはあるか？」

「本当に生きてるんですかい」

権兵衛が眉間《みけん》に皺《しわ》を寄せて応じた。

「なんでも百はとうに超してるという話ですぜ。化け物だ。居るという話だけで、だれも見た野郎はいねえんじゃ？」

正確に言うなら天海はこの年で百八歳となる。平均寿命が五十に満たない時代にあって異様な長寿と思える。だが、巷《ちまた》には八十歳を超す老人も珍しくはなかった。乳幼児の死亡率の極端な高さが江戸の平均寿命を引き下げているだけなのである。

「奇妙な刀があるぜ」

暗闇《くらやみ》に馴《な》れた長兵衛の目がそれを見付けた。板壁に二本架けられている。

「こいつぁ……南蛮の刀だ」

立ち上がって確かめた長兵衛は断言した。太い針に似た刀だ。握ってみたい衝動と長兵衛は必死で戦った。

「そう言や、旦那の刀と似てやすね」

権兵衛の指摘に長兵衛も首を振った。刀身の幅の細さはこれをなぞらえたものだろう。

「南蛮との商いに難癖つけてる徳川さまの祈願寺に、南蛮の刀が飾られているたぁな」

「お釈迦《しゃか》さまでも気が付くめぇってのは、このことだ。うすら寒くなってきやがった」

権兵衛は襟《えり》を掻《か》き合わせて笑った。

そこに天井の戸の開けられる音がした。

「九郎さまより伺っておる。心配いたすな」

眩《まばゆ》い光を背に一人の坊主が降りてきた。

「大僧正さまはお留守にしておられる。衣を用意してきたゆえ、着替えて別室で待つがよい。その派手な身形《みなり》で寺の中を歩き回られては当方が迷惑いたすでな」

「いつまでお待ちもうせば宜《よろ》しいので？」

年配の坊主から衣を受け取って長兵衛は訊《たず》ねた。白い衣がまるで死装束とも思える。

「戻られたとしても、大僧正さまにお会いできるのは夜となろう。夕餉《ゆうげ》の膳《ぜん》も当方で手配いたす。さっさといたせ」

坊主は有無を言わせぬ口調で着替えを促した。二人はおとなしく従った。

「旦那……いえ、舫さまはどちらに？」

「大僧正を迎えに参られた。ご一緒に戻られよう」

と言った坊主の目が長兵衛の背中に差してある竹杖《たけづえ》を捕らえた。

「それが、音に聞こえし鉄仕込みか」

「お聞き及びたぁ、お恥ずかしいこって」

長兵衛は満更でもない顔で杖を握った。

「剣の道も忘れて遊び暮らす旗本の小倅《こせがれ》どもを倒したところで自慢にはならぬぞ」

坊主は鼻で笑って、

「不服と言うなら儂《わし》とやってみるか」

長兵衛を挑発《ちょうはつ》するように言った。

「あんさんも、こっちの方を？」

長兵衛は杖を上下に揺すって質した。

「剣は用いぬが、喧嘩《けんか》では滅多に引けを取らぬ。まあ、その杖を貸せ」

「ちょいと重うござんすぜ」

長兵衛は軽々と振って見せてから渡した。

「なるほど。少しは手応《てごた》えがある」

受け取った坊主は杖の両端を握ると気合いを入れた。ぐにゅりと杖は馬蹄《ばてい》の形に曲がった。包んでいた竹が割れて弾《はじ》け飛ぶ。

啞然《あぜん》として長兵衛は坊主を見詰めた。

「おぬしらが大僧正の御心に適《かな》えば、儂が今後の繫《つな》ぎを務めることになろう。名は剛海と言う。大僧正とおなじ会津の生まれだ」

急に打ち解けた笑いを浮かべて剛海は曲がった杖を長兵衛に返してよこした。

「これを使いこなせるとあらば鉄の錫杖《しやくじよう》とて容易に扱えるはず。帰るまでに手頃《てごろ》な長さに切っておいてやろう。錫杖の方が頑丈だ」

「そいつは、ありがてえ」

「喧嘩で人を殺《あや》めたことは？」

「まだ一人も。半殺しは数え切れねえですが」

「儂は八人殺した」

「あんさんが？」

「女を拐《かどわ》かした無頼の徒どもをな。義は儂にあったが、役人に追われて出羽の羽黒山に逃げ込んだ。あそこを頼れば一世行人という道がある。生身入定《しようじんにゆうじよう》への行を望むなら役人にも手出しができぬ。死を恐れたのではない。無頼の徒ごときを殺して打ち首になるのでは、あまりにもこの命が勿体《もったい》ないではないか。どうせなら仏に捧《ささ》げようと思ったのだ。そうしたら大僧正に拾われた」

「八人をたった一人で？」

「途中までは三人で行ったが、いつの間にか儂一人に数が減っていてな」

こともなげに剛海は口にした。何歳だろう、と長兵衛は剛海を眺《なが》めた。坊主頭のせいで歳《とし》の見当が付けにくい。だいぶ年上に思えても、この筋肉の盛り上がりから見て四十は超えていないに違いない。

「歳か？　とっくに五十を過ぎておる」

「なら俺《おれ》っちの親父《おやじ》よりも上じゃねえか」

若さに権兵衛は唸《うな》った。

「思慮がなければ歳を取らん。おぬしも」

剛海は権兵衛を見やって、

「百まで変わらぬような顔付きだ。よくよく心掛けて思慮を深めるのだな」

「生憎《あいにく》と三十から先は考えてねえんで」

「そういう心積もりなら構わぬ」

大真面目《おおまじめ》な剛海の返答に長兵衛は苦笑いした。はじめに覚えた不気味さは消えていた。

剛海は二人の着替えを見届けると、満足気に頷いて別室へと案内した。そこで待てば大僧正天海と会えるはずである。階段を上がりながら長兵衛は百を超した天海を想像して、新たな緊張を禁じ得なかった。

2

だが、結局天海は寺に戻らなかった。待つ、と連絡のあった場所は、こともあろうに吉原だった。長兵衛と権兵衛の二人は半信半疑で寛永寺を後にして吉原に向かった。店は三浦屋。あの高尾太夫《だゆう》が居る店だ。大門を潜《くぐ》ると顔馴染《かおなじ》みが二人に挨拶《あいさつ》をしてくる。この場所では素性を隠すこともできない。

「ごめんよ」

長兵衛は三浦屋の暖簾《のれん》を掻き分けて入った。

「若松屋の若旦那が居ると聞いて来たんだが」

剛海に言われたまま口にしたら直《す》ぐに通じた。二人は若い衆に従って二階に上がった。

「お連れさまがお見えになられました」

入るように、と高尾太夫の声がした。

「遅くなって申し訳ありやせん」

長兵衛と権兵衛は促されて襖《ふすま》を開けた。

〈へぇ、こうなってるのか〉

　さすがに天下の高尾太夫の部屋は違う。八畳ものだだっ広い次の間に足を踏み入れて長兵衛は襟を正した。見たことはないが、大名屋敷の奥方の部屋もこんな豪華さだろう。正面の襖には鶴《つる》が舞っている。襖に貼《は》られた金箔《きんぱく》が行燈に照らされて暗い輝きを発していた。

「なにしてござります」

　高尾太夫に仕える禿《かむろ》が襖を開けて顔を覗《のぞ》かせた。隙間《すきま》から部屋が垣間見《かいまみ》えた。根元をきりりと三段に高く結い上げた高尾太夫の真っ白な顔が正面にあった。昼とは違って妖《あや》しい美しさが足し加えられていた。

「お邪魔……じゃなかったんで？」

　気圧《けお》されて長兵衛は奥に質《ただ》した。

「皆は部屋に下がらせて貰《もら》いなされ」

　高尾太夫の声に禿たちの嬉《うれ》しそうな返事が重なった。襖を開けて三人の禿が長兵衛たちに挨拶しながら部屋を出て行く。

「もう、気にすることはない」

　次に顔を見せたのは九郎だった。店で用意した黒い綿入れを着ている。

「若旦那って頭じゃありませんぜ」

　漆黒の総髪を見やって長兵衛は笑った。だれが見ても武士である。

「先ほどは済まなかった。僧正が寺を留守にしていたものでな。ようやく捕まえて経緯を伝えたら、寺で会うよりも吉原《ここ》の方が互いに気遣わずに済むだろうと……面倒をかけた」

「こっちは構いやせん。お蔭《かげ》で太夫の部屋を見れやした。自慢ができるってもんで」

「人に言っては困ります」

高尾が部屋に招きながら念を押した。誘われて二人は部屋に入った。ざっと見渡して十六畳はある。右脇《みぎわき》にある襖は寝所であろう。六畳の棟割り長屋に暮らす長兵衛にとっては気も遠くなるような広さだった。高尾の背にしている屏風《びょうぶ》には巨大な孔雀《くじゃく》が羽根を広げている絵が描かれてあった。膳とて色の剝《は》がれた安物ではない。黒漆に沈金《ちんきん》の絵模様という華麗さだ。なにからなにまで金がかかっている。大名が上がることもあるから当然の調度であろうが、高尾の美しさはそれらを遥《はる》かに凌《しの》いでいる。

「大僧正さまはどちらで？」

動揺を押し隠しながら長兵衛は言った。

「この上だ」

九郎は天井を顎《あご》で示した。

「上……とおっしゃいますと？」

「高尾の寝所に隠し梯子《ばしご》がある」

「ご冗談を。吉原《なか》に三階はきついご法度《はっと》のはずですぜ」

「知る者はほとんど居ない」

「じゃあ本当ですかい？」

「僧正は今、ここの元締めの庄司甚右衛門《しょうじじんえもん》と会っている。やがて声がかかるはずだ」

「なるほど。甚右衛門の親父も承知なら二階の隠し部屋も作れるって理屈だ」

「ここまで招いたからには、僧正もおぬしたちを見込んだと解釈していい。ついさっき剛海がおぬしたちの様子を伝えに現われた。膳の平らげ方が気に入ったと剛海は申していた」

「面目ねえこって」

長兵衛は権兵衛の脇腹をこ突いた。酒がないと飯が進む。精進料理だが味も良かった。

「僧正もそれで頷いたと見える。ならばこちらにおぬしたちを呼ぶようにと」

「そうと決まりゃ、旦那の正体もお聞かせ下さいやすね」

「………」

「どう見たって、ただのお人じゃねえや」

「人には口にせぬと誓っている」

九郎は済まなそうに口にした。

「自ら世を捨てた男だ。名も仮のものだ」

「………」

「それでは納得がいかぬと？」

「一つだけ……」

長兵衛が膝《ひざ》を乗り出した。

「俺たちは幕府の飼い犬になるんで？」

「……」

「そいつだけは、はっきりしていただかねえと。昼には地獄までお供すると威勢のいい啖呵《たんか》を切っておきながら、こっちも言いにくいことですが、この幡随院長兵衛、幕府の飼い犬になり下がったと陰口を利《き》かれちゃ、とても生きてはいられねえ」

「それも……むずかしい訊ねだ」

九郎は高尾と顔を見合わせて笑った。

「寛永寺が徳川の祈願寺である限り、幕府と無縁とは言えぬ。幕府の平穏を願う立場にある寺だ。その寺にこの身を預けている以上、私もまた一つ穴のむじなと見られて当たり前」

「だが……」

九郎の言葉に長兵衛は頷いた。

「柳生十兵衛を敵に回したってのが解《げ》せねえ」

長兵衛が先回りして言った。

「あっちは幕府の総目付。言うならお仲間同士じゃござんせんか。あの場は互いを知らずに行き違いがあったとしても、筋を通せば話がつく。そいつがどうにも分からねえんで」

「それをやれぬでもないが……」

九郎はまだ笑っていた。

「いつも幕府に義があるとは言えぬ。どちらが是か非か見極めるまで手を引くわけにも」

「それで胸のつかえが取れやした。今のとこはそのご返答で充分でさ」

長兵衛はあらためて両手を畳に揃《そろ》えた。

「なんなりと申し付けて下せえ」

「殺された娘の身許《みもと》を突き止められるか？」

「玄人《くろうと》ならなんとか手蔓《てづる》もありやすが、おいらの見立てじゃ素人《しろうと》だ。おまけに肝腎《かんじん》の顔が無《ね》えとなると厄介《やっかい》ですぜ。無論、精一杯当たってみるつもりじゃおりますがね」

「その死体はどこにある？」

「無縁の仏だ。どこかの寺にでも埋められているんでしょう。そっちは明日にでも調べがつきます」

「この時期では、まだ腐っていないだろう」

「掘り返して吟味するってんですかい」

長兵衛と権兵衛は目を円くした。

「もう五日が過ぎているんですぜ。それに役人の目が光っていねえとも……」

「光っているとしたら柳生の目だ。ただ待つよりはその方が早い」

「分かりやした」

長兵衛は諦《あきら》めて承知した。

「にしても薄気味悪かぁありませんか？」

「私は寺に暮らしている」

九郎は、いまさらという目で応じた。

そのとき、高尾の背にした屛風の裏から、ちりん、と小さな鈴の音が聞こえた。

「僧正さまがお呼びです」

高尾が九郎に伝えた。


眩《まばゆ》いばかりの高尾の部屋から上がると、しばらくは闇《やみ》に目が馴染まなかった。隠し部屋であるからには、もちろん窓もない。梯子を上り切った長兵衛は、手をついた床の異様な感触に声を立てるところだった。獣の皮に似た柔らかな手触りだった。南蛮渡りの敷物だと、後で長兵衛は聞かされた。足音を消すためにこの敷物が隠し部屋の床全部に敷き詰められているのである。

九郎、長兵衛、権兵衛と続き、最後に高尾が床の戸板を閉じると同時に、奥の行燈《あんどん》に火が点《とも》された。下に明りの洩《も》れるのを恐れて消していたのだろう。

明りは二人の姿を浮かび上がらせた。一人は肘《ひじ》当《あ》てのついた大きな椅子《いす》に腰を下ろしていた。もう一人が傍《かたわ》らに立っている。

「親父さん……」

吉原の生みの親である庄司甚右衛門と目が合って長兵衛はその場に膝をついた。

「運を摑《つか》みやがったな」

甚右衛門は長兵衛と権兵衛を眺めて笑った。

「明日から江戸は手前《てめえ》らのもんになるよ」

「…………」

「九郎さまの手下《てか》に選ばれたとなりゃ、今より儂《わし》も頭を下げにゃあならねえな」

「滅相もねえ。冗談はおよしなすって」

本当に頭を下げた甚右衛門に長兵衛は慌《あわ》てて首を横に振った。

「無頼者にしては悪い噂《うわさ》一つ耳にせぬの」

椅子に腰掛けていた天海がぼそりと言った。痩《や》せこけた体からとは思えぬ響きだった。

長兵衛の目は天海に注がれた。

暗い行燈のせいでしかとは見定められぬが、とても百を超えた人間には見えない。丸めている頭にはまだ艶《つや》さえ感じられた。胸元まで垂らした白い鬚《ひげ》にも輝きがある。さすがに落ち窪《くぼ》んでいるものの、眼光にも鋭さがあった。

天海は長兵衛に品定めされているのを、むしろ楽しむかのように無言でいた。

〈お！〉

長兵衛はどきっとした。天井の梁《はり》に潜んでいたらしい白猫《しろねこ》が、いきなり天海の肩に跳び移ってきたのである。猫は天海の肩から膝へと下りて長兵衛を睨《にら》むと、そのまま蹲《うずくま》った。

「屋根の風抜きから入って参りましたな」

「よい」

追おうとして甚右衛門が伸ばした腕を天海は制した。猫は甚右衛門に尻尾《しっぽ》を膨らませた。

「野良《のら》猫……ですかい」

長兵衛には信じられなかった。猫の態度よりも、天海のことが、である。だれだって、いきなり背中から猫が跳んでくれば肝を冷やす。なのに天海には毛ほどの動揺も感じられなかった。恐らく、猫も天海を温もりのある岩ぐらいにしか思っていないに違いない。

「甚右衛門には頼んである。今宵《こよい》より両名は甚右衛門の店に住まいするがよい」

天海は続けた。

「天竺《てんじく》徳兵衛とか申す者、長兵衛の住まいを承知だそうじゃの。と申して、我が寺に招くわけにはいかぬ。この場所が適当じゃ。花は花畑の中に隠せば目立たぬ理屈ぞ」

へえ、と二人は平伏した。

「まこと隠れキリシタンと、ことが定まりし場合は、両名のうちどちらか大塚《おおつか》の牢獄《ろうごく》に潜んで貰わねばならぬ。覚悟しておるがよい」

「キリシタン牢獄でございやすか」

長兵衛と権兵衛は絶句した。

「あんな場所にどうやって潜り込むんで？」

「それは儂が考えておく」

ふおっふおっと天海は笑った。

「短筒が欲しいか？」

甚右衛門が長兵衛に訊《たず》ねた。

「欲しければ手に入れてやろう」

「飛び道具は性に合いやせん」

「いつでも遠慮なしに言え。大僧正さまからの預かりだ。この甚右衛門にできることはなんでもしてやる」

「小見世に玉垣《たまがき》って馴染みの女がおりやす」

高尾の目を気にしながら長兵衛は思い切って口にした。おなじ遊女でも太夫を名乗る高尾と一朱女郎の玉垣とでは天と地ほどの差がある。甚右衛門も怪訝《けげん》な顔で見詰めた。

「まさか、こういうことになるたぁ知らずに明石《あかし》志賀之助や天竺徳兵衛の名を洩らしてしまいましたんで。それ以上のことは口にしてねえはずだが、おいらが親父さんの店に居ると知れりゃ不審を持つに違いありません。できれば玉垣を目の届くところに」

「どうせなら身請けして田舎《くに》に戻してやりゃあよかろう。そいつが一番簡単だ」

「……………」

「それとも、未練があるのかい」

甚右衛門はニヤニヤした。

「金の心配なら無用だ。明日にでも楽にしてやるがよかろう」

「玉垣が喜びます」

心の底から長兵衛は礼を言った。

「下で酒を与えてやるがよい」

天海が高尾に命じた。

「そろそろ剛海が迎えに参ろう」

天海が促すと甚右衛門は奥の板壁にぶら下がっている太い紐《ひも》を引いた。ぽっかりと四角い穴が開いた。天海は静かに立ち上がった。猫は残念そうに膝から飛び下りた。

「この歳《とし》になると梯子はさすがに辛《つら》くてな」

天海は言い訳のように口にして穴の中に入った。どうやら箱が吊《つ》るされているらしい。

「なにがあっても儂の名を口にしてはならぬ。じゃが、いつでも見守っておる。たいがいは九郎どのの剣でこと足りようがの」

天海が言い終えると甚右衛門が箱の中の紐を振った。少し待つと箱はゆっくり下降しはじめた。箱がすっかり見えなくなると高尾が穴の扉《とびら》を閉じた。紐の軋《きし》む音が続いた。

ようやく二人は緊張を緩めた。権兵衛などたった一言も口を利いていない。

〈九郎どの……と言ったぜ〉

長兵衛は天海の言葉を思い浮かべた。庄司甚右衛門はともかく、舫九郎とは、あの大僧正までもが一目を置く存在なのである。

〈将軍さまの隠し子としか……〉

思えない。それは薄々と感じていたことだった。長兵衛は身震いを必死で抑えた。

3

二日後の夕刻。舫九郎と幡随院長兵衛、そして唐犬権兵衛の三人は江戸市中から遠く外れた目黒への道筋を辿《たど》っていた。九郎はいつもの着流しだが、長兵衛たちは雲水の身《み》形《なり》に変えていた。いや、身形ばかりか二人は頭をつるつるに剃《そ》り上げていた。寛永寺に出入りがたやすいようにと長兵衛から言い出したことだった。もともと洒落《しゃれ》の好きな権兵衛も面白がって同意した。だが、頭を丸めるにはいかにも時節が悪い。霙《みぞれ》混じりの冷たい風が菅笠《すげがさ》の裏を通り抜けて行く。

「どうだ。清々《すがすが》しくて胸が晴れるじゃねえか」

長兵衛は嘯《うそぶ》きながら笠を上げた。

「ったく。熱い湯がありゃあ、被《かぶ》ってもっとさっぱりさせてえぐれえだ」

「だから無理をするなと申したのに」

九郎は振り向いて苦笑いした。

「仏を掘り出しに行くんですぜ。こうして丸坊主《まるぼうず》にしておきゃ、言い訳が立ちまさぁ」

「その頭では錫杖《しやくじよう》を手にしていてもおかしくはないからな」

九郎は二人の持つ錫杖に目をやった。もともとは山を歩く修行僧が獣や蛇《へび》避《よ》けに用いた杖《つえ》である。頭の金環の触れ合う音が獣を怯《おび》えさせる。だが、今はもっぱら習練の道具として使われていた。鉄の錫杖は刀の倍も重さがあった。それを二人は軽々と扱っている。特に長兵衛の鈴の音は爽《さわ》やかだった。振りの大きい証拠だ。

「やはり柳生が裏から手を回したんでござんしょうね」

長兵衛が納得した顔で言った。

「いくらなんでも、親父橋の下に転がってた仏を、こんな田舎まで移すはずがねえ。吉原の近くにゃ無縁寺がいくらでもありまさあ」

「安養寺とは聞かぬ寺だが……」

九郎も頷《うなず》きながら、

「その近くには柳生の下屋敷がある。そう睨んで間違いはないはずだ。市中での騒ぎを懸念《けねん》して目黒に運んだのだろう」

「あっしらの他にも仏を盗みに現われる者が居るとおっしゃるんで？」

「十兵衛さまはそう見ているようだな。あの瓦版《かわらばん》を撒《ま》いたのも恐らく……」

柳生の仕業と九郎は見当を付けていた。親父橋の首なし死体が、浮かばれずに幽霊となって安養寺付近に出没するという噂を記した瓦版を長兵衛が手に入れてきたのである。別の筋から調べた寺の名とそれは一致していた。

「罠《わな》だとしても……下手人は来るはずもありませんぜ。盗み返すくらいなら、はじめから捨てやしねえ」

「私たちを誘っているのかも知れぬ」

九郎の言葉に二人はぎょっとした。

「そうなりゃ、目黒不動に仏を動かすのはまずいんじゃありませんか？」

長兵衛が思い付いた。安養寺と目黒不動は切絵図で見る限り、目と鼻の近さにある。目黒不動は寛永寺の傘下《さんか》にある寺だ。それで九郎たちは掘り出した仏を不動の境内まで運ぶ心積もりでいたのだ。境内に運んでさえしまえば役人にも手が出せなくなる。

「下手ぁすると旦那と寛永寺の繋《つな》がりが知れてしまいやす」

「墓場で提燈《ちょうちん》を使うしかないか」

夜を選んだのが逆に邪魔をしている。九郎は軽い舌打ちをした。

「不動の側《そば》なら、ちょいと歩けばいくらでも藪《やぶ》が……そこに棺桶《かんおけ》を担《かつ》いで行きゃあ見咎《みとが》められる心配はありませんよ」

長兵衛は九郎に請け合った。

安養寺は目黒不動に通じる門前町の中ほどを左に折れた場所にあった。門前町と言っても田舎の一本町に過ぎない。脇《わき》に外れると直《す》ぐに賑《にぎ》わいは消えて畑が広がる。こんもりとした杉木立ちが正面に見える。荒れた安養寺の茅葺《かやぶ》き屋根が冬の青い月の輝きを受けて禍々《まがまが》しく浮かんでいた。

「どうやら無人のようでやすね」

明りはどこにも見えない。まだ寝るには早過ぎる刻限だった。長兵衛が言うと同時に権兵衛が確かめに駆けた。

「いかにも幽霊が出そうな寺だ。これなら滅多に人も近付きゃしねえ。楽に仕事ができるってもんで」

「まこと無人の寺なら深更まで待つとしよう」

「そいつは……構いませんが」

「監視があれば、そちらも痺《しび》れを切らす。見張りを気にしながらでは落ち着かぬ。どうせ今からでは戻るのも面倒だ」

「この寺で夜を明かすんですかい」

「風を凌《しの》げれば充分だ」

九郎は寒さを気にもしていないようだった。

「あっしらは馴《な》れていやすが……旦那《だんな》は宿にお泊まりになられた方が」

不動の門前町には宿も並んでいる。

「柳生の般若《はんにゃ》面たちが襲ってくるやも知れぬ。恐らくは十兵衛さまが拵《こしら》えた舞台さ」

九郎は寺に足を進めた。

「様子はどうだ？」

戻った権兵衛に長兵衛が質《ただ》した。

「昼は通いの坊主でも居るようですぜ。本堂はさっぱりとしていやす。鍵《かぎ》も掛けられちゃいねえ。のんびりとしたもんだ」

「たまたま留守にしてるんじゃねえのか」

「庫裏《くり》の方にゃまったく人の暮らしてる気配が感じられねえ」

長兵衛もそれで納得した。

「だったら町で食い物と酒を揃《そろ》えてきてくれ。今夜はここで夜明かしだ」

「この寺で？　悪い冗談はなしだ」

権兵衛は長兵衛と九郎に目を動かした。

「飯抜きで墓を掘り起こすよりはありがてえと思いな。俺《おれ》は囲炉裏を温めておこう」

「目の前にゃ女の居る宿があるんだぜ」

「遊びに来たのたぁ、わけが違うんだ」

長兵衛は一喝《いっかつ》した。

「こうしてる今だって、どこに見張りの目が光っているか分からねえんだ。ぐずぐず言うんなら江戸に戻りやがれ」

権兵衛は仕方なく従った。

それから一刻半《とき》（三時間）が過ぎた。

三人は囲炉裏を囲んで横になっていた。町に面した障子には板戸を立て掛けて、中の明りが洩《も》れないように工夫してある。

「さすがに柳生も我慢強いものだ」

九郎は腹を固めて起き上がった。

「このままでは本当に眠ってしまう」

「仕事に取り掛かりやすか？」

長兵衛と権兵衛も半身を起こした。

「一刻半もあれば、十兵衛さまにも報《し》らせが届いているだろう。すでに近くに潜んでいるかも知れぬ」

「それをわざと待ち構えていたんで？」

長兵衛は呆《あき》れた。

「ただの見張りを斬《き》ったところで意味はない。罠だとしたら、なんのための罠か私にも興味がある」

「五十人もで来られたら厄介《やつかい》ですぜ」

「十兵衛さまはそういうお方ではない」

九郎は笑って外に出た。煌々《こうこう》とした月が土ばかりの畑を照らしていた。ぐるりと見渡しても人影は見えない。が、九郎はいくつかの気配を敏感に察していた。

「頃合《ころあい》だ。はじめてくれ」

九郎は中の二人に声をかけた。

二人は鍬《くわ》を手にして現われた。新仏の埋められている場所は最初に突き止めてある。権兵衛を先頭に三人は裏手の墓地に向かった。

月明りを頼りに権兵衛が盛り土に鍬を入れた。見た目よりも硬い手応《てごた》えだった。寒さで土が締まったのだ。権兵衛の腕力でも鍬は半分しか突き刺さらなかった。長兵衛も手を貸す。二人になると見る見る穴が広がった。

長兵衛の振るった鍬が棺桶に達した。長兵衛は屈《かが》むと土を手ですくった。長兵衛の額からは汗が噴き出ていた。

「酷《ひで》え臭《にお》いだ」

まともに息を吸い込んで長兵衛は顔をしかめた。腐りにくいと言っても日数が経《た》っている。それに、はじめから皮を剝《は》がれた死体なのだ。長兵衛は蓋《ふた》に手を掛けて躊躇《ちゅうちょ》した。

「桶を持ち上げる方がいいのではないか？」

九郎が覗《のぞ》いて言った。

「無駄《むだ》な時間を取られまさぁ。やはり仏だけを引き上げるのが」

覚悟を決めて長兵衛は蓋を開けた。青い月明りが幸いした。真昼に見ていたら間違いなく吐いている。長兵衛の目はまともに女の首の無残な切り口と向き合っていた。桶に籠《こ》もっていた腐臭がどっと長兵衛を襲った。息を止めていたせいで耐えられた。油断していた権兵衛が、ぐえっと吐いた。長兵衛もつられそうになった。慌《あわ》てて口を押さえる。

だが、手遅れだった。長兵衛も棺桶の脇に吐き散らした。目から涙が溢《あふ》れた。

「旦那は……平気ですかい」

見下ろしている九郎と目が合って長兵衛は訊《たず》ねた。血の匂《にお》いには馴れている、と九郎は頷いた。それで長兵衛も気を取り直した。

長兵衛と権兵衛の二人は棺桶に腕を差し入れると女の二の腕を探った。両方から引き上げるつもりである。しっかりと握った気でいたが、長兵衛の指は滑った。女の肌《はだ》はぬるぬると溶けはじめていた。権兵衛も必死で悲鳴を堪《こら》えている。二人は気合いを入れて女の体を持ち上げた。女とは信じられない重さだった。女の体はどさりと九郎の足下に転がった。

九郎は提燈に明りを点《とも》すと女の体を丹念に調べはじめた。豪胆さが売り物の長兵衛と権兵衛ですら震えを覚える光景だった。

「彫り物をしていたとは見えぬが……」

やがて九郎が呟《つぶや》いた。

「墨が必ず肉にまで達しているはずだ。どこを調べても見当たらぬ。この程度の皮剝ぎではすべてが消されるわけがない」

「しかし……それじゃなんだって？」

「天主教の仏であるなら十字の形か菩薩《ぼさつ》に似た立ち姿しか思い当たらぬが……それなら、これほどに背中の皮を剝がさずとも足りる。脇腹の辺りまで剝がされているのは妙だ。

そもそも隠れキリシタンであれば、首筋まで達する像を彫り込むなど有り得ない」

「そいつぁ、確かにその通りでやすね」

長兵衛と権兵衛も頷いた。

「この娘をキリシタンと結び付けるものは例のかんざしだけだ。肉の間に押し込められていたと言うが……どうも分からぬな」

「首の切り口はいかがなもので？」

「生きている間に斬り落としたものだ。相当な手だれであろう。たった一太刀で決めている。しかも、据《す》え物斬りでもない。娘の体のどこにも縛られた形跡はないようだ」

「つまり……動いている相手を？」

「信頼していた相手か、眠っているところとも考えられるが……いずれ並の腕ではないな」

「柳生十兵衛ってことは？」

「十兵衛さまならたやすいことだが」

九郎は含み笑いをして、

「娘ごときに自ら手を下すお方ではなかろう」

否定した。

「俺もそう思うぜぇ」

哄笑《こうしょう》とともに空から声が降り注いだ。

権兵衛は驚愕《きょうがく》して尻餅《しりもち》をついた。

「柳生十兵衛、そんなに安い男じゃねえさ」

九郎は夜空を仰いで敵の姿を捜した。青い夜空に四角く切り取ったような闇《やみ》がある。

声はその闇の中より聞こえた。

「烏凧《からすだこ》か！」

闇は黒く塗った巨大な凧であった。その中心に男が体を縛り付けていた。

九郎は凧の糸の先を目で追った。

〈なんと！〉

糸は目黒不動の大塔の屋根に繋がっていたのである。これでは糸を断ち切って凧を落とすこともできない。それを知ってか男はさらに哄笑した。覆面で顔を隠しているが、その声には確かに聞き覚えがあった。

〈やはり現われたか〉

九郎はそのまま男を睨《ね》めつけた。

4

「地面からじゃ見えねえだろうが――」

凧に乗っている男は笑いながら、

「空の上だと、ずいぶん見晴らしがいいぜぇ。あちこちに怪しいやつらがうじゃうじゃしてやがる。無論あんたも承知のこったろうがよ」

「天竺徳兵衛……」

覆面の下の正体を見抜いて九郎は言った。

「凧たぁ通好みの趣向だろう。お陰で勝負に決着がつくまで高みの見物ができるってもんだ。敵は柳生ばかりじゃねえぜ」

「……」

「目黒の方から二十人ほどの男どもが、この寺目指して駆けてきやがる。恐らく、柳生の連中が待ち構えていたのはあいつらさ」

言うなり徳兵衛は短筒を放った。墓場の側に立つ大銀杏《おおいちょう》から悲鳴を上げて男が転がり落ちた。黒装束の男であった。それを切っ掛けに藪や塀《へい》の陰から何人かが躍り出た。九郎は苦笑した。長兵衛と権兵衛は身構えた。

「また会ったたな」

男たちの背後から般若の面を被《かぶ》った柳生十兵衛が、のっそりと姿を現わした。

「空で看板役者を気取っている男の言う通り我々の待っていたのはおぬしではない。やると言うなら遠慮はせぬが、できればこちらの用が済んでからにして欲しいものだ」

「相手は夢の市郎兵衛ですか」

「糸を操っている者を追い詰めている」

「なるほど。それではご自由に」

九郎は頷《うなず》くと十兵衛に背を向けた。そのまま本堂に歩いて階段に腰を下ろした。長兵衛と権兵衛の二人も警戒しながら従った。

「駆けてくる者どもの中に武士はおるか？」

十兵衛は空にいる徳兵衛に質した。

「なんで俺が教えなきゃならん」

徳兵衛は呆れた。

「教えて貰《もら》わずとも、どうせ直ぐに知れるが、そちらも直ぐに知ることがあるぞ」

「……………」

十兵衛の言葉に徳兵衛は不安な顔をした。

「その凧の糸が繋《つな》がっている目黒不動の大塔の仲間はこちらで始末した。向こうの屋根に上がっているのは我らの手の者だ。合図によって糸を切り離す手筈《てはず》になっている。その高さではさぞかしよく飛ぶであろうな」

「いつの間に！」

「凧の気配を見逃す儂《わし》ではない」

「負けたぜ。短気は起こすな」

徳兵衛は懐《ふとこ》ろから遠眼鏡を取り出すと目黒の方向を眺《なが》めた。月明りの眩《まぶ》しい夜だ。

「二本差しが四人いる。他は皆一本だ。それに鉄砲を担《かつ》いだやつが三人いるぜ」

「鉄砲！」

　十兵衛は愕然とした。

「見間違いではないのだな？」

　十兵衛は念を押した。鉄砲を恐れる十兵衛ではない。恐れを覚えたとしたら、敵の大胆さに対してであった。武士がご府内で鉄砲を用いたとなれば死罪はもちろんのこと、主家にもお咎《とが》めがあるのは必定である。それを知りながら来たとなれば、お家ぐるみで関《かか》わっていると見做《みな》してもいい。

「武士は生きたまま捕らえろ」

　十兵衛は部下に命じた。

「生き証人がなんとしても欲しい」

　部下たちは頷くと境内に散った。

　十兵衛は足元に転がっている女の首なし死体を見下ろした。屈んで娘の体を持ち上げるとふたたび棺桶《かんおけ》に戻す。べとべとの掌《てのひら》の臭いを嗅《か》いで十兵衛は丹念に懐紙で拭《ぬぐ》った。

それから十兵衛は九郎たちの側《そば》に向かった。

　注意が自分から外れたと知って徳兵衛は遠眼鏡をしまうと、今度は鉤《かぎ》のついた紐《ひも》を取り出した。手近の銀杏の枝を狙《ねら》って投げ付ける。紐は一度で枝に絡《から》み付いた。徳兵衛は十兵衛に気取られぬよう、ゆっくりと紐を手繰った。爪は銀杏に引き寄せられた。距離を見定めて徳兵衛は爪に結び付けている縄《なわ》を次々に解いた。すべてを解き終えると徳兵衛は左手を凧から離して空に飛んだ。

ぶらん、と徳兵衛は銀杏にぶら下がった。

凧は重みを失って急上昇した。

徳兵衛は懐ろの手車を回した。するすると徳兵衛の体は枝に引き上げられた。

本堂と銀杏との間はだいぶある。音は十兵衛に届いていないはずだった。


「どうやら……」

九郎の隣りに腰を下ろした十兵衛は、側で顔を強張《こわば》らせている長兵衛を見やって、

「浅草寺の境内で盗み見していた者だな」

低く笑った。長兵衛はゾッとした。

「船宿で夢の市郎兵衛を見張っていたのもそうであろう。てっきり町方の手の者と思っていたが、それは外れたらしい」

「名乗る必要はない」

九郎は長兵衛を制した。

「まだ敵とも味方とも定まったわけでは」

「それはそうだ。しかし……」

十兵衛は次に権兵衛の額に目を転じた。般若の面に見据えられて権兵衛は顔を逸《そ》らした。

「だいたいの見当はつく。坊主頭にしたところで、その奇妙な傷が目印だ」

権兵衛の額には唐犬との喧嘩《けんか》でできた三本の引っ掻《か》き傷がはっきりと見えていた。それで広まった通り名が唐犬権兵衛。歳《とし》は十八と若くとも江戸には隠れもない悪名であった。

「へへ、こいつぁどうも」

天下の柳生十兵衛に名を知られていたと分かって権兵衛は満更でもない顔をした。

「それとつるんでいるとなれば、名をあらためて訊ねることもなかろう」

十兵衛はじろりと長兵衛を睨《にら》んだ後に、

「妙な者どもを手下にしておるな」

九郎と目を合わせた。

「舫九郎……調べたが分からぬ。柳生の剣を用いるからには必ず知れると思うたが」

「私にも……なぜ十兵衛さまがこのことに関わりを持たれているのか分かりませぬ」

「このことと言うが、なにを知っている？」

十兵衛は慎重に質《ただ》した。

「それも、しばらく見届けてからに」

接近する足音を耳にして九郎は微笑《ほほえ》んだ。

「敵は鉄砲を用意している。儂が片付けるまで姿を潜ませておれ」

十兵衛は部下に叫ぶと立ち上がった。

「おぬしらも本堂の中に隠れればよかろう」

「お構いなく。鉄砲相手に十兵衛さまがどういう働きをなされるか興味がありますので」

九郎は動ぜずに応じた。

「銀杏に飛び移ったようだが、うぬもそのままにするがよいぞ。喧嘩になればこの十兵衛にもいちいち敵を見定めているゆとりはない。命が惜しければ降りてこぬのだな」

十兵衛が言うと徳兵衛は舌打ちした。


「敵にしたくねえ御仁でやすね」

山門に歩いて行く十兵衛の後ろ姿を目で追いながら長兵衛は九郎に囁《ささや》いた。

「あの天徳でさえ形無しだ」

天竺徳兵衛を縮めて長兵衛は言った。

「気をつけるがよい。流れ弾がこちらにこないとも限らない」

山門に姿を現わした男たちを見て九郎も立ち上がった。

「私なら鉄砲相手にどう戦うか……」

「それも三挺《ちょう》ときやがった」

信じられない顔をして長兵衛も頷いた。

「この野郎ですぜ！」

十兵衛を取り囲んだ男たちの中から声が上がった。十兵衛は声の主を探した。

「浅草寺で逃した者か」

武士の脇《わき》で刀を構えている男を見て十兵衛は笑った。見覚えはないがそうであろう。

「貴様……町方ではないな」

ずいと武士の一人が前に抜け出た。

「般若《はんにゃ》の面など被って、こけ威《おど》しか。生憎《あいにく》と我らには通じぬ」

「藩の名を訊《たず》ねても無理と見える」

十兵衛はぎらりと腰の刀を抜いた。

「捕らえて白状させねばなるまい」

「貴様……この数を相手にするとでも？」

武士が嘲笑《あざわら》うと仲間も爆笑した。

「第一、それは我々の言うことだぞ。幽霊の噂《うわさ》を流したのは貴様か？　なんのために小細工を弄《ろう》したのか体に問い質してやる」

武士が合図すると鉄砲を持った三人が膝《ひざ》をついて十兵衛に狙いを定めた。

「手足を狙え。聞くことがある」

武士の言葉に鉄砲の狙いが変わった。

「この暗さで手足を狙えるほどの腕か」

十兵衛は挑発《ちょうはつ》するように笑った。

「外れるかも知れんな。運が悪ければ頭が吹き飛ぶ。そのときは諦《あきら》めろ」

逆に武士は冷たく返した。

「娘を殺したのはおぬしたちだな」

十兵衛は刀を正面に構えて訊ねた。

「貴様とどんな関わりがある？　身内でもあるまい。聞けばずうっと市郎兵衛を見張っていたらしいが……めざわりだ」

「儂の顔が見たくはないか」

十兵衛は意外なことを言った。

「見せると言うなら見てやろう」

武士の言葉を待って十兵衛は懐紙を取り出すと火打ち石で火を点《とも》した。と同時に印籠《いんろう》に忍ばせていた火薬をそれに降り注ぐ。紙はめらめらと大きな炎を上げた。十兵衛は素早く掌で紙を丸めると握ったまま突進した。

「撃て！」

慌《あわ》てて武士が命じた。十兵衛は燃え盛る炎を鉄砲を構える者たちに投げ付けた。炎で目が眩《くら》んだ者たちには、その瞬間に横へと逃げる十兵衛の姿が見えなかった。弾丸は炎を目標に放たれた。

鉄砲を持つ男たちは成果を確認するように暗がりに目を凝らした。いきなり、目の前に十兵衛が現われた。悲鳴を上げる暇もなかった。十兵衛の剣は一瞬のうちに三人の鉄砲を峰で払い落としていた。

呼応して柳生の男たちが出現した。

「ちっ！　謀《はか》られたか」

武士は刀を引き抜いて十兵衛と対峙《たいじ》した。

「鉄砲がなくては雑魚《ざこ》の集まりに過ぎぬ」

十兵衛は部下たちに掃討を命じながら、武士と向き合った。なかなかの腕に思えた。新陰流と見抜かれるのを案じて十兵衛は刀を持った腕をだらりと垂らした。

「引け！」

武士は同僚の武士たちに叫んだ。死を恐れてのことでないのは十兵衛にも分かった。

「そうはいかぬ」

十兵衛は地を蹴《け》って退路を断った。

「ここは拙者が引き受ける。お引きを！」

武士は一気に踏み込んできた。十兵衛といえども避けるのが精一杯の鋭さだった。身を捨てての攻撃には腕以上のものが加わる。

「惜しいな。買われた腕か？」

今の世にこれほどの腕を持つ武士は珍しい。手筋には道場で習得したものとは異なる荒々しさが感じられた。

「貴様……浪人ではあるまい」

武士は肩で息をしながら言った。

「貴様には我らの辛《つら》さが分からぬ」

「我ら？」

十兵衛が訊《き》き返した瞬間、武士の姿が目の前から消えた。十兵衛は頭上を見上げた。鳥の翼のごとく両の袖《そで》をはためかせながら武士が襲ってきた。人間とは思えぬほどの跳躍力だった。十兵衛は咄嗟《とっさ》に身を転がして右に逃れた。左に逃れれば敵の利《き》き腕《うで》の餌食《えじき》となる。

「うっ！」

十兵衛の左肩に激しい痛みが生まれた。

「撒《ま》きびしか！」

不覚としか言い様がなかった。一寸にも満たない突起である。突き刺さったとて命に別条はないが、万が一、先に毒でも塗られていれば危ない。さすがに十兵衛は青ざめた。

「乱破《らっぱ》だな」

十兵衛は体勢を整えると刀を正面に構えた。相手が忍者と分かっていれば、それなりの対応ができたのだが、髷《まげ》と服装から武士と信じて疑っていなかったのである。

「よく躱《かわ》した。只《ただ》の鼠《ねずみ》ではないな」

相手も十兵衛の素早い動きに唸《うな》りを上げた。

「飼い主を逃して、自分は命を捨てる……か」

十兵衛は遠ざかる三人の武士を横目にして、目の前の男に哀れみを覚えた。腕を買われた忍者であれば、たとえ素性が知れたとて飼い主にまでは繋《つな》がらない。

「我らと言ったが……買われたのはおぬし一人ではないのだな」

「貴様こそだれの手先だ」

「覚悟に免じて顔を見せてやろう」

大半を制圧して、部下たちがまわりを取り囲んでいるのを見届けた十兵衛は傷付いた左の腕で般若の面を外した。取り逃がす恐れのないことと、相手にも逃げる気遣いのないのを知った十兵衛の恩情だった。

隻眼《せきがん》の顔が月明りに照らされると、

「ぐえっ」

相手は声にもならない呻《うめ》きを洩《も》らした。

「柳生十兵衛。どうやら承知と見える」

名乗ると相手はたじたじとなった。

「おぬしの名は……訊ねても無駄《むだ》か」

「根来《ねごろ》の青嵐《せいらん》」

相手は周囲に目を配りながら応じた。

「根来……」

十兵衛は頷《うなず》いた。伊賀《いが》、甲賀と並ぶ力を持ちながら、徳川の時世となって以来、根来衆の名は久しく聞かれなくなっていた。伊賀者が徳川に仕え、甲賀衆が島原の乱において目覚ましい活躍をしたことを思えば、まさに世間から忘れ去られた存在にも等しい。

「名乗ったからには逃れられぬと知ったか」

「柳生十兵衛とあらば不足はない。相討ちでも根来の名が広まるであろう」

「よかろう。こちらも遠慮はせぬ」

十兵衛は部下たちを退けた。

「乱破に剣の道はない。構わぬな」

青嵐はそう言って左腕に手甲鉤を嵌《は》めた。獣の爪《つめ》のように長い四本の鉤が連なっているものだ。手の甲を保護するとともに、この鉤が鋭い武器となる。

「乱破を相手にするのはおぬしがはじめてだ」

十兵衛は間合いを詰めながら言った。

「今後は多くなる。拙者を倒せばの話だが。根来五人衆を敵に回せば楽ではないぞ」

「近頃《ちかごろ》、退屈を持て余していたところだ。五人もいるなら退屈凌《しの》ぎになろう」

「どうかな」

青嵐は左腕を掲げながら突進してきた。手甲鉤を腕にしっかり嵌めたと見せ掛けて、実を言うと青嵐は手首に乗せただけだった。手甲鉤には細い鉄の鎖がついている。腕を振れば手甲鉤が勢いよく飛び出す。鋭い爪は十兵衛の顔を引き裂くであろう。それに失敗したとしても、受けた刀に巻き付いて自由を奪う。そこを狙《ねら》って飛び込めば勝算はあった。

「はうっ！」

青嵐の奇声が境内に響き渡った。じいん、と鉄の鎖の伸びる音がそれに続いた。

「侮《あなど》るな！」

十兵衛は咄嗟に左手で脇差を抜くと手甲鉤を受けた。じゃらじゃらと鎖が絡《から》まった。びいんと張った鎖を十兵衛は思いきり引いた。青嵐は前につんのめりそうになった。ぐっと踏み止《とど》まる。その手応《てごた》えを感じると十兵衛は脇差を青嵐に向けて投じた。青嵐は支えを失って背後に転がった。そこに脇差が飛んできた。避ける術《すべ》はなかった。十兵衛の投げた脇差は青嵐の左の腿《もも》に深々と突き刺さった。青嵐は悲鳴を堪《こら》えた。が、脇差を抜いている余裕はなかった。すでに十兵衛が目の前に刀を振りかざしていたのである。青嵐は十兵衛の足を狙って刀を払った。十兵衛は軽々と空に飛んだ。

〈よし！〉

青嵐は刺し違える覚悟を決めた。当然、十兵衛は青嵐が頭上からの振りを横に払うと見ているだろう。その剣を払わずに真っ直ぐ突き立てればどうか。自分の体は無論、薪《まき》のように両断されるが、同時にこちらの刀が十兵衛の胴体を串刺《くしざ》しにする。案の定、落下してくる十兵衛の顔に驚愕《きょうがく》が見られた。いくら十兵衛といえども、浮いた体の向きを簡単には変えられない。

「柳生十兵衛、討ち取ったぞ！」

身を捨てた恍惚《こうこつ》も加わって青嵐は雄叫《おたけ》びを上げた。

その首がごろりと転がった。青嵐は自分の身になにが起きたか知らなかったに違いない。落ちた首には笑いが残されていた。

血飛沫《ちしぶき》を上げている青嵐の脇に十兵衛は着地した。冷や汗を押し隠しながら、十兵衛は九郎を睨《にら》みつけた。

「余計な真似《まね》を」

九郎が窮地を察して青嵐の首を刎《は》ねたのであった。十兵衛は溜《た》め息《いき》を吐《つ》いた。

「生かして捕らえんと思いしに」

「十兵衛さまのお気持はそうでも、この男、自ら死を選んだはずです」

「だな。一応、礼を申しておこう」

十兵衛も素直に認めて刀を収めた。

「十兵衛さま、これを！」

部下の一人が鉄砲を抱えて捧《ささ》げた。十兵衛は怪訝《けげん》な顔で受け取ると点検した。筒先に紋所らしきものが象眼されていた。見る見る十兵衛の顔付きが変わった。一緒に覗《のぞ》き込もうとする九郎に気付いて十兵衛は鉄砲を部下に戻した。

「三つ葉葵《あおい》」

九郎は顔色一つ変えずに口にした。

「先ほど調べさせていただいた」

十兵衛の部下たちは九郎を取り囲んだ。

「鉄砲に刻めるほどとなれば限られてきますね。それで柳生の方々が……」

「どうしても死にたいのか」

十兵衛は辛そうな目をして言った。

「見ぬふりをすればよいものを」

「それでも、後から気になりましょう」

「まあ、それも道理だな」

ふたたび十兵衛は刀を抜いた。

「口を封じる自信がおありですか?」

九郎は懐《ふとこ》ろ手をして微笑《ほほえ》んだ。

「おぬしよりは多少、修羅《しゅら》場《ば》を潜《くぐ》っておる」

「ならばお聞かせ下さい。どうせ私の命の行く末は知れたもの。地獄への土産です」

ふっ、と十兵衛は苦笑して、

「それもまた道理」

戦意を失ったように構えを崩した。

「引くぞ」

十兵衛は部下たちに命じた。

「助けて貰《もら》った者を殺したとあっては、寝覚めが悪い。今宵《こよい》のところは目を瞑《つぶ》ってやろう」

次いで空を見上げた十兵衛は、

「銀杏《いちょう》の枝に取り付いている者にも申しておく。これ以上、深入りいたせば容赦せぬ。柳生を敵に回すと覚悟するのだな」

言って般若《はんにゃ》の面を被《かぶ》り直した。

十兵衛たちが引き揚げると権兵衛はへたへたと冷たい地面に腰を落とした。

「旦那《だんな》は無茶ですぜえ」

長兵衛も汗を拭《ぬぐ》った。

「どうやって場を切り抜けるつもりだったんで？　他の連中も滅法な腕だ」

長兵衛は死体のごろごろ転がっている境内を見渡して嘆息した。少なくとも十はある。ほんの一瞬に十兵衛の部下たちが斬《き》り捨てたものだった。恐らくは夢の市郎兵衛の手の者である。武士ではないと言っても喧嘩《けんか》には馴《な》れた男たちのはずだった。

「根来とはな……」

天竺徳兵衛の声がした。徳兵衛はいつの間にか本堂の屋根の上に飛び移っていた。

「ますます面白くなってきたようだの」

「てめえ……いつも猿《さる》みてえに手の届かねえ場所に逃れやがって」

長兵衛は罵声《ばせい》を浴びせた。

「いいことを教えてやろう」

徳兵衛は気にせず続けた。

「殺された女の体からマリアを刻んだかんざしが見付かったことを承知か？」

「そんなこたぁ百も承知のすけだ」

長兵衛は鼻で笑った。

「手にして調べて見たが、あのかんざしには脂《あぶら》がついておらぬ」

「……」

九郎の目が怪訝そうに光った。

「どうやら通じたようだな。後はそっちでやれ。また高みの見物と洒落込《しやれこ》もう」

徳兵衛はそれだけ言うと九郎たちとは反対側の地面に飛んで消えた。

「なにをちんぷんかんぷんのことを言いやがる。脂がいってえどうしたってんだ」

「死体を検分したのはだれだ？」

首を傾《かし》げている長兵衛に九郎が訊《たず》ねた。

「横山の旦那で」

権兵衛が教えた。

「横いたち、って仇名《あだな》される切れ者ですぜ。北町奉行所の同心の中じゃ一番という評判でさ。嫌《きら》ってる町の者も大勢いますがね」

それがなにか、と長兵衛が質《ただ》した。

「その同心が娘の体にかんざしを潜ませたのだ。半日も娘の体にあれば必ず肉の脂がかんざしの刻みに入り込む。簡単に落ちるものではない。間違いなく検分した同心がこっそり忍ばせたものだろう」

「横いたちが南蛮の仏を刻んだかんざしを」

長兵衛と権兵衛は唖然《あぜん》となった。

「まさか……知れりゃ打ち首ですぜ」

長兵衛は信じなかった。

「番屋で見付かったというのも怪しい。いくら肉の間と申しても、その同心が検分するまでに何人かが調べたのであろう？」

長兵衛は、ゆっくりと頷いた。

「横いたちと市郎兵衛との繋がりは？」

「そりゃ……持ちつ持たれつってとこで。今の役人で市郎兵衛と正面からやり合う度胸を持ったお人はいませんからね」

「横いたちを責めるのが近道だな」

九郎はあっさりと言った。

「横いたちをいたぶれば、今度は町方まで敵にしてしまいやすぜ」

長兵衛はさすがに危惧《きぐ》を抱いた。

「いたちみてえにしつこい旦那でさ。もちろん、おいらたちの顔も割れている。殺してしまうってんなら問題はねえが……」

「どうせ永くはない命だろう」

「……」

「十兵衛さまに知れれば終《しま》いだ。きっと口封じの策が取られる」

「柳生の連中が殺すってんで？」

「市郎兵衛を操っているのは三つ葉葵の紋を許された家だ。将軍の血筋であろう。まさか白日のもとに晒《さら》すわけにも参らぬ。となれば連なる者の口を封じるしか……」

ぶるるっと長兵衛は身震いした。

「じゃあ、おいらたちだって」

権兵衛は長兵衛の袖にすがった。

「隠れキリシタンどころの騒ぎじゃねえや。兄ぃにゃ悪いが、抜けさせて貰いてえ」

「いまさらなにをぐずぐず言いやがる。上等だ。徳川さまのお血筋となりゃ、相手にとって不足はねえ。較《くら》べりゃ、横いたちなんぞ可愛《かわい》いもんじゃねえか」

長兵衛は権兵衛に、と言うより自分を鼓舞するように発した。

「僧正がどう思うか……私も楽しみだ」

誘いに乗った甲斐《かい》があったと九郎は笑った。

5

おなじ夜。

本所の外れ、荒れ果てた武家屋敷の奥深い部屋に、たった一つ、今にも消えそうな細い蠟燭《ろうそく》の灯《あか》りが揺れていた。屋敷を囲む半里四方は藪《やぶ》となっている。昼でさえ近付く者のいない寂れた場所である。無人となった屋敷に明りがあっても、だれも気付かぬに違いなかった。その明りは何人かの影を破れた襖《ふすま》に映しだしていた。

「青嵐がたやすく倒されるとはのう」

座の中心にいる小柄《こがら》な男が溜め息混じりに口にした。五十近いが、肩や腕には筋肉が盛り上がっていた。

「浅草寺でのことといい……敵も手強《てごわ》い」

だが、小柄な男には笑いも見られた。

「これからいかがなされます」

目の前に胡座《あぐら》をかいている男が訊ねた。こちらは対照的な大男だった。その隣りには一人の女と二人の男が並んでいる。大男の名は黒嵐、女は紅嵐、そして残る二人は白嵐に紫嵐。根来五人衆と仲間より称《たた》えられている者たちであった。が、青嵐を失った今、四人に減っている。

「頭領」

無言でいる男に黒嵐は詰め寄った。

「勝手な行動は許されておらぬ」

男はのんびりと煙草《たばこ》に火をつけた。

「しばらくは放って置け」

「青嵐の仇《かたき》を討ってはならぬと！」

紅嵐は悔しそうに身を乗り出した。まだ若い。それに乱破《らっぱ》とは見えぬ華奢《きゃしゃ》な体だ。

「今ここでそやつを討ち取っても、たいして手柄にはならぬ。家中の者どもや市郎兵衛が手を焼いてからの方が得になる。我らの力がそれでこそ大きく見えると言うものだ」

「その前に般若面が倒されれば……」

「市郎兵衛ごときになにができる」

男は哄笑《こうしょう》した。

「鉄砲を凌《しの》いだほどの男ぞ。案ずるな。我らはじいっと出番を待てばよい」

「しかし……ご命令が下りましょう。家中の者たちは我らに手を汚させようとしておる」

白嵐が言った。四人の中では最年長である。

「なるべく手を抜け。こちらの命が多く奪われれば奪われるほど好都合だ」

「それで済めばよろしいが……腑甲斐《ふがい》無いと見捨てられはせぬでしょうか」

「と申して、いまさらだれを頼ると言うのだ。我ら根来の他に頼る者はおるまい。そもそも我らだけで事足りると言うに、夢の市郎兵衛などを引き入れるとは……根来も安く見られたものぞ。その過ちを自らお感じなされて貰わねばな。これからのこともある。

なんとしても根来の手がなくてはと思わせねば」

「頭領は般若面の正体をどう思われます」

白嵐は思い切って口にした。

「うぬとて薄々は承知であろう」

「やはり……柳生十兵衛」

恐る恐る白嵐は名を告げた。

「腕といい、場所といい、柳生以外に思い付かぬ。面で顔を隠しているのは、正体を気取られぬためと言うより、まさかの折りの逃げ道に違いない。総目付が承知しながら、お咎《とが》めなしとなれば幕府の威信にも関《かか》わる。つまりはそこまで察しているということだ」

うーむ、と四人は顔を見合わせた。

「表立っての咎めはできぬ。だからこその般若面と見た。どこのだれやも知らぬ般若面なれば、幕府もあずかり知らぬこと」

男は四人を見渡して、

「なにを恐れておる。かえって我らには都合がよいと言うものぞ。我らとて気にせずにやれるではないか。十兵衛の般若面は幕府がそこまであのお方を恐れておる証拠でもある」

いかにも、と四人は頷《うなず》きあった。

「にしても……」

紫嵐が首を捻《ひね》りながら言った。

「十兵衛の傍《かたわ》らにいたという男、いったい何者にござりましょう。市郎兵衛の手の者に聞いた限りでは十兵衛の仲間とも思えませぬ。二人の坊主《ぼうず》を従えていたとか」

「こういうことになるなら、他にうぬらの一人を差し向けるべきであった。罠《わな》と承知ゆえ、わざと青嵐一人に任せたが」

男は舌打ちして、

「さぞかし、あのお方もお怒りであろう。無類の癇癪《かんしやく》持ちじゃ」

声にして笑った。

「十兵衛はともかくとして、その男の始末程度は根来がやって見せねばなるまい。なにか捜しだす手立てを思い付かぬか？」

「顔も見ておらぬでは厄介《やつかい》にござります」

黒嵐は眉《まゆ》をしかめた。

「いずれ姿を現わすのを待つしかないか」

男も諦《あきら》めた。

「肝腎《かんじん》の策についてはいかがで？」

白嵐は問い質した。

「そろそろ指示があろう。紅嵐に働いて貰おうと思っておる。紅嵐であれば油断する」

「牢《ろう》を破るのはたやすきことなれど」

紅嵐が不安そうに言った。

「キリシタン牢が破られたと知れれば大騒ぎとなります。それでも決行を？」

「誘いに乗らぬなら、その手しかあるまい。牢の中にもすでに背中の皮を剝《は》がれた娘の一件を流してあるそうじゃ。強引に過ぎるが、拷問《ごうもん》でふらふらになっている頭では、そのおかしさにも気付かぬ。抜け出れば必ず仲間と連絡を取る。糸を手繰っていけば秘密を知る者に辿《たど》り着くはずだ。騒ぎを恐れて後手となったが、はじめからこの策を取っていれば十兵衛に目をつけられることなどなかったかも知れん。無駄《むだ》な回り道をしたものよ」

「あのお方さまは……十兵衛が出てきたとご承知にござりましょうか」

紅嵐は白い頰《ほお》を紅潮させて言った。

「まわりのだれぞが疑念を口にするやも知れぬが……たとえ聞いても柳生十兵衛の怖さをご存じかどうか。また、知っていたとて気になさるお方ではあるまい。将軍でさえ恐れるお方でないからな」

男は言い終えると指で蠟燭の火を消した。部屋は漆黒の闇《やみ》と化した。

「儂《わし》はしばらくどこぞに潜む。居所は直《す》ぐに知れよう。用のあるときは白嵐が参れ」

「なにかアテでも？」

「十兵衛よ。近くにおれば、やつの動きを知ることもできる」

男は白嵐に応じた。

「頭領ゆえ不安はございませぬが、十兵衛にはくれぐれもご注意召されて下さりませ」

「正体を見抜かれるような真似《まね》はせぬ」

闇の中に男の遠ざかる気配があった。

残る四人もそれぞれに散った。

6

「ちょいと待ちな」

目の前を顔を伏せながら通り過ぎた女の背に横山頼介《よりすけ》は声をかけた。女は声に気付かぬふりをして足を進める。

「待ちなと言ってるんだぜ」

横山は休んでいた茶屋を飛び出すと女の後を追った。女は両国橋を目指していた。橋を越えて両国の雑踏に逃れるつもりであろう。侮《あなど》っていたが、女の足は速かった。

「てめえ、どういう了見だ」

橋の真ん中で追い付いた横山は女の肩に腕を伸ばして、ぐいと振り向かせた。

「……………」

横山はぐっと唾《つば》を呑《の》み込んだ。想像を遥《はる》かに超えた女の美しさに横山は気後れさえ覚えた。思わず指が短い髷《まげ》を直す。戸惑いを感じたときの癖である。

「どっかで会っているな」

記憶を辿りながら横山は言った。確かに見覚えがある。だが思い出せない。派手な柄ゆきから見て素人《しろうと》でないのは分かった。

「勘弁して下さいな」

女は懇願の目をして横山の掌《て》を握った。横山の手の中に一分銀が渡された。習慣でそれを懐《ふとこ》ろにした後、横山はしげしげと女を見た。

「話によっちゃ勘弁もしてやるが……詳しいことを聞いてからじゃねえと許すわけにゃいかねえぜ。それが俺《おれ》のお勤めだ」

なにがなんだか分からなかったが、横山は巧みに言い逃れた。女がなにかをしでかしたのは明らかだった。よほどのことでもない限り横山は許すつもりでいた。無論、女の態度によっては、である。両国には顔の利《き》く出合い茶屋がいくらでもある。

「番屋じゃ可哀相《かわいそう》だ。どこにする？」

仄《ほの》めかしながら横山は帯の背中に挟《はさ》んだ十手に腕を伸ばした。これをやればたいていの者が怯《おび》える。女も青ざめた。

〈どこで会った？〉

見れば見るほど美《い》い女だった。横山は自分の一物《いちもつ》が膨らんでいくのを覚えた。吉原を管轄《かんかつ》にして女は見慣れているはずの身である。

「旦那《だんな》に捕まっちゃ逃れられませんね」

女はしなを作りながら目配せした。ぞくぞくっと横山は身震いした。

「本当に勘弁して下さいますか？」

女は耳元で囁《ささや》いた。

「女をお縄《なわ》にしたかぁねえのよ」

色男気取りで横山も口許《くちもと》を歪《ゆが》めた。女の白い襟足《えりあし》から白粉《おしろい》の匂《にお》いが漂った。着物にも香を焚《た》き込んである。湯女《ゆな》かとも思ったが、それにしては肌《はだ》が荒れていない。

「『なかがわ』で旦那に不都合はありませんかえ」

「『なかがわ』だと。ずいぶんと敷居の高え店を承知だな。金持ちの旦那でも誑《たぶら》かしてちょくちょく使っているのか」

両国で名の通った料理屋だが、この女なら有り得ると横山は思った。自分が連れ込もうとした出合い茶屋が急にみすぼらしいものに感じられた。

「あそこなら離れの部屋が」

「持ち合わせが足りるかどうか」

わざと横山は口にした。いざとなれば十手が信用だ。支払いはなんとでもなる。それよりも横山は女の財布が知りたかった。上手《うま》くやれば今後の金蔓《かねづる》にもなる女なのだ。

「そんなご心配はなしにして下さいな」

女は微笑《ほほえ》むと横山の股間《こかん》に軽く触れた。

〈犬も歩けばなんとやら、だ〉

横山はほくそ笑んだ。

話が旨《うま》すぎるとは一度も考えなかった。

似たような経験をいくつもしていたのだ。

「ほう。ずいぶんと気が利く店じゃねえか。まさか『なかがわ』が出合い茶屋の真似をしてようとは思わなかったぜ」

仲居が酒と肴《さかな》の注文を受けて姿を消すと横山は隣りの襖を開けた。薄暗い部屋には布《ふ》団《とん》が敷かれてあった。

「まだ名前も聞いちゃいなかったな」

横山は女の脇《わき》に胡座をかいた。無造作に伸ばした腕を横山は女の胸に差し入れた。女は笑いを崩さずに無言で横山の腕を退けた。

「ここまで来てじらすのは酷だぜ。話はゆっくりと後で聞いてやる。それよりもこっちをなだめて貰《もら》いてえもんだな。びんびんしてやがる。倅《せがれ》がおめえに一目《ひとめ》惚《ぼ》れしたとよ」

横山は女の腕を引いて触らせた。女はそれを力一杯絞り上げた。

横山は悲鳴を発した。

「てめえ、なんの真似だ！」

横山は女の胸倉を摑《つか》んだ。その横山の額に盃《さかずき》が飛んできた。横山の額が割れた。

「その女がなにをしたと言うのです」

現われたのは九郎だった。女はもちろん高尾であった。

「理由《わけ》もなしに女をこういう場所に連れ込むとは……いかに町方とは言え許されぬ」

「連れ込んだのはこの女の方だ」

「どういう理由で？」

「……」

横山は押し黙った。なにも聞いていない。

「謀《はか》りやがったな」

横山は直ぐに察した。

「策を弄《ろう》せずともよかったのだが、襲えば殺してしまうかも知れぬ。刀は預かった。諦めて少し酒の相手でもしていただこう」

「こんなことをして只《ただ》で済むと思っていやがるのか。俺を敵に回せば面倒だぜ」

横山はふてぶてしく胡座をかいた。

「面倒とは、生きてこの部屋を出られての話でしょう。お望みなら面倒にならない方法を選んでも構いませぬ」

九郎の笑いに横山は気圧《けお》された。

「南蛮の仏を刻んだかんざしについて伺いたい。それで通じますね」

横山の顔は蒼白《そうはく》となった。

「まったくの豚役人だな」

九郎の剣が狭い部屋に舞った。横山の短い髷がぽとりと落ちた。横山は呻《うめ》いた。

「夢の市郎兵衛に頼まれてか」

九郎はその髷を刀の先で串刺《くしざ》しにした。

横山は怯えた顔をして見上げた。

7

「舐《な》めるんじゃねえぜ」

髷を失った無様な頭を押さえながらも、横山は精一杯の虚勢を張った。北の同心という誇りと、女の前という状況が怯えを忘れさせたと見える。が、九郎の腕の立つのも知ってか横山には向かってくる気配がなかった。横山は度胸を示すようにどっかりと胡座をかいた。さすがに場数だけは踏んでいる。

「俺ともあろう者が、こんなちんけな罠に嵌《は》まるとはな。俺に面《つら》ぁ見られたからにゃ、どうせすんなりと帰すわけもなかろう。てめえらの口車に乗る俺じゃねえ。さっさとケリをつけやがれ。どうせまともな死にざまはあるめえと覚悟していたぜ」

横山は声を張り上げた。

「無駄です。だれにも聞こえない」

九郎が笑うと横山はぎょっとした。

「こんな昼日中に離れを用いる客はない。仲居にもあらかじめ話を通してある。多少騒いだところで男と女の睦《むつ》み合いとしか」

「……」

「それでも騒ぎ続けるというのであれば」

九郎は腰の刀に手を掛けた。

「仲居さんの現われるのを心配してではありませんよ。うるさい声が嫌《きら》いなだけです」

「わ、分かった」

九郎の冷静さに横山は負けた。

「と言ったところで、答えは一緒さ。なんのことだか俺にゃさっぱり分からんな」

「ならば無理して質《ただ》さずともよい」

九郎はなおも笑った。

「瓦版《かわらばん》に刷って流すという方策もある」

「なにを？」

「北の同心横山頼介が夢の市郎兵衛に金で雇われて女の死体に南蛮の仏を忍ばせた、と」

「馬鹿《ばか》な！　なにを言いやがる」

横山は青ざめた。

「噂《うわさ》ですよ。そういう噂があると」

「できるものか！」

「お帰り願おうか？」

九郎は高尾を振り返って言った。

「この人にはなにを訊《き》いても無駄のようだ。瓦版には髷を切り取られたことも付け足しておこう」

「ま、待て。それは困る」

横山は九郎の前にがばと両手を揃《そろ》えた。

「嘘《うそ》も真実《まこと》も区別できねえ野郎たちだ。そいつをやられたら明日にでも首が飛ぶ」

「命を惜しまぬお方なのでは？」

「勘弁してくれ。俺は本当になにも知らねえんだ。小銭を掴まされてやっただけだ」

「北の同心にしては安い命ではありませんか」

九郎は皮肉を言った。

「他のことならいざ知らず、キリシタンに関《かか》わったとなればどうなるか……それを知らぬあなたではあるまい。それを小銭で引き受けるなど、よほど暮らしに困っているらしい」

「……………」

「明日の瓦版を楽しみになされよ」

九郎が立つと横山は裾《すそ》にすがった。

「どこまで知っている？」

横山は九郎の顔を見詰めて言った。

「教える必要があるとでも？」

九郎は高尾を促して襖《ふすま》に手を掛けた。

「俺をこのままにするのか？」

横山は啞然《あぜん》となった。それで横山は瓦版云々《うんぬん》がただの脅しでないと悟った。

「その頭では少なくとも半月は外を歩けまい。その間にあなたの噂で江戸が持ちきりとなる。もちろん、ただの噂に過ぎぬが、ことはキリシタンに繫《つな》がる噂。総目付辺りが真偽を見極めんと動きはじめるかも。上から呼び出しを受けてもその髷では難儀をいたそうな」

横山はさすがに身震いした。

「せめて、五十両で頼まれたとでも言えば信じたかも知れぬに……」

九郎の言葉に横山はがっくりとうなだれた。

8

「あのまま放って置いてよろしいんで？」

九郎と高尾の二人が『なかがわ』を出ると、少し間を置いて長兵衛と権兵衛が追ってきた。

二人の顔は横山に知られている。それで離れの裏手に身を潜めていたのだ。

「権兵衛は横山の後を尾《つ》けてくれ。あの男、ひょっとすると腹を切る」

「まさか。そんな野郎じゃありませんぜ」

長兵衛は苦笑いした。

「あれほど脅しても口を割らなかった。覚悟を決めたのだろう。金で頼まれた程度なら白状する。口にはできない裏があると見た」

「お言葉ですがね」

長兵衛はにやにやして、

「旦那は腕は立つが、脅しにかけちゃちょいと甘《あも》うござんすぜ。横いたちはただの狐《きつね》じゃねえ。噂ぐれえなんとでもなると踏んでいまさぁ。今頃《いまごろ》、ぺろりと赤い舌でもだしているに違いねえ。権兵衛と話してたとこで」

「私やおぬしたち無頼の徒にすれば噂などなにほどのものでもないが、武士は別だ。一代限りの同心と言っても武士には変わりがない。あの男、おぬしたちの見ている以上に武士の心を持ち合わせている」

「さようでござんすか？」

長兵衛と権兵衛は顔を見合わせた。

「私の目が外れているか、直《す》ぐに知れる。このまま夢の市郎兵衛の元に向かうような真《ま》似《ね》はしないだろう。真っ直ぐ家に戻るのを確かめたら私に伝えてくれ」

「つまり、こうすると？」

長兵衛は腹を割く仕草をした。

「敵に回せばうるさい男こそ、味方にできれば役に立つ」

「そいつを確かめようってんですかい」

長兵衛は、なるほど、と頷《うなず》きながらも、

「まあ、無駄とは思いますがね」

横山のこずるい顔を思い出して苦笑した。


両国の茶屋でのんびりとしていた九郎たちのところに権兵衛が駆け込んできたのは、それから一刻後のことだった。

「旦那の読みが当たりました」

長兵衛の渡した茶碗《ちゃわん》酒をあおって権兵衛は言った。

「八丁堀《はっちょうぼり》の家《やさ》に真っ直ぐ。それから門を締め切りやした。あとは物音一つしやがらねえ」

「行こう」

九郎は高尾と長兵衛を促した。

「身辺を整理しているのなら間に合う」

「野郎は一人住まいだったか？」

長兵衛は権兵衛に質した。

「へい。確かそう耳にしてやす」

「にしても……横いたちがなぁ」

半信半疑の顔で長兵衛は腰を上げた。

九郎は脇の破れた土塀《どべい》を越えて狭い庭に飛び下りた。荒れた庭だった。庭の片隅《かたすみ》には試し切りに用いた太い藁束《わらたば》が転がっている。九郎は一つを手にした。

〈ふうん〉

想像していたよりも鋭い切り口だ。昼は高尾に目が眩《くら》んでの油断があったと見える。

九郎は続いた高尾と長兵衛にも見せた。

「ここでしばらく待て」

皆に命じて九郎は汚れた縁側に足を掛けた。板目を読んで九郎は音もなく障子に近付くと中の様子を窺《うかが》った。一つ奥の部屋に横山のいる気配が感じられた。九郎は障子を持ち上げて外した。引くよりもこの方が音を立てずに済む。外した障子の隙間《すきま》から九郎は忍び入った。正面の襖《ふすま》の破れ目より明りが洩《も》れていた。

「だれだ……」

横山の落ち着いた声がした。

「せっかくだが、俺《おれ》は留守になるぜぇ」

「それを承知で訪ねてきた」

九郎は静かに襖を開けた。

横山は二つの位牌《いはい》を前に正座していた。白装束であった。その脇には十手を上にして黒い着物が畳まれていた。しかも頭をつるつるに丸めている。

「そうかい。見届けにきたってわけか」

「場合によっては」

九郎は横山の隣りに腰を下ろした。

「不様にゃならねえさ。さっき便所で腹の中のもんを全部吐きだした」

「ついでに別のものを吐きだしてはどうです」

「それができりゃ、こうしてると思うかい」

横山は薄笑いを浮かべた。

「人を安く見るなよ」

「夢の市郎兵衛への義理立てではないようだ」

九郎は横山の丸坊主《まるぼうず》に目をやった。髷《まげ》を落とされたことを隠すためだろう。

「三途《さんず》の川にゃ間に合わねえが、地獄を巡ってるうちにまた生えてくる」

「三つ葉葵《あおい》への詫《わ》びのつもりかな」

九郎が言うと横山は目を剝《む》いた。

「てめえ……そこまで」

「本当にそこまでです。それ以上は知らない」

九郎の笑いの意味を見極めるように横山はじっと対峙《たいじ》した。

「何者なんだ？」

やがて横山はうわずった声で質した。

「まさか総目付の手の者とも見えねえが」

「二日前に目黒の安養寺で夢の市郎兵衛の手下と般若面《はんにゃ》の一味がやり合った」

横山は不安そうに首を振った。

「私は般若面とは繫がりもないが、その場に居合わせた」

「居合わせた？　月見でもしてたか」

横山は鼻で笑うと、

「関わりのねえ者にしちゃ、ずいぶんとしつこい手を使いやがるぜぇ。てめえこそ大嘘つきのこんこんちきだ。話によっちゃ、これまでの悪態の罪滅ぼしにあらいざらい教えてやってもいいと思ったが、正体も明かさねえ野郎にそこまでの義理はねえ」

横山は九郎から目を逸《そ》らすと位牌の前に置いてある小刀を左手で握った。

「明かすほどの正体でもない。見た通りの無頼の徒。ご迷惑でなければ介錯《かいしゃく》つかまつる」

九郎は立ち上がって刀を抜いた。

「その瘦《や》せ刀で見事俺の首が落とせるか」

「案じなくとも、それほどの覚悟であれば、私が刀を振る前に腹を十文字に召しておられよう。私は形式に過ぎませぬ」

「じゃあ、頼むとするか」

横山は小刀を右手に持ち替えると衣の前を開いた。九郎はじっと見下ろしていた。

「名は？」

横山が顔を上げて質した。

「舫九郎。鬼九郎と呼ぶ者も」

「舫たぁ……奇妙な姓だ」

「舫う港を持たぬ者の望みゆえ」

「なるほど、仮の名か」

「正面にあるのはご両親のものか？」

「あ……ああ」

「これでも仏門に縁がある」

九郎は腕を伸ばして一つを手にした。

「西嶺院誉山常遊居士《こじ》……よほど山のお好きな方であったと見える」

「……………」

「お母君は？」

「もうよかろう」

横山は苛立《いらだ》ったように位牌を取り返した。

「世間話などしている気にはなれぬ」

九郎は無視して次の位牌を手にした。

「彩藻院《さいそういん》とは珍しい。次の文字はなんと？」

九郎は慤心清浄大姉と書かれている戒名の慤という文字を横山に示した。横山は覗《のぞ》いて首を捻《ひね》った。

「慤心《かくしん》、素直な心という意味です。残念ながらあなたはその血を受け継いでいないようだ。それとも……」

「なんだ？」

「あなたの両親ではないのかも。親の戒名を読めぬ子が居るなど私には信じられぬ」

その言葉が終わらぬうちに横山は右に飛んだ。逃れながら横山は刀を摑《つか》んだ。

「私の負けだ」

九郎は外の長兵衛たちに叫んだ。

「この男、やはりただの狐ではなかった」

「あの女も一緒かい」

抜いた刀を構えながら横山は笑った。

「女は庭だ。逃がすなよ」

横山の声と同時に土塀を越えて突入する何人かの足音が聞こえた。

「私が来ると見抜いていたのですか」

九郎は苦笑いした。

「俺は調べにかけちゃてめえよりも年季が入ってるんだぜ。どうすりゃオトせるか、こっちの方が手を知っている。町方の俺に顔を見られたてめえたちが、むざむざと解き放つわけはねえ。必ず裏があると睨《にら》んだのさ。恐らく俺がだれかのとこに駆け込むのを見届ける腹だろう。それで逆手を取った。覚悟を見せりゃひょっとしててめえが来るんじゃねえかとよ。そこまでは我ながら上出来だったが、まさか位牌で底が割れるたぁな」

「旦那！」

庭の連中に追われて権兵衛が飛び込んできた。権兵衛はひょっとこの面を被《かぶ》っていた。

「何人が現われた？」

「三人でさ。滅法強え」

九郎は襖を蹴《け》って庭に飛び出た。

「ここはまずい。裏の稲荷河岸《いなりがし》に出ろ」

九郎は高尾と長兵衛に言った。同心の家に囲まれた八丁堀で騒ぎは起こせない。それは襲ってきた者たちも同様らしかった。高尾が土塀から逃げるのを黙って見過ごした。

「ありがてえ配慮だが、逃げるつもりじゃなかろうな」

横山が九郎の背中に声をかけた。

「決着をつけずにゃおかねえぜ」

九郎は横山に頷いて駆けた。

「旦那といりゃ命がいくらあっても追い付かねえ。横いたちもそうだが、あの三人、相当な腕と見やした。市郎兵衛の手下とは違うようだ。なにもわざわざ待つ必要は」

稲荷河岸の土手下に下りると長兵衛は息を切らしながら言った。

「四人と四人なら数では一緒だ」

「高尾の姉《あね》さんを勘定に入れちゃ可哀相《かわいそう》だ」

権兵衛はどっかりと石に腰を下ろした。

「旦那が三人、おいらと兄ぃで横いたち。それでなんとか辻褄《つじつま》が合う」

「それでは高尾が怒る」

九郎は笑った。

「じゃあ、姉さんもこっちの方を？」

権兵衛は刀を振る真似をした。

「私はこっちの方」

高尾は懐《ふところ》ろから短筒を取り出した。

「こいつぁ！」

「天竺徳兵衛の所持している物とおなじだ」

火縄《ひなわ》を用いずに二発を撃てる。

「ますます分からなくなっちまった」

九郎の説明に長兵衛は唸《うな》った。

「庄司甚右衛門が手に入れてくれた物だ。長崎に手をまわせばなんでも……」

「来やしたぜ」

権兵衛が足音を聞き付けて立った。

横山は九郎の言葉を信用したらしく黒い着流しにあらためていた。

「坊主頭が三人たぁ、これも趣向だな」

横山は九郎に従っている長兵衛と権兵衛の頭を眺《なが》めて笑った。と言っても一人はひょっとこ、もう一人はおかめの面を被っているので顔は分からない。

「やたらと顔を隠したがるやつが多い」

「そちらこそ」

三人のうち二人は明らかに武士であったが、もう一人は黒装束に黒覆面。

「根来《ねごろ》の者であろう」

「捜す手間が省けたな」

覆面の男がずいと前に進み出た。

「どうすればこの広い江戸で会えるか苦慮しておった。まさに僥倖《ぎょうこう》とはこのことだ。いかにも俺は根来五人衆の一人、紫嵐」

「てめえには関係ねえ」

横山は紫嵐を押し退けた。

「こいつぁ俺が始末する。昼の恥をそそいでやらにゃ横いたちの名がすたる」

「うぬに始末ができると言うのか」

紫嵐は九郎の余裕を見て取って笑った。

「きゃつ、わざと河原に誘うほどの腕ぞ」

「上等だ。こっちも伊達《だて》に十手を預かっちゃいねえんだ。組十手の怖さをたんと教えてやろう。女をいたぶるだけが俺と思っちゃ怪我《けが》するぜ。昼の俺と侮《あなど》るなよ」

横山はこの寒空に草履を脱いだ。濡《ぬ》れた河原の石で滑るのを警戒したのだ。

「任せてみましょうぞ」

紫嵐は刀を抜いた二人を制した。

「よほど腕に自信があるらしい」

紫嵐は笑いながら言った。これで横山が倒されれば、反対に自分の腕が光る。なにも慌《あわ》てることはない。

「殺して面倒にはならぬか？」

刀を抜くと九郎は高尾に質《ただ》した。

「この期《ご》に及んでは」

「ぬぁにを言いやがる！」

二人の話を耳にして横山は襲いかかった。

　横山は刀ではなく二本の長い十手を握っていた。刀と違って両手を広げた範囲、どこからでも攻撃が可能だ。もっとも、それをちゃんと扱えるほどの腕があれば、だが。十手術とはじめて相対する九郎は、まず横山の腕を見ようとした。広げた両腕で胸が開いている。誘いの気もしたが、九郎は踏み込んで刀を真っ直ぐ胸に突き立てた。

「貰《もら》ったぜえ！」

　横山はがしっと十手を胸のところで組み合わせると九郎の刀を挟《はさ》んだ。横山は両腕に力を込めた。このやり方でこれまでに何本もの刀を折っている。

　が――

　いつもと手応《てごた》えが違った。刀には強い弾力が感じられた。

「なにっ！」

　横山は仰天して九郎の刀を見詰めた。信じられなかった。九郎の刀は十手に挟まれている部分で少し曲がっていたのである。力を緩めると刀はふたたび元に戻った。その瞬間を察知して九郎は刀を外した。

「なんてぇ刀だ」

　横山は九郎に毒づいた。

「峰の真上からでも叩《たた》かぬ限り、折ることはできませんよ」

　そう言いながらも九郎は横山の腕を見直していた。素早い動きだった。確かにまともな刀なら折られていただろう。南蛮の剣を基にした刀なればこそ無事だったのだ。刃を薄く細くするだけなら日本の刀鍛冶《かじ》でも簡単に拵《こしら》えられる。だが、それでは切れ味も落ちる上に脆《もろ》い。日本刀は重みで切れ味が支えられている。それで九郎は南蛮の剣に用いる鋼鉄を足し加えさせた。刃を極度に薄くできるので重みはさほど重要でもなくなる。しかも強靱《きょうじん》さは日本刀の比ではない。唯一《ゆいいつ》の弱点は刃毀《はこぼ》れだ。重い日本刀とまともにやり合えば、やはり危ない。それが逆に九郎に緋炎《ひえん》の剣を完成させた。敵と刃を合わせることなく、胸元に飛び込む剣である。

九郎は刀を両手で握って間合いを詰めた。片手でも楽々扱えると知られれば効き目が薄くなる。両手で揮《ふる》う場合と片手を一杯に伸ばしたのでは切っ先の届く範囲が倍以上も違う。炎がいきなり風に乗って腕を伸ばすよう……それがすなわち緋炎の剣であった。

「どうやら腕を買い被っていたようだぜ」

攻めに転じない九郎を見て横山は笑った。

「正体を突き止めずに殺すのは惜しいが、そいつぁ、後で女に吐かせりゃおなじだ。また倅《せがれ》がびんびんしてきやがった。それを思うとよ。楽しみの前の働きだと考えりゃ、早く済ませるのが大事だな」

横山は二本の十手を胸元で丁の字に構えて迫った。上下左右、どの方向からの攻めにも即座に対応できる。

九郎は河原を蹴って跳躍した。横山は瞬時に頭上を警戒した。その顔目掛けて九郎は右足の雪駄《せった》を飛ばした。雪駄は鋭く横山の頬《ほお》を叩いた。横山の体勢が崩れた。十手の届かない場所に着地した九郎はきらっと刀を一閃《いっせん》させた。横山は後退して十手を構えた。

「人をこけにしやがって」

雪駄で顔を張られた屈辱から横山は声を張り上げた。と同時にぶわっと横山の脇腹《わきばら》から激しく血が噴き出た。

「なんだ？」

横山は腹に手を当てて確かめた。

「熱っ！」

寒空に冷えきっていた掌《て》が大量の血を受け止めると横山は十手を振り落とした。

「なんだよ、こいつぁ！」

横山は動転した。九郎の振りの鋭さと刃の薄さが横山に痛みを与えなかったのである。切られたとも知らぬ横山は着物の破れ目を広げて確かめた。横山に意識があったのはそこまでだった。横山はどかっと河原に転がった。

しばらく痙攣《けいれん》していた横山は息絶えた。

二人の武士は九郎の左と右に走った。

「お待ちなされ」

紫嵐が九郎の正面に立って叫んだ。

「失礼ながらお二人ではむずかしい」

「うぬの指図など受けぬ」

一人が紫嵐を怒鳴りつけて九郎を襲った。言うだけあって、なかなかの踏み込みだったが、九郎はあっさりと躱《かわ》して雪駄を拾った。

「愚弄《ぐろう》するか！」

男は激怒した。勝負はその一瞬についた。激昂《げっこう》していた男には真っ直ぐ伸びてくる九郎の刀が見えなかったのである。九郎の刀は男の額に突き刺さった。紫嵐は目を見張った。刀の届く距離ではなかった。まだ二人の間合いは充分にあったはずだった。それはもう一人の男も察した。男はじりじりと後退した。

「途方もない剣を用いるな」

紫嵐は驚愕《きょうがく》を押し殺して言った。

「ならばこちらも」

紫嵐は刀の鞘《さや》を抜くと、その穴に刀の柄《つか》を捩《ね》じ込んだ。即席の長刀《なぎなた》が出来上がった。

「根来の紫嵐、お相手いたす」

「なんのために？」

唐突な九郎の問いに紫嵐は目を剝《む》いた。

「おのれの栄達ですか？」

「……」

「浪人者でなければ、我らの辛《つら》さは分からぬ、と青嵐は言って果てた。私も無頼の徒だが、よく分からぬのですよ。むしろ気楽に生きていかれる」

「おぬし……策のつもりか」

紫嵐は低く身構えて叫んだ。

「それほどの腕をただ腐らせると？」

「だれにも見られることなく咲いては散る山桜もあります。腕はだれのためのものでもない。自分が自分であるために」

「大した考えだが、それでメシにはありつけぬさ。栄達よりも先にメシだ」

「人の犬にならずとも別の道がある」

「飼い主によっては旨《うま》いメシもあるのでな」

「なんという飼い主です？」

「地獄で青嵐に聞くがいい」

ぶうんと紫嵐は長刀を振り回した。

「おぬしの道具を貸してくれ」

九郎は長兵衛を振り向いて言った。

「ほいきた」

長兵衛は手に構えていた鉄の棒を投げた。錫杖《しやくじよう》を手頃《てごろ》な長さに縮めたものだ。九郎は片手で受け止めると刀を鞘に収めた。

「そのひょろひょろした腕で扱えるかの」

紫嵐は嘲笑《あざわら》った。刀の倍は重さがある。紫嵐は九郎が痩《や》せた体ゆえに細身の刀を用いていると信じていた。

九郎はしかし軽々と錫杖を片手で振った。これだけの重さを扱える腕であればこそ緋炎の剣が生きる。たとえ普通の腕の男が九郎の刀を手にしても不可能なのだ。五振りもすれば片手が棒のように強張《こわば》るはずだ。

軽やかな錫杖の動きを紫嵐ばかりか長兵衛も啞然《あぜん》とした目で眺めた。

「面白し。食らえ！」

紫嵐は身を屈《かが》めた姿勢のまま襲った。地を這《は》わすように持った長刀が反転して上に振られた。紫嵐の得意とする攻めであった。守る側にとって下からの攻撃が最もむずかしい。俗に下段と言っても、せいぜい腰の辺りからの攻めでしかない。しかも横に刀が振られてくる。いくらでも受けようがある。一方、このように真下から股《また》を切り裂くように襲う攻めとなると、後ろに跳んで逃れるか、刀で押さえつけるしかないのだが、それには相当に覚悟を要する。どうしても押さえる刀が斜めになるのだ。となると滑った敵の刀がどちらかの腿《もも》を両断する。たいていは一瞬の躊躇《ちゆうちよ》を見せて後退する。それが紫嵐の狙《ねら》いだった。刀なら刃を反転させるに少しの時間がかかる。しかし、握りが長い鞘なら別だ。上に振りながら刃を下に向けることもたやすい。敵の動きを見極めた上で、後退する相手の頭を断ち割る。今までこれを逃れた者はいない。

「はうっ！」

九郎の動きを見定めながら紫嵐は刃をくるりと回転させた。後退すると見たのである。

確かに九郎は跳んだ。振り上げた長刀を紫嵐は思い切り九郎の頭目掛けて――、

「おおっ！」

紫嵐の揮った長刀は空《むな》しく河原の岩を叩き割った。紫嵐は目を疑った。

「貴様！」

紫嵐は歯噛《はが》みした。九郎はそのまま後ろに跳ぶことをせず、体を反転させて紫嵐に背中を見せた形で跳んだのである。前に跳ぶのと後ろに跳ぶのでは速さと幅が違う。それで紫嵐の長刀が届かなかったのだ。

紫嵐は九郎を追った。

九郎の背中に長刀が振られた。九郎はくるりと振り向くと錫杖を水平に構えた。

がしいん、と火花が散った。

紫嵐の腕が痺《しび》れた。鞘に震動が伝わったせいだった。九郎は錫杖を持つ腕を上げた。

長刀がじりじりと上を向いた。

紫嵐も必死で耐えた。痩せた九郎の体からは想像できない膂力《りょりょく》である。九郎は錫杖を握る腕の間隔を狭めると、左手を離した。片腕だけで長刀を支える。紫嵐は脂汗《あぶらあせ》を流した。九郎の左手は刀を抜きはじめていた。

「くそっ！」

紫嵐は長刀を諦《あきら》めて九郎から逃れた。そのまま押さえていれば必ず腹を切り裂かれている。紫嵐は襟《えり》に挟んでいた手裏剣を何本か抜くと投じた。さすがに九郎も不意を衝《つ》か

れた。一本が右の腿に突き立った。幸いだったのは紫嵐が逃れながらの体勢で放ったことだった。払うと手裏剣はぽろりと落ちた。九郎は紫嵐を追って駆けた。紫嵐は死力を尽くして跳躍した。九郎の遥《はる》か頭上を紫嵐は越えた。九郎は錫杖を投げた。

「ぐえっ」

空に張り付いたように紫嵐の動きが止まった。紫嵐は腹をまともに襲った錫杖とともに川に落下した。

見守っていた武士は紫嵐の敗北を知ると土手に逃れた。

轟音《ごうおん》が河原に響き渡った。

武士は土手から滑り落ちた。

「足です。殺しはしません」

振り向いた九郎に高尾は微笑《ほほえ》んだ。高尾の握る短筒からは白い煙がでていた。

「紫嵐はどうなった？」

「浮かんできやせんぜ」

暗い川面《かわも》に目を凝らしていた権兵衛が答えた。波の動きも静まっている。

「あれで死ぬほどの男とも見えないが」

もともとどめを刺す気もない九郎は紫嵐を忘れて土手に向かった。その後ろ姿を見ていた権兵衛が驚いた顔で長兵衛の袖《そで》を引いた。

「兄ぃ……あれ」

　権兵衛は九郎の背中を指差した。紫嵐の長刀にやられたらしく、九郎の背は大きく開いていた。白い肌《はだ》が暗い闇《やみ》に輝いている。

「どうした？」

　かたかたと震えている権兵衛を長兵衛は怪訝《けげん》な顔で振り向いた。

「見たんでさ」

　権兵衛は長兵衛に耳打ちした。

「旦那《だんな》の背中を」

「だから、どうしたってんだ」

「顔がありましたぜ」

　権兵衛はごくっと唾《つば》を呑《の》み込むと、

「確かだ。旦那の背中にゃ化け物の入墨《ほりもん》が」

「なにを言いやがる」

　長兵衛は苦笑した。

「まさかお武士《さむれえ》に入墨なんぞ」

　だが、震え続けている権兵衛を見た長兵衛は九郎に対する気味悪さを感じはじめていた。

群鬼

1

「九郎さま！」

足を撃って土手に倒した相手に走り寄った高尾が振り向いて叫んだ。

「喉《のど》を突いて自害しております」

高尾の言葉に九郎は舌打ちした。長兵衛《ちょうべえ》と権兵衛《ごんべえ》も土手に駆けた。高尾の言う通り、男の喉はざっくりと割れていた。

「主を庇《かば》って自ら命を縮めるとは……」

九郎は男の懐《ふところ》ろを探った。身許《みもと》を明らかにするような物はなに一つ見当たらない。

「長兵衛」

「へい」

「悪いが、もう一度横山頼介《よりすけ》の家に戻って家探しをしてくれ。これほど慎重な相手だ。簡単に見付かるとは思えないが、念のためだ」

「分かりやした」

「それと、横山が拝んでいた位牌《いはい》を」

「位牌？」

「あれは横山のものではなかった。まさか近所から借り受けたものでもないだろう。家を一歩も出ていないとなれば、この男たちが用意したとしか考えられぬ。あるいは繋《つな》がりのある者の位牌かも」

「位牌なんぞで突き止められますか？」

「女の方は変わった戒名だった。確か彩藻院《さいそういん》とか……多分、絵師と思われる。裏を見れば俗名と亡《な》くなった年月が記されているだろう。無駄《むだ》かも知れぬが、もしかすると……」

「そいつぁ、有り得ますよ」

長兵衛も大きく首を振った。

「横山とこの男たちの死体はあそこの藪《やぶ》に隠して置く。家探しを終えたら、死体を目立たぬ場所に埋めてくれ。男たちはともかくとして、北の同心が殺害されたと知れれば奉行所が騒ぐ。しばらくは伏せておきたい。死体がなければ安心だ。大事を取って横山の首は切り落としておく方がいいかも知れないな。そちらの始末は私がしよう。寛永寺にでも持ち帰り、どこかの墓の下にでも」

「じゃあ、旦那《だんな》はこれから？」

「寛永寺のねぐらに戻る。仕事を済ませたら二人も寺に来てくれ。大仏の前に剛海を待たせておこう。私の下に案内してくれる」

「合点で。おい、権兵衛、行くぜ」

長兵衛は声を掛けると土手を駆け上がった。

「私はどうすれば？」

短筒を胸に挟《はさ》みながら高尾は言った。

「店に戻るがいい。なにかあれば連絡しよう」

二人のいる稲荷河岸《いなりがし》から吉原は目と鼻の先である。高尾は頷《うなず》いて闇《やみ》に消えた。

九郎は河原に転がっている横山の死体に近付くと横山の刀を手にした。腕を鍛えている男の持ち物だけあって、なかなかの業物だった。同心程度の持ち物にしては贅沢《ぜいたく》だ。

九郎は白い首を狙《ねら》って躊躇《ちゅうちょ》なく振り下ろした。

ごろっと首が離れた。

血が河原に吸われていく。頃合《ころあい》を見て九郎は首を抱えた。その首を川に漬《つ》ける。すべての血を出し切ってしまわなければ寛永寺まで運ぶのに苦労する。川の中から横山が九郎を睨《にら》んでいた。動じる様子もなく九郎は執拗《しつよう》に滲《にじ》み出る血を眺《なが》めた。死体は魂の抜け出た殻《から》に過ぎない。

やがて首を引き揚げた九郎は、やはり側《そば》に転がっていた武士の羽織で首を包むと、三つの死体の始末にかかった。藪に引き摺《ず》って隠すだけのことだが、死体の重さに難儀した。

すべてを成し遂げた九郎の首筋には汗が滴《したた》っていた。九郎は横山の首の包みを手にしてその場を立ち去った。

しばらく静寂が続いた。

その沈黙を激しい水音が打ち破った。川上から黒い影が水を蹴破《けやぶ》るようにして飛び出たのである。紫嵐《しらん》であった。

脇腹《わきばら》を錫杖《しやくじよう》で打たれた紫嵐は、水に墜落すると同時に川上へと逆行した。そして葦《あし》の陰から九郎たちの様子を窺《うかが》っていたのだ。傷ついた体でやり合うことの無意味さを紫嵐は知っていた。乱破《らつぱ》と武士の違いである。乱破に恥はない。目的を完遂すればよい。紫嵐は戦うよりも九郎の正体を摑《つか》む方に切り替えた。

それにしても、恐るべき体力としか言い様がない。この冬の川に四半刻《しはんとき》（三十分）近くも体を漬けながら、紫嵐に苦痛の表情は見られない。紫嵐は袖《そで》の水を絞りつつ九郎の消えた方向に目を凝らした。湯気がまるで炎のように紫嵐の体から噴き上がっていた。

〈ん？〉

紫嵐の鼻は煙草《たばこ》の匂《にお》いを嗅《か》ぎつけた。常人には嗅ぎ取れない微《かす》かな匂いである。紫嵐はぎょっとして土手や樹木に目を動かした。

〈おおっ〉

河原を見下ろす太い松の枝の奥に小さな赤い火が息づくように輝いていた。

「偉えもんだな。気が付いたか」

煙管《きせる》を手にした影が哄笑《こうしよう》した。

　さすがに紫嵐は怯《おび》えを覚えた。

「てめえほどの男があっさりと倒されるわけはねえと睨んでいたが、勘が当たったな」

　影は身軽に枝から土手へと飛び下りた。

「鬼九郎の片割れか！」

　紫嵐は素早く土手へと移動して向き合った。

「ちょいと違うが、てめえの敵ってのは確かだぜ。まだまだあの野郎たちにゃ働いてもらうつもりだ。その邪魔をさせるわけにゃいかねえな。さっきで命を失ったと考えて諦《あきら》めろ」

　影は異様に長い刀をぎらりと引き抜いた。

「俺《おれ》はてめえらと違って正体を隠すなどケチはしねえ。世に隠れもねえ天竺《てんじく》徳兵衛とは俺のことだ」

「初めて聞く名だ」

　紫嵐は嘲笑《あざわら》った。

「そして、そいつが聞き納めの名になるのさ」

　徳兵衛は紫嵐にその刀を投げつけた。意表をつかれた紫嵐は辛《かろ》うじて横に逃れた。

「恨むなよ」

　顔を上げた紫嵐を狙って徳兵衛は短筒を放った。轟音《ごうおん》とともに発射された弾丸はあやまたず紫嵐の額を射抜いた。

「卑怯《ひきょう》な……」

刀さえ抜けなかった紫嵐は歯ぎしりして土手に転がって息絶えた。

「乱破に卑怯と言われちゃ心外だ」

徳兵衛は鼻で笑って死体を見下ろした。

「仕掛けてきたのはてめえらだろうが」

徳兵衛は紫嵐の死体に唾《つば》を吐きかけた。

2

「天竺徳兵衛が見届けていたとは」

長兵衛の報告を受けて鬼九郎は苦笑した。二人が死体の処理のため稲荷河岸に戻ると、額を射抜かれた紫嵐が横山の首なし死体と並べられていたと言うのである。

長兵衛は徳兵衛の仕業と直感した。それで長兵衛は寛永寺の大仏前で待っていた剛海に耳打ちした。上手《うま》くまいたつもりだが、相手は徳兵衛だ。ひょっとすると尾《つ》けられている恐れがある。どうせ薄々は感付かれているに違いないが、はっきりさせる必要もない。寛永寺で会うのを中止し、逆に九郎を幡随院《ばんずいいん》の自分の家に誘った。そこなら徳兵衛にも知られている。寛永寺と上野の池《いけ》の端《はた》にある幡随院は近い距離にある。やがて姿を見せた九郎に経緯を詳しく伝えたという状況であった。

「あの野郎、どこにも面《つら》ぁだしやがる」

「横山が怪しいと教えたのは徳兵衛だ。こちらの動きというよりも、横山を見張っていたに相違ない。ここに場所を変えたのは正しい」

九郎は薄い壁に背を預けて頷いた。幡随院と言っても、無論、寺に暮らしているわけではない。門前町の裏手に建つあばら屋を借りているだけだ。浅草や上野広小路《ひろこうじ》といった繁華街に近い割りには閑静な場所だ。男の一人暮らしなので道具もまた簡素である。隅《すみ》に布団《ふとん》を畳んでいる他に火鉢《ひばち》ぐらいしかない。

権兵衛が九郎の欠けた茶碗《ちゃわん》に酒を注《つ》いだ。

「それで、横山の家は？」

「手分けして手文庫やら簞笥《たんす》を捜して見やしたが、これと思われるものはなにも……小屋の中も当たって見たんですがね。ただし、金だけはたっぷり貯め込んでいやしたよ。小判が三十枚に小粒で五両分ほど。貧乏同心にしちゃ、あり過ぎる。小粒の方は吉原や両国の茶屋からのカスリでしょうが、小判は……」

「三十枚は多いか？」

九郎は長兵衛と権兵衛の顔を見詰めた。

「そりゃ、旦那は金に苦労がなさそうですがね。小判なんぞ滅多にお目にゃかからねえ。本当にあるのか信じねえ野郎もいますぜ。町の金持ちって言ったところで、小粒がほとんどだ。どう逆立ちしても横山にまわってくるものじゃありませんや。しかも三十枚ときた」

「夢の市郎兵衛ならどうだ？」

「市郎兵衛にしても一緒でさ。小屋とかの細かな上がりが集まってるだけで……もっとも、人の財布の中身までは分からねえ」

長兵衛は茶碗酒を舐《な》めた。

「どうせろくでもねえ金だ。惜しいことをした。あれなら二、三枚かすめてきたって」

権兵衛は悔しそうに言った。

「金は金でも町中《まちなか》からのものではないと？」

「おいらの勘じゃ」

九郎の問いに長兵衛は頷いた。

「となると、横山と夢の市郎兵衛は、だれかの金で動いていたことになる。天下の市郎兵衛を金で動かすとなれば……」

「確かに……途方もねえ金でござんしょうね。横山はともかく、市郎兵衛は半端《はんぱ》な金で動かせる相手じゃねえ。なにしろ五百以上の手下を使っている男です。三百や五百の金を積まねえと簡単に頷きゃしねえでしょう」

「五百両！」

権兵衛は目を円くした。

「話を持ち込んできたのは明石《あかし》志賀之助か」

「恐らく」

「天竺徳兵衛は妙なことを言っていたな」

九郎は思い出した。

「我々も金を目当てに動いているのか、と」

「ええ」

「報酬目当てと聞き流したが……あるいは別の金かも知れない」

「と言いやすと？」

「どんな目的にせよ、市郎兵衛を操っている者は信じられないほど金を費やしている。根来《ねごろ》の乱破を雇うにしても丸ごと抱えているようだ。となると五百や千でも足りるかどうか。それほどの金を用いても釣《つ》りがくるくらいの金が絡《から》んでいるということだ。それに……柳生《やぎゅう》十兵衛さまの動きを重ねると」

「……」

「噂《うわさ》は真実《まこと》であったかも知れぬ」

「どんな噂なんで？」

「島原で滅びたキリシタンたちの金だ」

「そんな話があるんですかい？」

「籠城《ろうじょう》策を採ったために、用意していた軍資金がほとんど使われずに残った。だが、原城のどこにも金はなかった。もともと貧しい者たちの集まりだ。金など最初からなかったと言う者もいる。しかし、三万以上もの民が百日も立て籠《こ》もるには莫大《ばくだい》な金がかかる。その百日とて、彼らの決めた日数ではない。もっと永い籠城を考慮に入れていたかも知れない。金の準備がなくては成り立たぬ策だ。少なくとも五万両はあったはずだと」

「まさか！」

あまりの額に二人は目を剝《む》いた。

「一人にすれば二両にも満たない。いずれも死を覚悟で結集した者たちだ。必死に金を掻《か》き集めて軍資金に捧《ささ》げたに違いない。もちろん、武器の調達に使われた金が多いだろうが、それでも三万両程度は残したと思われる。でなければ長丁場を乗り越えられぬ」

「三万両……ですかい」

ちなみに、この時代の一両は現在の二十万円前後の価値がある。その計算でいくなら三万両は六十億円。金額だけを聞くと莫大なものに思えるが、三万人の面倒を半年見ようとするなら、これでも少ない方だ。月に均《なら》して一人当たり三万円前後にしかならない。食べるのが精一杯という額である。今も昔も軍資金の大半が食費に注がれるのはおなじである。

だが、島原の場合はせっかく用意した金が役立たずに終わった可能性がある。当てにしていた海からの食料輸送が幕府軍の包囲によって跡絶《とだ》えてしまったのだ。金があっても買う物がない。そうなると金ほど始末に困るものはない。と言って捨てるわけにもいかない。とりあえずどこかに隠そうと考えるのはごく当たり前の発想であろう。

九郎の説明に長兵衛たちは大きく頷いた。

「明石志賀之助は長崎に暮らしていたと聞いた。長崎にはキリシタンに同情を寄せる支援者たちがずいぶんいたはずだ。今でこそキリシタンが矢面《やおもて》に立たされているが、そもそもあの乱は島原藩の苛《か》酷《こく》な年貢《ねんぐ》の取り立てに端を発した百姓一揆《いっき》のようなもの。殺された者すべてがキリシタンでもない。無事な縁者も大勢いよう。明石志賀之助ほどの男であれば、顔も広い。その辺りからなにか耳にしたとしても決して不思議ではなかろう」

「それで兄弟分の市郎兵衛に話を持ち掛けたってわけだ」

「その前にもっと大きなところに話をしたはずだ。相撲取りは大名にも顔が利《き》く。どれほど市郎兵衛に力があっても、遠い島原までは及ぶまい。舞台が江戸に移ってきたので、やむなく市郎兵衛を頼りはじめたのでは？　明石志賀之助は長崎で亡《な》くなったと噂が立ったそうだが、それも後々のことを考えて自ら広めたものに相違ない。死んだと思わせておけばなにかと自由になる」

「なぁるほど。筋が読めてきやしたぜ」

長兵衛の目が輝いた。

「なぜ江戸に舞台が移されたか……」

九郎は溜《た》め息《いき》を吐《つ》きながら、

「ここから先は自信もないが」

二人に続けた。

「キリシタン牢《ろう》に軍資金の鍵《かぎ》を握る者でも押し込められているのではないか？　今のところはそれくらいしか考えられぬ」

「てと、天徳の野郎はどうなんで？」

長兵衛は首を捻《ひね》りながら質《ただ》した。

「あの男だけはよく分からぬな。キリシタンの側についているのは確かのようだが、軍資金を狙《ねら》っている男の一人にも思える。我々と似たようなものかも」

「ただの物好きってわけで？」

長兵衛は笑った。

「問題は陰に潜んでいる大名がだれかということだ。三つ葉葵《あおい》の紋を許されている家は限られている。徳川に所縁《ゆかり》のある家。だからこそ総目付の柳生がでてきたのだ」

「尾張《おわり》、紀州、水戸にございやすね」

「そればかりではないが……やはり、謀反《むほん》を企《たくら》むとすれば遠縁ではなかろうな」

「謀反！」

長兵衛と権兵衛は唖然《あぜん》となった。

「市中で鉄砲を用いて平気な者たちだ。それだけの覚悟をしていよう」

「つまり……謀反の軍資金目当てにキリシタンの金を捜してるってことですかい」

「戦さとなれば金はいくらでも要る。たとえ尾張のごとき大藩であろうと、手に入るものなら欲しいと願うに違いない。もっとも……御三家なら、直《す》ぐにそれと分かるような真似《まね》をするとも思えぬ。少なくとも紋入りの鉄砲は使わぬだろう。ひょっとすると相手は混乱を生じさせるためにわざとあの鉄砲を。柳生も慎重にならざるを得まい」

「御三家以外となれば他にどこが？」

「ここで憶測を申しても意味なきこと」

九郎は長兵衛の問いを遮《さえぎ》ると、

「位牌《いはい》はどうなった？」

「おっと、忘れておりやした」

長兵衛は脱ぎ捨てていた着物の下から位牌を取り出して九郎の前に立てた。

「俗名、さと……か」

九郎は手にして読んだ。あらためて眺《なが》めると漆塗りの立派な位牌であった。六年前に四十八で亡くなっている。

「院号と言い、紛れもなく武家の妻女だ。絵師とは違うらしい」

「でしょうね。こんな立派な位牌を作って貰《もら》えるわけがありませんや」

「これはだれの持ち物だと思う？」

九郎は二人に訊《たず》ねた。二人は首を捻った。

「横山は戒名の意味さえ知らなかった。また根来の乱破風情《ふぜい》が母親に院号を貰ってやれるはずもない。と言って、関係のない者が位牌を貸すわけもない。残るは河原でやり合った二人の武士だ。間違いなく、この位牌は二人のうち、どちらかの母の位牌であろう。

る男だ」
横山に頼まれて、自分の家から持ち出してきたものだ。しかも、永く江戸詰めをしてい

「そんなことがどうして分かりやす？」

「去年や今年の新仏ならともかく、これで見ると六年も前に亡くなっている。参勤交代の折りにわざわざ位牌を持ち歩くとは考えられぬ。横山に言われて直ぐに用意できたということは、江戸の藩邸に永く勤めていて、家も江戸にあるとしか……」

「そいつぁ、その通りにござんすね」

長兵衛は膝《ひざ》を打った。

「武家の妻が絵師であるはずがない。しかし、彩藻院《さいそういん》とは明らかに絵に親しんだ戒名。恐らく手慰みにだれかの門に加わって絵を学んでいたお人であろう。そのだれかとて、武家の妻が学ぶとなれば町絵師ではあるまい。四条派か狩野《かのう》派、いずれかと見て外れはないと思う。俗名は、さとと分かっている」

「後は言わねえでも承知しやした」

長兵衛と権兵衛は同時に頷《うなず》いた。

「江戸中の絵師を当たれば、きっとこの女の身許《みもと》がはっきりするってことで」

「それが分かれば、陰で操っている大名の正体も突き止められる」

「連中もとんだ尻尾《しっぽ》をだしたもんだ。まさか位牌から割れるたぁ、お釈迦《しゃか》さまでも気がつくめぇ。ましてや下っ端《ぱ》の持ち物《もん》から」

「喜ぶのは早い。江戸に絵師は無数にいる。ましてや狩野派となれば格式も高い。そう簡単に教えてはくれぬかも」

「この頭が幸いだ」

長兵衛は坊主《ぼうず》頭を撫《な》でた。

「ただの町人にゃ教えてくれねえかも知れねえが、坊主となれば身分から外れやす。なんとか理由をこじつけて聞き出してみせまさぁ」

「三つ葉葵の紋を許されている家をはじめに調べることだ。次にその周辺の絵師を当たる。それほど遠くの絵師に学んではおるまい」

「それでますます楽になります」

長兵衛は張り切った。

「これで柳生十兵衛や天徳の先手を打つことができやすよ。さっそく明日からでも」

「厄介《やっかい》な仕事ばかり押し付けるようだが」

「最初に関《かか》わったのはおいらですぜ。むしろ旦那の方にご迷惑をかけたんじゃねえかと」

「久方振りに面白い毎日を過ごしている」

九郎は微笑《ほほえ》んで、

「明日は品川の東海寺を訪ねてみようと思う」

「東海寺ってと？」

「沢庵和尚《たくあんおしょう》のいる寺だ。知らぬか」

沢庵と言われて長兵衛は大きく頷いた。

「沢庵和尚は柳生家と特に繋《つな》がりが強い。また天海僧正とも仲がよい。いつかは我らと柳生との間に入ってくれるかも知れぬ。ことが謀反と関わりあるのなら、柳生は敵でなくなる。無駄《むだ》な争いは避けねば……」

「こっちはそのつもりでも、あっちはどう思っていやがるか。口を封じるつもりでやしょう。それに……旦那が沢庵を訪ねれば、正体が筒抜けになりゃしませんか」

「様子を見極めるまでは滅多に名乗らぬ。十兵衛さまと鉢合わせでもせぬ限り心配はなかろう。私はあくまでも天海僧正の使いだ」

「おいらもお供いたしましょうか」

「二人は位牌の主を捜しだしてくれ」

九郎は言うと立ち上がった。

3

「紫嵐が戻らぬと申すか！」

呼び出しを受けて本所の廃屋に姿を見せた男は部下たちの報告に耳を疑った。

「どうやら、殺されたものと」

黒嵐も歯噛《はが》みしながら言った。

「紫嵐ほどの者、むざむざと敗れるとは思えぬが……戻らぬとあれば確かに」

男は三人に減った部下を見渡した。根来五人衆と謳《うた》われた自慢の部下も、青嵐、紫嵐の二人を失って黒嵐、紅嵐、白嵐しか残されていない。

「相手は十兵衛か？」

「それが……分かりませぬ。十兵衛でないのは間違いありませぬ。十兵衛であれば紫嵐を一人で行かせるような真似は」

「他の者となると……例の寺に居合わせたという男か？」

「女と若い浪人者という話にござります。女連れと耳にして油断いたしましたが、今思えばその男にござりましょう」

「横山という同心とてなかなかの腕ぞ。二人がかりで討ち果たせぬとは……」

「他にお家の者が二人。合わせて四人にござる。いずれも戻っておりませぬ」

「十兵衛にすら手を焼いておると言うに……余計な邪魔が入ったものじゃ。こうなればなんとしてでもその男を見付けて始末せねばなるまいぞ。横山よりもっと詳しい話を聞いておらぬのか？」

「両国の『なかがわ』という名高い料理屋に連れ出されたとか。その店を当たればあるいは……人相はもちろんのこと、正体も。浪人者が気楽に用いる店ではありませぬ。だれぞの口利きがあったと見るのが……」

「紅嵐がやれ。女なら聞き出しやすかろう」

紅嵐は頷いた。

「ただし深追いはいたすな。紫嵐ほどの者がやすやすと倒されておる。うぬの腕が通じる敵ではない」

「女には別の技が」

紅嵐はにっこりと笑った。根来一と評判を取った美貌《びぼう》であった。広い江戸でも紅嵐を超える女は珍しい。少なくともまだ見ていない。

男は苦笑いしながらも頷いた。

「だが、うぬにはまだ大事な務めがある。ここまでことが進めば、キリシタン牢に関しても急がねばなるまい。儂《わし》はこの足で明石志賀之助に会う。江戸にうろうろしておればいつまで経《た》ってもことは成らぬわ。十兵衛とて数を率いて追ってはこまい。志賀之助から儂の策を進言して貰おう。それが決まれば、二、三日のうちにもキリシタン牢に」

「承知しております」

「横山を失ったのは厄介じゃな」

男は軽い舌打ちをした。

「あやつの手引きでキリシタン牢にと思っていたのに……別の手を考えねばならぬか」

「その日のうちに牢を破るのであれば、多少乱暴な方法でも構わぬのではありませぬか」

年長の白嵐が言った。

「伝馬《てんま》町の牢獄と異なり、大塚《おおつか》の牢屋は番人の数も知れたもの。夜に忍び入り、牢番を殺して入れ替わるのもたやすきこと。紅嵐を送り込み、朝を待たずに破れば……」

「それでキリシタンどもが紅嵐を信用いたすと思うか？　やはり二日三日の間を置かねばなるまいて。他のこととは違い、キリシタンを装うのは簡単じゃが、それではキリシタン牢送りとなる前に奉行所にて無駄な詮議《せんぎ》を受けねばならぬ。さて、どうすればいいか……」

「破りてから策を弄《ろう》するしかありますまいな」

「横山が頼りにならぬ今となれば、か」

男は眉間《みけん》に皺《しわ》を寄せて腕組みした。

「我らが死んでみせまする」

「とは？」

「牢を破って逃れた後に、奉行所の役人を装ったお家の者どもに襲わせればいかがかと。さすれば余計な者たちを始末することもできます。我らの狙いは宝の鍵を握る者だけにございましょう。何十人もでは、かえって荷が重いばかり。そこで牢破りの手引きをした我と黒嵐が死ねば、いかに疑り深い連中とて、残った紅嵐を信ずるはず」

「よき考えじゃ」

男は大きく首を振った。

「その方が手っ取り早い。逃げ惑うておれば我が身のことのみ危《あや》ぶみて疑いも持たぬ」

「真っ直ぐ宝の下へと紅嵐を案内いたしましょうな」

「そう簡単には運ぶまいが……手掛かりくらいは入手できるに相違ない。白嵐は明日にでもキリシタン牢を下見して参れ。その案なれば三、四日のうちにも取り掛かれる。多分、ご命令も下されるであろう」

　男は満足気な顔をして続けた。

「その策こそうぬらの働きどころぞ」

「十兵衛めの動きはいかがにござりまするか」

　白嵐が訊ねた。

「一昨日、裏庭で顔を合わせた」

　平然と男は言った。

「儂の名を知っておったと見えて、わざわざ寄り道をしおってな」

　男は薄笑いを浮かべた。

「会うのは初めてだが、さすがに柳生十兵衛。隙《すき》一つない。ただならぬ男だ」

「まさか頭領と気付いてのことでは？」

　白嵐は不安な面持《おももち》ちで質《ただ》した。

「いかに十兵衛とて、懐《ふとこ》ろに入り込まれておるとは思うまい。また、知れればそれまでのこと。やり合うだけじゃ」

　自信たっぷりに男は応じた。

「だてに根来を預かっている儂ではないぞ」

それに白嵐は安堵《あんど》した顔で笑った。

おなじ時刻。

数刻前に死闘が繰り展《ひろ》げられた稲荷河岸に土を掘り返す音が続いていた。

三人の覆面の男たちが鍬《くわ》を使う様子を脇《わき》で見守っているのは柳生十兵衛だった。

屋敷に投げ込まれた文《ふみ》の示す通り、藪《やぶ》の中にはなにかを埋めた痕跡《こんせき》がある。

「お」

一人の鍬が探り当てた。屈《かが》んで土の底を探る。間違いなく人の死骸《しがい》だ。

「急げ。なにかの罠《わな》かも知れぬ」

十兵衛は辺りに目を配りながら命じた。書面には、ただ稲荷河岸のこの場所を掘れとあっただけである。差し出した者の名もない。

男たちは鍬を捨てると手を用いた。顔を確かめるだけでいいのだ。

やがて龕燈《がんどう》の明りに死骸が照らされた。死骸はいくつか折り重なっている。最初に目についたのは額を射抜かれた男だった。その脇に二人の武士らしき男。そして一番底には首を切り落とされた死骸が……。

「見覚えのない者たちだな」

十兵衛は首を傾《かし》げた。

「一人は自ら喉《のど》を突いたようにござります」

言われて確かめた十兵衛も頷いた。

「これではなにがなにやら……」

十兵衛は苦笑いした。

「相当な遣い手と見えます」

首の切り口を調べた男が驚嘆した。

「死骸を切ったものでありましょうが、まるで大根でも切り落とすようにすっぱりと」

「なぜ一人だけの首がない。この男だけは素性を知られたくなかったということか」

十兵衛は男たちを穴から上げ、入れ替わりに入ると首のない死骸を少し引き出した。

ごぼごぼと脇腹から血の塊が溢《あふ》れた。恐るべき鋭利な切り口が脇腹に認められた。十兵衛は溜《た》め息《いき》を吐《つ》いた。

「ん？」

一番上にある男の死骸の懐ろより白い紙が覗《のぞ》いていた。十兵衛は紙を抜いて展げた。

龕燈がそれに差し出された。

――根来の紫嵐、北の横山頼介、破るは寛永寺、舫《もやい》鬼九郎――

目を通した十兵衛に驚愕《きょうがく》が走った。

「なんと？」

龕燈を手にした男が質した。

「あの男……寛永寺と関わりがあったのか」

十兵衛は紙を部下たちに渡すと、

「我らの知らぬところでいろいろと動いておるらしい。やはり放っては置けぬぞ」

穴から上がった。

「埋め戻しておけ。首のない死骸は横山と見た。市郎兵衛とつるんでいる男だ。いずれつついてみるつもりでいたが、先手を打たれたな。あの男なればこの腕も納得できる」

「しかし、なぜ投げ文など？」

「別の者の仕業であろう。脇で眺《なが》めるばかりで面白がっておる男もいる」

十兵衛の頭には天竺徳兵衛の顔が浮かんだ。

4

翌日の夕方。

舫九郎の姿は左手に袖《そで》ヶ浦《うら》の海を望む街道に見られた。目指すは品川宿である。この時代、まだ洲崎《すざき》は埋め立てられていない。品川宿の目の前には青々とした海が広がっていた。上野を出ておよそ三刻（六時間）、品川の賑《にぎ》やかな家並が目に入ると自然に九郎の足が軽くなった。泊まるつもりでやってきた。だから昼近くにのんびりと上野を出発したのである。急ぐ用事でもなし、ぶらぶらと歩いてきたのだが、それでも三刻は飽きる。

〈さて、どうするか……〉

目的の東海寺は品川宿の入り口を右に折れた場所にある。四年前の寛永十六年に三代将軍家光の命を受けて沢庵和尚が開山したばかりの禅寺であった。江戸の中心より遠く離れた寺とは言え、祈願寺であるだけに五万坪という敷地の中に堂宇十七を数え、庭も小堀《こぼり》遠州の設計になる大寺なのだ。寺を預かる沢庵と上野寛永寺の天海とは親しい。その繋《つな》がりで訪ねれば寺に泊めて貰《もら》うのもたやすいことだったが、九郎にその気はなかった。沢庵は同時に柳生十兵衛の父宗矩《むねのり》とも懇意の仲なのである。東海寺を建立《こんりゅう》するまで、沢庵は江戸にあるときは柳生の屋敷に滞在することがしばしばであった。将軍に沢庵を紹介したのも宗矩と耳にしている。そういう寺に迂闊《うかつ》に泊まり、万が一十兵衛と鉢合《はちあ》わせでもすれば面倒になるのは目に見えていた。

参道を右に見て通り過ぎた九郎は、しかし、思い直して寺への道筋を辿《たど》った。明日の朝に訪ねて、もし沢庵が留守にしていたら、わざわざ品川まで足を伸ばした甲斐《かい》がなくなる。

幸いに沢庵は寺にいた。

上野寛永寺天海からの使いと名乗ると、九郎は方丈の庭の池に面した小さな庵《いおり》にと案内された。九郎は広い庭を歩きながら、沢庵の顔を思い出そうとした。沢庵とは十五年以上も前に会っているはずだった。だが、やはり無理だった。その当時九郎は四歳である。会ったはずだということを覚えているだけで、顔まで浮かぶわけがない。

「お入りなされ」

沢庵らしき声に誘われて九郎は庵の戸を開けた。三和土《たたき》には二人の履物が並んでいた。庵に火の気はない。その上、凍り付きそうな池面に向かう障子を開け放しているようで、冷えた空気が九郎の頬《ほお》を打った。九郎は案内してくれた僧に礼を言って庵に上がった。

低い衝立《ついたて》の奥に庭を眺める形で座っている二人の姿があった。一人はもちろん沢庵。もう一人は五十前後に見える男であった。

「ほう。お使いと聞いて、てっきり……」

坊主だと思っていたのか、沢庵は九郎を見上げると苦笑した。

「遠慮は要らぬ。こちらに」

沢庵は男の隣りを勧めた。

「お邪魔ではありませんでしたか?」

「なに、この者は身内も同様じゃ。天海さまもこの者のことはよくご存じである」

沢庵が言うと男は九郎に頭を下げた。

「名は承知であろう。左甚五郎《じんごろう》と申す」

九郎は大きく頷《うなず》いた。当代きっての名工として左甚五郎の名は広く知れ渡っていた。天海の開いた日光東照宮の造営にも関《かか》わっている。最初に感じた隙のない身のこなしにも九郎は納得した。名人となれば、たとえいかなる分野であろうと心が磨《みが》かれている。

「寛永寺に厄介《やっかい》になっている本田四郎です」

九郎は道々で考えた名を告げた。

「お珍しい刀をお持ちでおられるな」

甚五郎は九郎が腰から抜いて右に置いた刀に視線を注いだ。

「それに……変わった着衣をお召しに」

甚五郎の目は九郎の襟元《えりもと》に止まった。九郎は着物の下に立て襟のシャツを着ている。

「南蛮の物であろうが……はじめて見ました」

甚五郎の言葉に沢庵も頷いた。

「失礼だが、その身形《みなり》で江戸の町を歩かれて咎《とが》め立てはありませぬのか？」

「今のところは」

「さすがに江戸じゃ。懐ろが広い。少し前まで暮らしていた高松の城下などではとうてい考えられぬことにござるよ」

「無頼の徒ゆえ町方も見逃してくれておるのでございましょう」

「もっとも……寛永寺に住まいすると申せば町方とて迂闊に手は出せぬ理屈じゃろうが」

甚五郎は笑った。

「して、お使いの趣きは？」

沢庵は湯気の立つ白湯《さゆ》を九郎に勧めて質した。齢《よわい》七十一。その割りに艶々《つやつや》とした肌《はだ》だ。厳しい修行で鍛えられている。

「五日後に寛永寺にてささやかな茶会を催しとうございます。それに是非沢庵さまにもご出席願えましたらと天海僧正よりの仰《おお》せで」

「それを伝えるだけのことで参られたか。書状でも構わぬものを」

「海が見たくて使いを引き受けました」

「この時節に海とは……風流な」

「暇を持て余しております」

「お国は京辺りかの？」

「お分かりになりましたか？」

「儂も但馬《たじま》の出でな。京には永い。しかも、そなたにはどことなく雅《みや》びの風がある」

「いかにも京育ちにはありますが……」

九郎は苦笑して見せた。

「雅びなどと言われたのははじめて」

「さようか。本田どのと申されたが、どのような関わりで寛永寺におられる？」

沢庵はじっと九郎を見詰めた。

「身内に天台宗に帰依《きえ》する者が……その縁故を頼って身を寄せているに過ぎませぬ」

「天海さまはご健勝にあられるか？」

「いたって」

「それはなにより。是非とも茶会には伺うと申し上げてくれ。お会いいたすのはかれこれ一年ぶりじゃ。楽しみにいたしておる」

「そう申し伝えます」

「左甚五郎を同道いたしては迷惑かな?」

「それも申し上げておきます」

「滅相もない」

甚五郎が慌《あわ》てて遮《さえぎ》った。

「どなたが参られるか分からぬ場に私のような者が顔を見せてはご迷惑となりましょう」

「そなたも天海さまとはひさしぶりであろう。天海さまも必ずお喜びになると思うが」

「天海さまだけであれば私の方とて……他にどういうお方がお集まりになられます?」

甚五郎は九郎に訊《たず》ねた。

「そこまでは耳にしておりませぬ。私はただ沢庵さまをお誘いするようにと」

「それに……五日後では江戸におるかどうかも。そろそろお暇《いとま》いたそうかと思っていたところでした。今のことは忘れて下され」

九郎は頷いた。

「土井さまの目を気にしておると見えるな」

図星だったらしく甚五郎は沢庵に苦笑いした。九郎は二人を怪訝《けげん》な顔で眺めた。

「滅多に江戸に顔を出すなと甚五郎は土井さまより命じられておるのじゃ」

「土井さまと申しますと……大老の?」

「十年も昔の話じゃ。聞かせたところで迷惑にもなるまい」

沢庵は甚五郎に断わって説明した。

「この甚五郎は幕府の者たちに睨《にら》まれて殺されかけたことがある。なにも甚五郎に罪があるわけでもない。もともとは幕府からの頼みで江戸城の西の丸にある地下道の工事の棟梁《とうりよう》として働いたのが原因であった。工事が終わると幕閣の者たちは、城の秘密が外に洩《も》れるのを恐れるあまり、甚五郎に密《ひそ》かに刺客を差し向けた。普通の者なればそれで済んだのであろうが、この甚五郎、逆にその刺客を討ち果たしてしまった」

九郎は驚きの目を甚五郎に注いだ。

「殺されたとて公《おおやけ》にはできぬ刺客……幕府も慌てて次の追っ手を繰り出そうとしたが、それを押し止《とど》めたのが天海僧正さまと老中土井利勝《としかつ》どの。甚五郎は日光の造営から寛永寺の建立と、何年にもわたって天海僧正には目をかけられておった。それで甚五郎は僧正のお力にすがった。僧正は土井どのにその理不尽を訴えなされた。土井どのとて天海僧正の口添えとなれば甚五郎の命を縮めるわけにもいかぬ。そこで高松の生駒《いこま》さまへのお預けの処置を決めた。その処置は解かれたわけではないが、三年ほど前に生駒さまは藩中に不祥事があって改易。そのどさくさで、甚五郎は高松をようやく出ることができた。罪人とは違うので幕府も甚五郎には手を出しかねておる」

「なるほど……それで土井さまの目を」

九郎は大きく頷いた。

「広い江戸の町中を歩いたところで無事であろうが、寛永寺の茶会となればいかにもな。

どなたが見えられるか知れたものではない」

「刺客は一人でしたか？」

九郎は甚五郎と向き合った。

「二人。勝てたのは運にござる」

甚五郎は詳しく語らなかった。

「縁というのは不思議なものでな」

沢庵は笑って、

「この儂も土井どのに睨まれて出羽に流され、天海僧正のお口添えで赦《ゆる》された」

九郎は何度も首を振った。その件については人並み以上に承知していた。

発端は今より二十八年前の元和《げんな》元年（一六一五）七月十七日に二代将軍秀忠によって発布された『禁中並《ならびに》公家諸法度《しょはっと》』にある。これはその十日前に出された『武家諸法度』に倣《なら》ったという意味合いを持たせていたが、その実、幕府の絶対優位を朝廷ばかりか世間に示そうという意図が含まれていた。定められた法令は十七条にも及び、こと細かく天皇や公家たちの行動を規制していた。その中に僧侶《そうりょ》たちへの厳しい規制も加えられていた。と言っても、もちろん一般の小さな寺の僧侶が対象ではない。朝廷と関わりの深い大徳寺や妙心寺、知恩院など八大寺への干渉である。これらの寺の住持は古くから天皇家と繋がりがある。親王が住持として務めを果たすこともしばしばであった。そのため、これらの寺の住持は天皇による勅許制が採られていた。勅許を受けた僧が並の僧でないのはだれにでも分かる。そうした僧には特別に紫の衣の着用も認められていた。それが政治の乱れの基となると幕府は断じた。紫衣《しえ》着用を許された僧の他に問題の多いのは浄土宗における上人《しょうにん》という号である。これもおなじく勅許によるものだ。本当の修行を積み、学識を自他ともに認められる人材でなければ、安易に勅許してはならぬと、厳しく戒めた。正論には違いない。が、朝廷にすればこの法令は著しく権威を傷付けられるものであった。幸い絶対の禁止令ではなかったので、その時は不承不承発布を黙認した。

それから十二年後の寛永四年、幕府は唐突にこの問題を蒸し返した。紫衣勅許と上人号勅許が近頃《ちかごろ》目に見えて乱発されていると言うのである。それを主張したのは土井利勝であった。土井利勝は強硬策に出た。あろうことか、元和の発布にまで遡《さかのぼ》り、それ以降に受けた勅許は無効だと言い張り、すべてを取り消してしまった。破られた勅書は七、八十枚にも及んだと言うから只事《ただごと》ではない。天皇の権威はこれで完全に踏み躙《にじ》られた。それ以上に当の僧侶たちも困惑した。特に痛手を被《こうむ》ったのは大徳寺と妙心寺だった。幕府の定めによれば、この両寺で弟子を育てる資格を得るには三十年以上の修行をしなければならないことになっている。しかし、これはどう考えても無理なことだった。十八で仏門に入り三十年を修行すれば四十八歳。それでやっと弟子を持つことが許される。それから三十年教えて、ようやく弟子を育て上げられるとなれば、自身は七十八。その前に亡《な》くなれば、結局一人の弟子も育成できぬこととなる。その状況で寺の発展はとうてい望めない。

両寺は当然のこととして幕府に毅然《きぜん》たる反論を試みた。その最先端にいたのが大徳寺の住持職にあった沢庵だったのである。沢庵は法令の撤廃を求めた。明らかに理は沢庵の側にあったが、土井利勝は幕府の面子《メンツ》にかけても譲らなかった。認めてしまえば幕府の屋台骨が崩れてしまう。この争いは足掛け三年にも及んだ。その間に沢庵を支持する者たちが一人減り、二人減りして、ついに敗北した。沢庵は出羽の上山《かみのやま》に流罪《るざい》と定められたのである。この措置に時の天皇、後水尾《ごみずのお》帝は激怒し、わずか六歳の長女興子《おきこ》内親王に帝位を譲り渡し、身を退いた。興子内親王の母は二代将軍秀忠の娘で、三代将軍家光の妹に当たる。その意味で言うなら徳川の血筋が帝《みかど》の位になったことになるのだが、さすがに六歳の女帝の誕生には幕府も戸惑った。後水尾天皇にすれば、形だけの帝位になんの未練もなかったのであろう。

それから三年の月日を沢庵は寂しく上山に過ごした。世間の同情は沢庵に集まっている。頃合を計って赦免の口添えをしたのが上野寛永寺の天海僧正だった。天海は沢庵の学識を家光に訴え、むしろ幕府の側に召し抱えるべき逸材であると主張した。その意見が通り、沢庵は江戸に移されたのである。

いかにも相対して見れば尋常な学識ではない。家光はすぐさま沢庵の弟子となり、終生の江戸住まいを乞《こ》うた。だが、ここ品川に東海寺を開基するまでの何年かを沢庵は主に京都で暮らした。東海寺は家光が沢庵を呼び戻すために建立した寺と言っても過言ではなかった。住持となっても沢庵は江戸住まいを嫌《きら》い、たびたび寺を抜け出して旅に出た。ついに家光は沢庵番という役職まで設けた。東海寺の門前に何人かの者を住まわせ、沢庵が旅に出ぬように監視させる役目である。それほどまでに家光は沢庵に信頼を寄せているのだ。

〈この温かな目には……〉

確かに見覚えがある。九郎の記憶が少しずつ甦《よみがえ》った。九郎は沢庵に名乗りを上げたい誘惑と必死で戦った。だが、それが許される立場ではなかった。

「どこぞで会《お》うてはおらぬかの」

沢庵はまじまじと九郎を眺《なが》めた。

「いつから寛永寺におられる?」

「だいぶになりますが、和尚《おしよう》とは一度も」

「そうかの……儂《わし》の勘違いか」

沢庵はあっさりと頷いた。

5

なんの収穫も得られぬまま九郎は庵を辞去した。泊まるようにと沢庵より強く引き止められたが、遠慮した。

〈柳生のことも無駄足《むだあし》か〉

側《そば》に左甚五郎がいたのも原因している。九郎は方丈の門を潜《くぐ》って境内に出ると右手に向かった。南門から出る方が品川宿に近い。

綺麗《きれい》な太鼓の形をした橋を渡り、右に千歳杉の名木を見上げながら南門に至る。九郎の足が止まった。南門の出口に女が佇《たたず》んでいたのである。女は九郎を認めて近寄ってきた。

「東海寺のお方でしょうか？」

「なにかご用か？」

九郎は南門の門番を目で捜しながら質《ただ》した。禅寺に女は入れない。それで女はだれかが姿を見せるのを待っていたのだろう。夕刻のせいか門番はどこにも見当たらなかった。

「ここにご逗留《とうりゅう》なさっている左甚五郎さまに」

女は被《かぶ》っていた手拭《てぬぐ》いを取って頭を下げた。

思いがけぬほど美しい女だった。

「言付《ことづ》けなら引き受けよう」

「高輪《たかなわ》の讃岐屋《さぬきや》より参りました。お願いできますればこれを」

女は書状を懐《ふとこ》ろから取り出した。

「届ければ左どのに通じるのだな」

「はい。ご懇意にさせていただいております」

「分かった。左どのは今この寺におられる」

九郎は女から書状を受け取るとふたたび方丈に足を向けた。女は背中に礼を言った。

それから一刻《とき》（二時間）後。

左甚五郎は芝の増上寺の門前町にある旅籠《はたご》を訪れた。品川から芝をわずか半刻で歩いたと言うのに甚五郎の息に乱れはなかった。

甚五郎は左右の部屋の様子を窺《うかが》ってから障子に手をかけた。中には三人の男女がいた。

「これは頭領」

待ち兼ねていたように黒嵐が腰を浮かせた。白嵐と紅嵐も甚五郎に頭を下げた。左甚五郎こそ、根来五人衆を率いる男であった。

「例の男の素性を探り当てたと言うのだな」

甚五郎は三人の上座に腰を下ろして言った。

「おおよその人相は分かりましてございます」

紅嵐が膝《ひざ》を進めた。

「男の年格好は二十一、二。総髪にて瘦《や》せた体付きであったとか……」

「それだけか？」

じろりと甚五郎は紅嵐を睨みつけた。

「名前は知りませぬが、どうやら上野の寛永寺に所縁《ゆかり》の者らしゅうございます」

「寛永寺……」

甚五郎は不審な顔で紅嵐を見やった。

「『なかがわ』に離れを頼んできた際に寛永寺と親しい者だと名乗ったそうです。嘘《うそ》としても、寛永寺が『なかがわ』をよく用いるのを承知の者であるのは確かかと」

「総髪で痩せた男……」

甚五郎は腕を組んで溜《た》め息《いき》を吐《つ》いた。

「もしや、ご存じの者で？」

白嵐が訊ねた。

「紅嵐、うぬも見たはずじゃな」

「だれをでござります？」

「うぬが書状を頼んだ男よ。歳《とし》も似ておる」

ああ、と紅嵐は首を振った。

「あの男……寛永寺に暮らしおるとか」

「本当でございますか！」

紅嵐はさすがに声を上げた。

「いかになんでも偶然ではあるまい。あの男、いったいなにが目的で東海寺を訪れたのか」

「まさか頭領のことを？」

「いや……それはなかろう。それなれば様子に出る。別の狙《ねら》いがあったに相違ない」

甚五郎は断定したものの、

「どうも分からぬな。沢庵とも初対面のようであった。もし柳生十兵衛と手を組んでおるとすれば、当然沢庵とも繋《つな》がりがあるはず」

首を捻《ひね》った。

「頭領が側にいたので互いに知らぬ顔をしたのではありませぬか？」

白嵐が推測を述べた。

「それが見抜けぬ儂と思うてか」

甚五郎は白嵐の考えを退けた。

「ですが……」

黒嵐も首を傾《かし》げながら、

「そうなると目黒の寺でのことはどのように解釈すればよいのか……明らかに十兵衛とその男がつるんでいるとしか」

「あれこれ考えても無意味じゃ。いずれにしろあの男が我らの敵であるのは確かだ。いかにも、あの男なれば紫嵐が敗れたのも頷《うなず》ける」

「それほどの腕にござりますので？」

黒嵐の目は敵愾心《てきがいしん》に燃えた。

「あの男……儂の腕も察しておろう。となればどのみち生かしてはおけぬ」

「今宵《こよい》は東海寺に？」

　黒嵐は甚五郎に詰め寄った。

「品川のどこかに泊まっている。うぬらはこの足で品川に参れ。手分けしてあの男の宿を突き止めよ。今宵は無理でも、明日の帰り道を襲う手がある。寛永寺に潜り込まれてしまえば滅多に手は出せぬ。なんとしても早いうちに決着をつけねばうるさくなる相手ぞ」

「望むところにござります」

　三人は声を揃《そろ》えた。

「一人では襲うな。必ず二人以上でやれ。特に紅嵐は気をつけろ。夕方に顔を見られておる。しくじれば儂にも累《るい》が及ぶ」

「拙者と白嵐とでやります」

　黒嵐は甚五郎に請け合った。

「言うまでもなかろうが、無駄な勝負を挑《いど》むではないぞ。どんな方法でも殺せばよい」

「累が及ぶと申されましたが……」

　紅嵐は納得のいかない顔で口にした。

「頭領はいつまで東海寺に？」

「明日の昼には出る。そうじゃな、その時刻まで儂の正体が知れぬなら構わぬ。なにか考えでもあるのか？」

「勝負するつもりはありませぬが、私とて青嵐と紫嵐の仇《かたき》を討ちとうございます。それにせっかく見知った仲。上手《うま》く近付くことができれば多少の策も」

「色仕掛けで攻めると申すか」

「安心させて明日の朝の汁にでも薬を盛れば黒嵐と白嵐が楽に役目を果たせましょう」

「その必要はない」

黒嵐は首を横に振った。

「俺《おれ》と白嵐では信用できぬと言うのか？」

「大事の前に怪我《けが》でもすれば……それを申しているのです。せっかくキリシタン牢《ろう》を破るお許しが貰《もら》えたと言うのに」

「紅嵐の申す通りじゃ」

甚五郎も同意した。

「紅嵐にその覚悟があるなら、それに越したことはない。もし、しくじって薬を盛れぬ場合は仕方あるまいが……沢庵の膝元で騒ぎを起こすよりは安心じゃ。寛永寺までは長い道程《みちのり》だ。いくらでも適当な場所が見付かる。宿を首尾よく発見いたせば紅嵐に任せろ」

「むざむざと敵に体を与えるつもりか？」

「おなじ部屋にいなくては薬を盛れませぬ」

紅嵐は黒嵐に挑むように言った。

「では、勝手にしろ」

黒嵐は憮然《ぶぜん》と言い放った。

紅嵐は薄笑いを浮かべた。黒嵐が自分に気持を寄せているのは昔から承知していた。が、紅嵐にその気はない。むしろこれで黒嵐の心が離れてくれればありがたい。

「寝首を掻《か》こうなどと、妙な手を打つではないぞ。朝までは油断させるのじゃ」

紅嵐と黒嵐の心を見通している甚五郎はわざと付け加えた。乱破に女への思いは禁物である。術の乱れの基だ。

「宿場女郎でも買《こ》うておらねばよいが……済ませておれば簡単に誘いに乗るまい」

他人《ひと》ごとのように白嵐は言った。

6

忍ばせて廊下を伝う足音に九郎は目覚めた。その足音は九郎の部屋の前で止まった。

「もし……本田さま」

宿の男の囁《ささや》きが聞こえた。九郎は半身を起こして応じた。

「お連れさまがご到着にございます」

「連れ？」

襖《ふすま》を開けた男に九郎は首を捻った。

「約束はしていないが……名は？」

「高輪の讃岐屋の八重さまというお人で」

「ほう……」

戸惑いながらも九郎は頷いた。

「やはりご存じのお方でしたか」

宿の男は安堵《あんど》の色を浮かべた。この真夜中に起こして人違いとなればただでは済まない。

「そのお人が確かに連れと申したのか？」

「はい。いかがいたしましょう」

「こんな真夜中に追い返すわけにもいくまい。とりあえず上がっていただこう」

「相部屋でよろしゅうございますか。生憎《あいにく》と他の部屋は皆塞《ふさ》がっておりますが」

それは嘘だった。宿の男は女からそう言うようにと金を摑《つか》まされていたのである。

「仕方あるまいな。通してくれ」

九郎は布団《ふとん》を畳むと着物を纏《まと》った。

〈どういうことだ……〉

帯を結びながら九郎は夕方に会っただけの女の顔を思い浮かべた。

「ご迷惑を承知の上でお伺いいたしました」

宿の男が下がると紅嵐は詫《わ》びを言った。

「よくこの宿が分かりましたね」

九郎は屈託のない笑いで応じた。

「甚五郎さまより、あなたさまが品川に宿泊なされておいでのはずと耳にして、藁《わら》にもすがる気持でお捜しいたしました。それでこのような時刻に……お許し下さい」

「なるほど。あれから甚五郎どのと会われたのですか」

「高輪の方に出向いていただきました」

「讃岐屋と申されたが……」

「先ほどは嘘を申し上げました」

紅嵐はそう言って九郎の前に両手を揃えた。

「店の名ではございません。私どもが仮に用いているものにございます」

「甚五郎どのは近年まで讃岐に暮らしておられたとか……それと関《かか》わりが?」

「私どもは先年改易となった生駒高俊に繋がる者にございます。お家は十七万石より、わずか一万石に減じられ、藩士も散り散りとなってしまいました」

「それも伺っている」

九郎は頷いた。紅嵐は潤《うる》んだ目で九郎を見詰めると、

「なにとぞ私どもにお力添えをお頼みできませぬでしょうか」

涙を溢《あふ》れさせた。

「力添えとは……なにを?」

九郎は困惑の目で質《ただ》した。

「お家の再興にございます」

「私にそんな力はない」

九郎は苦笑した。

「甚五郎どのがそう言われたのですか？」

「ええ。あなたさまにおすがりいたせば天海僧正さまにお目通りがかなうかも知れぬと」

言われて九郎は小さく頷いた。それなら分かる。

「すると……甚五郎どのもそれが目的で沢庵どののところへ？」

「いいえ……甚五郎さまが東海寺にご逗留《とうりゅう》と伺って私が勝手に押し掛けたのです。残念ながら甚五郎さまは明日お立ちとか。それに甚五郎さまのお立場ではむずかしいともおっしゃられて……」

「そこで私の話となったわけですか」

「天海僧正さまに一度なりとお引き合わせ下さるだけで充分です。あなたさまにそれ以上のご迷惑はおかけいたしませぬ。再興は無理と知りつつ、私どもの気持を是非とも天海僧正さまに聞いていただきたいだけにございます。それをせずに諦《あきら》めるのは……」

紅嵐は身をよじって泣いた。

「なにとぞ……なにとぞお力添えを。それをお聞き届け下さいますれば、いかようなお礼でも……と申したところで私どもは主無《あるじな》しの身。たいして持ち合わせはありませぬ。

もし、お約束していただけましたなら、苦界にこの身を沈めましても必ず」

「体を売ると申されますか？」

「もし……もし少しでもお気に召されたのなら、この場で私をお抱き下さいませ」

紅嵐は覚悟を決めた顔で九郎と向き合うと、止める間もなく胸元を大きく開けた。白い肌《はだ》があらわとなった。綺麗《きれい》な形の乳房がぷるぷる震えていた。

「これが八重の覚悟にございます」

紅嵐は言って顔をそむけた。涙が頬《ほお》を伝った。これで誘われぬ男はいないはずだ。紅嵐は自信を抱いていた。なにも面倒な頼みではない。天海に会うだけで満足だと言っているのである。それでも念のために紅嵐は体を少し横に倒して膝を割った。相手には腿《もも》の奥深くまで見えているに違いない。

なのに……。

「会うだけで構わぬと言うなら、なんとか力になろう」

九郎は腕を伸ばすと紅嵐の襟元《えりもと》をしっかりと合わせて請け合った。

「覚悟とは男の用いる言葉。あなたには似合わぬ。礼もまた要らぬ。ただし、むずかしいと心得ておられるがよい。藩の問題となれば、いかに天海僧正の口添えがあっても簡単には覆《くつがえ》すことができぬ。天海僧正もそれを承知であろう。あるいは会えぬと断わられるかも」

「……………」

紅嵐は唖然《あぜん》とした目で見やった。

「私がお気に召されませぬか？」

「気に入ればこそ引き受けたのですよ」

九郎は微笑《ほほえ》んだ。

「あとはゆっくりと休まれるがよい。私は目が覚めたついでにこのまま戻ろう。寛永寺には剛海という僧がいる。その者に必ず話を通しておきましょう。悪いようにはせぬはずだ」

「まだ真夜中にござります」

紅嵐は本気で押し止《とど》めた。

こんな男が世の中にいるのか、と紅嵐は思った。はじめての経験であった。

7

九郎が宿を立つのを見送ると紅嵐も裏庭から抜け出て山道を先回りした。品川宿の外れに仲間の黒嵐と白嵐が待機している。駆けながら紅嵐は二人になんと説明したらいいか悩んでいた。二人は自分が朝まで一緒のはずだと思っているだろう。女としての屈辱もあったが、不思議と憎しみは覚えなかった。

「ここだ」

白嵐の声が頭上からした。太い松の枝に二人はのんびりと腰を下ろしていた。二人は音も立てずに紅嵐の前に飛び下りた。

「誘いには乗らなかったな」

黒嵐は薄笑いを浮かべて紅嵐に言った。

「どこぞで見ていたのか」

紅嵐の頰はかあっと熱くなった。

「間抜けな男よな。せっかく身を捧《ささ》げておるというに……あの物腰では陰間《かげま》かも知れぬぞ。俺が行った方が良かったのではないか？」

卑《いや》しい笑いを黒嵐はして、

「そもそも男ばかりの寺におるのが怪しい」

「そういう男とは違う」

紅嵐は厳しい目で遮《さえぎ》った。

「ほう。まさか惚《ほ》れたわけではあるまいな」

黒嵐はじろりと紅嵐を睨《ね》めつけた。

「下らぬことを言い合っている場合ではない」

白嵐は舌打ちした。

「あの男、足も速そうだ。市中に入る前に殺《や》るとなれば急がねばならぬ」

「どの辺りでやる？」

「高輪の札の辻《つじ》までには。となるとぎりぎり芝の大仏ぐらいか。あの境内に誘い込めば人目を気にせずやれるだろう」

芝の大仏とは高輪泉岳寺の南隣りにある如来寺《にょらいじ》の別名である。境内に高さ一丈（三メートル）の五体の石像が並べられているので大仏寺と呼ばれるようになった。品川を出てその辺りまでは大名の下屋敷があるだけで閑静な道筋だ。下屋敷と言っても、別荘とおなじだから留守居の者がいるに過ぎない。高輪に入り、札の辻を越えると江戸の町中となる。

「いかにも忙《せわ》しないな」

黒嵐は頷《うなず》くと、

「うぬはこのまま残れ」

紅嵐に言った。相手に顔を見られれば、左甚五郎との繋《つな》がりが発覚する。

「我ら二人で間に合う。朝には頭領も東海寺を出られる。頭領を待つがよかろう」

紅嵐の返事も聞かず黒嵐は走った。

〈………〉

複雑な思いで紅嵐は二人を見送った。二人の腕は承知している。いかに青嵐、紫嵐を打ち破ったとは言え、あの二人を一度に敵に回しては勝ち目がないはずである。

〈なにを考えている〉

我に返って紅嵐は苦笑した。

それが自分たちの務めではないか、と紅嵐は何度も胸に言い聞かせた。

月明りだけを便りに九郎は歩いていた。

女と一つ部屋に朝までいることの気まずさから宿を立ったものの、春まだ浅いこの時節の真夜中だ。寒さは尋常ではなかった。寺住まいで鍛えられている九郎にはさほどにも感じられなかったが、空が晴れ渡っている分だけ気温も低下している。

月の輝きの下に見る海は怖いくらいに美しかった。波が銀鱗《ぎんりん》のように光っている。奇観の続く袖ヶ浦に九郎はしばし立ち止まっては愛《め》でた。むしろこの夜中に宿を出たのを幸いとさえ感じはじめた。

月を謳《うた》った歌が幾つか思い出された。自分に歌心はないが、味わうことならできる。

〈おかしなことになったものだ〉

肝腎《かんじん》の用はなに一つ果たせず、こうして夜の海を眺《なが》めながら歩いている。

無意識に右手を懐《ふところ》ろに入れて温めている自分に気付いて九郎は苦笑いした。こんな夜中に危険などあろうはずもない。それでも刀を握る指がかじかまぬようにしているのだ。

一度は仏門への帰依《きえ》を願った身だった。それが今では肌着にまで血の匂《にお》いが染《し》み付いている。

〈いつまで続く……〉

生きる意味を持たぬと同様に死ぬ意味もない。仏が定めた命に従っているだけだ。この世に生まれ落ちた時から自分は余計者なのである。母に会うことも許されず、人の手《て》許《もと》を転々として生きてきた。充分過ぎるほど生きているとすら九郎には思えた。十二の時より私物を持つことも諦めた。寛永寺に寝泊まりしていても、自分の持ち物と言えば刀とわずかの衣類しかない。物に未練を持つことも許されなかったのである。余所《よそ》に移されるたびごとに、それまでの私物はことごとく捨てられた。この習慣が身についている。

とまるべき宿をば月にあくがれて
あすの道ゆく夜半《よは》の旅人　（京極為兼）

住みわびて身を隠すべき山里に
あまりくまなき夜半の月かな　（藤原俊成）

天の原空さへ冴《さ》えやわたるらむ
氷と見ゆる冬の夜の月　（恵　慶）

私物を持たぬゆえに歌はよく憶《おぼ》えた。だれのものだったか忘れているが、他にも幾つか頭に浮かんだ。すべてが心寂しい歌と気付いて九郎は胸の裡《うち》に失笑を禁じ得なかった。

いずれも月に向かう心は同一と見えた。

〈ん？〉

ようやく高輪の明りがちらほらと見える辺り、九郎は蒼《あお》い景色に目を凝らした。道は白く浮き上がって見える。その先に黒い人影らしきものを認めたのである。この時刻にまさか旅人でもあるまい。酔狂は一人で間に合っている。相手も九郎の姿を見付けてか、左手の山に消えて行った。夜盗の出没する町並みではなかった。九郎の足は速まった。

〈僧侶《そうりよ》か……〉

影が身を隠したと思《おぼ》しき場所は寺へと続く参道だった。帰命《きみよう》山如来寺と石標は読めた。寛永寺とおなじ天台宗の寺だが、九郎はこれまで訪れたことがなかった。

九郎は暗い参道を目で辿《たど》った。参道の突き当たりに二つの巨大な影が聳《そび》えていた。門番の代わりを果たしている石の仁王像であろう。如来寺は五体の石仏で名を知られているが、仁王像も名物として聞こえていた。一丈六尺（四・八メートル）の本体に台座を加えれば優に二丈を超す仁王像には九郎も興味を覚えた。見咎《みとが》められても寛永寺の者と伝えれば面倒はない。石像を眺めるだけだ。誘われるように九郎の足は参道を上がった。影についての不審ももちろん関係していた。

東海寺と違って参道は短い。九郎はじきに仁王像の立つ山門に至った。

〈噂《うわさ》に違《たが》わぬ大きさだな〉

蒼い月の光を浴びて仁王の顔がはっきりと見えた。もっと荒い彫りと思っていたが、憤怒《ふんぬ》の形相は細かく刻まれている。腕や胸の筋肉にも血が通っているようだった。

からからから、と小石の転がる音が正面の屋根の上から聞こえた。

〈お!〉

反射的に九郎は参道に後退した。見上げた屋根の上に二つの人影が立っていたのだ。

二つの影はふわっと宙に飛んで、仁王像の肩にそれぞれ取り付いた。

「今まで気付かぬとは、知れた腕だ」

右の仁王像の肩に立った影が笑った。

「根来《ねごろ》の紫嵐を倒したのは、うぬか」

今度は左の方から声がかかった。

「十兵衛どのの動きを見張っていたのだな」

東海寺に監視の目が光っていたのだろう。九郎は自分の迂闊《うかつ》さを悟った。自分にも思い付く策だ。敵の目があって当たり前である。

「根来の黒嵐」

右の男が名乗った。

「おなじく白嵐。うぬも武士なら閻魔《えんま》堂に来い。ここでは邪魔が入る」

左の男は言うと仁王像から軽々と飛び下りた。そのまま右手の藪《やぶ》に消える。右の男もいつしか姿を消していた。閻魔堂は参道の途中から右に折れた藪の中にある。道標を九郎は見ていた。九郎は躊躇《ちゆうちよ》なく参道を引き返すと閻魔堂に向かった。向かいながら仁王像を振り返る。信じられない高さだ。いかに乱破《らつぱ》とは言え、あそこから飛び下りるなど相当な腕だと九郎は見た。それも二人。

閻魔堂への脇道《わきみち》に進んだ九郎の足は止まった。思い直して九郎はくるりと向きを変えると参道を足速に駆け下りた。慌《あわ》てたような声が聞こえた。二人が追い掛けてくる。

街道に達すると九郎はそのまま海岸へと跳んだ。続いて二人が砂地に着地した。

「臆《おく》したか！」

一人が叫んだ。閻魔堂に誘った男だった。

「武士たる者が勝負を逃れるなど」

「刀は下げているが武士ではない。無頼の身。そなたたちも乱破であろう。尋常の勝負など聞いて呆《あき》れる。どうせなにか仕掛けがあると見た。ここならば藪もなく見渡せる」

ちっ、と男は刀を抜いた。

「抜け目のない男だな」

黒嵐も笑いを見せて刀を逆手に構えた。

「先回りして鎖網を藪に吊《つる》しておいたが、無駄《むだ》となったわ。まあよい、この方が青嵐や紫嵐の供養《くよう》となろう」

黒嵐と白嵐は九郎を回り込むように動いた。

「それ、背中に隙《すき》が見えるぞ」

黒嵐は嘲笑《あざわら》った。

「なぜ刀を抜かぬ。観念したか」

白嵐の誘いにも九郎は耐えた。足の運びから見ると黒嵐と白嵐には差が感じられた。些少《さしょう》だが白嵐の動きが鈍い。覆面で顔は分からない。それでもだいぶ年輩と思える。九郎は白嵐に集中した。二人を同時に相手にするのは不可能だった。まずどちらかを傷付けて、対等になるしかない。ともに殺すには厄介《やっかい》そうな敵であったが、傷付けるだけでいいなら話は別だ。そのためにもまだ手の内を晒《さら》すわけにはいかない。伸ばした腕と刀の長さを見極められてしまえば二度と安易な接近をしてこないだろう。じりじりと九郎は水辺に後退した。二人の足を封じるには海しかなかった。水に足を取られて速度が鈍る。察して黒嵐が海を背にして立ちはだかった。それも九郎は考えに入れていた。案の定、二人は回転を止めて九郎の前と後ろに立った。

「抜け！　見苦しいぞ。我らが慈悲を頼りにしても無駄だ。うぬが抜かずとも殺《や》る」

白嵐の叫びを無視して九郎は黒嵐と向き合った。気迫に押されてか黒嵐は水に退いた。それが九郎の望んでいた瞬間だった。どれほど跳躍に自信があっても、水からでは高く跳べない。追うにも少しの間ができる。黒嵐を襲うと見せ掛けて九郎は反転した。最初から狙《ねら》いは白嵐である。白嵐も望むところとばかり間合いを詰めた。

きらきらっ、と九郎の刀が抜かれた。柄《つか》の端を握って思い切り腕を伸ばす。通常の刀の倍近くにまで切っ先が届く。緋炎《ひえん》の剣である。揮《ふる》ったと同時に九郎は肘《ひじ》を引いて刀を真上に立てた。腕を伸ばしっ放しにしていれば刀の間合いを悟られる。

白嵐の呻《うめ》きが上がった。

深手ではないが、九郎の刀は白嵐の右腕の筋を切っていた。白嵐は刀を取り落とした。指の自由が利《き》かなくなったらしかった。それを確かめると九郎は横に走って背後からの黒嵐の攻撃を避けた。激しく水を蹴《け》って黒嵐が襲った。九郎は屈《かが》むと砂を握って投げつけた。

黒嵐は立ち止まった。目をこすりながら素早く後退する。黒嵐には怒りがあった。

「気をつけろ！　怪しい剣を用いる」

左に刀を持ちかえた白嵐が怒鳴った。

九郎は刀を背中に隠した。無論、長さを知られないためである。

「どうした！」

黒嵐は白嵐に訊《たず》ねた。

「筋をやられた。こやつ、相当な腕だ」

白嵐は不審に耐えぬ目を九郎に注いだ。

「刀を投げたと思ったが……」

「殺し合いにも馴《な》れておる。わざと俺を水に漬《つ》けた。いかにも頭領の申した通りだ」

黒嵐も慎重になっていた。

「その傷では役に立たぬ。見ておれ」

「刀はいかぬが、別の道具なら」

白嵐は刀を捨てると懐ろから鉄の金具を取り出すと自由を失った右手の指に嵌《は》めた。角手である。格闘に用いるものだが、格好の指の補強となった。と同時に腰に下げていた鉤縄《かぎなわ》を手にした。塀《へい》や木に攀登《よじのぼ》る道具だ。縄の先は重い鉄の鉤に結び付けられている。白嵐は右に縄の束を持ち、左で鉤をぐるぐる回しはじめた。それで搦《から》め取るつもりだ。

間合いを計るように白嵐は鉤を飛ばした。九郎の足元で砂が舞った。分銅ではないのでさしたる威力はない。だが、当たれば鋭い鉤が肉を抉《えぐ》り取る。

幸いなのは縄の範囲から黒嵐も遠ざかっていることだった。これで二人に同時に襲われる気遣いをしないで済む。

〈と言って……〉

厄介には変わりがなかった。周囲に樹木でもあれば身を避けることもできるが、なにもない砂地ではむずかしい。二度三度と白嵐は鉤を飛ばしてきた。縄の動きを九郎は見定めた。鎖鎌《くさりがま》の分銅と違って粉砕する道具ではない。あくまでも巻き取る道具である。正面から真っ直ぐ襲ってくる不安はなさそうだった。今は足元を狙っているが、そのつもりなら大きく縄を繰り出してくる。鉤は横手から背後に回り込むだろう。それと同時に前進すればどうなるか？　いや、危ない。察した白嵐も後退する。となるとおなじだ。あれこれ策を練る余裕はなかった。白嵐は気合いとともに鉤を投じた。一か八《ばち》かの策を九郎は選んだ。伸びてくる縄の高さも跳ばれることを考慮に入れてか、胸の位置だった。

九郎は左に跳んで砂地に転がった。ぶうんと音を立てて鉤が頭すれすれのところを過ぎて行った。すかさず半身を起こした九郎は縄を追って渾身《こんしん》の力で刀を振り下げた。刀が砂に食い込んだ。縄は鉤の勢いでびいんと張った。ぶつっと縄が千切れた。白嵐は後ろに転がった。九郎はそのまま走った。黒嵐は離れた位置にいる。九郎は砂を蹴り上げた。白嵐に武器はない。躊躇なく九郎は頭を狙った。

がしっ、と九郎の刀は受け止められた。

〈なにっ！〉

白嵐は角手を嵌めた右の掌《て》で刀を阻《はば》んでいた。ぼろぼろと何本かの指が落ちた。九郎は慌てて刀を引いた。黒嵐の動きを確かめる。黒嵐は間近に迫っていた。その足を白嵐が左の腕で抱えた。振り解《ほど》こうとしても逃れられない。物凄《ものすご》い腕力だった。

「俺ごと討ち果たせ！」

「おお！」

白嵐の叫びに黒嵐は大きく頷《うなず》いた。

九郎は白嵐の腕を肘から断ち切った。悲鳴と一緒に九郎は空に跳んだ。黒嵐の刀が白嵐の胸を刺し貫いた。間一髪のところだった。

黒嵐もさすがに動揺を隠せずにいた。

九郎は街道へと駆け上がった。一人が相手では砂地よりも硬い土の方がやりやすい。わずかの争いにもかかわらず九郎の腿《もも》は強張《こわば》っていた。跳んだ時に砂地に指が食い込んだせいで筋肉に余計な力が加わったのである。このまま砂地にいれば動きが取れなくなる。

「仲間を殺すのに躊躇《ためら》いはないか」

九郎は冷たい目をして質《ただ》した。

「要らぬ命と思うていたが……畜生にも劣るうぬに命はやらぬ」

九郎の体が熱くなった。

「鬼九郎と呼ばれし剣を見せてやろう」

九郎は刀を正眼に構えて待った。

「鬼九郎だと？」

「舫九郎……時として鬼九郎」

「くそっ」

案に相違して黒嵐は砂地を蹴ると逃げた。

「必ず借りは返す。俺の名も忘れるな」

黒嵐はたちまち闇《やみ》に溶け込んだ。

九郎はほうっと肩で息を吐《つ》いた。

やり合っていれば相討ちのはずだった。

こちらはまともに動けない。足の爪先《つまさき》が縮まった。九郎は屈むと揉《も》んだ。脛《すね》がぴんと張っていた。

〈運がいいのか、悪いのか〉
九郎は暗い顔で微笑《ほほえ》んだ。
緊張が緩むと寒さが身に沁《し》みはじめた。

暗血

1

その日の夕方。

九郎は吉原の三浦屋に上がった。とは言っても表からではない。主人の部屋の押入れから二階の高尾の部屋の天井裏に通じる穴がある。そこを伝って九郎が天井裏に出ると、待ち兼ねていたように長兵衛《ちょうべえ》と権兵衛《ごんべえ》が頭を下げた。二日前からの約束だった。

「高尾には客があるとか」

九郎が言うと長兵衛は苦々しい顔で頷《うなず》いた。

「お旗本みてえですぜ。女には不自由してねえはずなのに……小判の音がちゃらちゃらと。うるせえったらありゃしねえ」

九郎は笑った。高尾ほどの太夫《たゆう》となれば逆に客を選ぶことができる。それに初会では床を共にしないのが吉原の決まりだ。どんなに金を積んでも意味がない。

「で、どうでした、品川の方は」

九郎は首を横に振って、

「反対に根来《ねごろ》の男たちに襲われた」

長兵衛はぎょっとした。

「旦那《だんな》の後を尾《つ》けていやしたんで？」

「私とおなじように東海寺を見張っていたのだ。十兵衛さまの動向を気にしてな」

「それにしたって……」

長兵衛は首を傾《かし》げた。

「それじゃ旦那の顔を承知ってことで？」

「であろう。目黒の安養寺で見られている」

「闇夜《やみよ》だったんですぜ。背丈ぐれえは分かったでしょうが、顔の見分けのつくわけがねえ。だったら旦那より先においらたちが狙《ねら》われていやすでしょう。夢の市郎兵衛の子分どもにゃおいらと権兵衛は馴染《なじ》みの仲だ。それなら横いたちにだって筒抜けだったはずですよ。あいつは旦那を見て驚きもしなかった」

なるほど、と九郎は顎《あご》を撫《な》でた。

「旦那が寛永寺と関《かか》わりがあるってことは天徳が承知だ。野郎のさしがねじゃあ？」

「根来の者たちにそれを伝えたと？」

「それ以外になにが考えられます？」

「それで徳兵衛にどんな得がある」

「邪魔な根来の野郎どもを旦那にぶつけて潰《つぶ》そうとしたんじゃありませんかね」

九郎は腕を組んだ。

「なにを考えてんだか分からねえ野郎でさ。稲荷河岸《いなりがし》の一件にしても……根来のあいつを短筒で撃ち殺したのは天徳に違いねえ」

「邪魔者同士を争わせているわけか」

九郎にもその他に考えようがなかった。確かに正体を知った上での尾行としか……

「だが、妙なことを口にした」

「だれがです？」

「根来の一人だ。私の腕は頭領の申した通りだと」

「……」

「会ってもいないのに、なぜ頭領とやらは私のことを承知なのだ？　まさか徳兵衛が敵の頭領と直接会ったとは思えぬ」

「天徳が頭領ってことはねえでしょうか？」

「いくらなんでもそれは有り得ぬ」

九郎は笑って否定した。

「稲荷河岸で手下を殺す理由がない。我々が見ている前だとすれば分からぬがな」

「すると、どっかで根来の頭領と？」

「心当たりは、ある」

九郎は半信半疑ながら言った。

「あの男なれば私の腕を見極めたかも」

「あっしらの知った男ですか？」

長兵衛は膝《ひざ》を乗り出した。

「名前だけはな。江戸のだれもが承知の男だ」

長兵衛と権兵衛は顔を見合わせた。

「左甚五郎《じんごろう》」

げっ、と二人は言葉を失った。

「東海寺で左甚五郎と同席した。その他にも思い当たることが」

九郎は宿を訪ねてきた女のことも伝えた。

「しかし……」

長兵衛は額の脂汗《あぶらあせ》を拭《ぬぐ》うと、

「左甚五郎ってと、世に隠れもねえ名人ですぜ。そいつがまさか根来を率いているなんて」

「腕は立つ。沢庵どのより耳にしたことだが、かつて幕府の差し向けた二人の刺客を逆に討ち果たしたとか。ただの職人とは思えぬ」

それを聞くと長兵衛は絶句した。

「柳生《やぎゅう》十兵衛、明石《あかし》志賀之助、それに今度は左甚五郎ってわけですかい」

長兵衛は溜《た》め息《いき》を吐《つ》いた。いずれ劣らぬ名の通った者たちばかりであった。

「そなたたちの調べはどうであった?」

九郎は二人に訊《たず》ねた。横山頼介《よりすけ》のところで手に入れた位牌《いはい》の主を捜させている。

「そいつを忘れていやした」

長兵衛は得意そうな顔で応じた。

「彩藻院《さいそういん》って戒名と、さとの名前から簡単に割れました。その道じゃ相当に名の知れたお人だったようで。武家の奥さまなのに、内密で弟子も持っていたとか。狩野《かのう》派と四条派の四つ五つを当たったら直《す》ぐでさ」

「突き止めたのか」

「どこの家中であった?」

「松平越後守《えちごのかみ》さまのご家中で、山本さとさまというお人でした。間違いなく六年前に亡《な》くなっておりやす。旦那のお眼鏡通り、ご主人は古くからの江戸詰めです」

「松平越後守……か」

そう言われても九郎にはピンとこなかった。

「越後と長崎がどう繋《つな》がる?」

「あっしらにゃ分かりませんよ」

長兵衛は笑った。

「けど、三つ葉葵《あおい》の紋所なのは確かで」

それはもちろん九郎も知っている。

「ご家中は赤坂に住んでおりやす。とてもあっしらの近付ける場所じゃねえんで、それ以上のことは存じませんが……この頭でなきゃなんとかごまかしようもあるんですがね」

長兵衛は丸めた頭をぽんと叩《たた》いた。

「ご苦労だった。後は工夫する」

「三つ葉葵ってと、やっぱり将軍さまのお血筋に当たられるんでしょう」

「当代がどなたであったか失念いたしたが、いずれ今の将軍のお従兄弟《いとこ》のはずだ」

「それなら総目付の柳生が陰に回って動くのも当たり前にござんすね」

「越後ぐらいにそれほど気を遣うとは……」

思えなかった。九郎は困惑した。謀反《むほん》を起こすにも格式が必要である。将軍職を継承できるのは紀伊《きい》、尾張《おわり》、水戸と定められているのだ。どれほど徳川に近い血筋であろうと、他の藩ではだれ一人として従わない。戦国の世ならまだしも、幕府が磐石《ばんじゃく》の体制を整えつつある今の世に、しかも二十数万石の越後では話にもならない。謀反の兆《きざ》しを察知すれば、たとえ従兄弟でも許すはずがない。

〈もっと裏がありそうだ〉

九郎は確信を抱いた。

2

二日後の夕刻。

場所は大塚《おおつか》のキリシタン牢《ろう》。

関わりを恐れて滅多に人の近付かぬこの牢獄への、暗い道を辿《たど》る二人の男女があった。

美しい武家娘と用人らしき男である。

二人は辺りを見渡しながら歩いた。

人家はほとんど見られない。畑の中にぽつんと牢獄があるだけだ。しかも伝馬《てんま》町の牢獄と違って警戒もさほどではなかった。島原の乱が鎮圧されてすでに五年が過ぎている。牢獄で死ぬ者はあっても、新たに投獄される者は珍しい。初めは五十を超えていた役人の数も今では二十以下に減らされていた。仲間が救いだしにくる不安を抱いていたのは乱の前後だけであった。幕府にとってキリシタン信徒に対する恐れは完全に払拭《ふっしょく》されていた。

それを確認して二人の足は速まった。

「ごめん下さいませ」

娘は門のだいぶ手前から声をかけた。

しばらくすると、のんびりとした返事がした。重い扉《とびら》の後ろから身許《みもと》を訊ねる。

「松平伊豆守《いずのかみ》の家中の者にございます」

　松平伊豆守信綱は老中職にある。しかも島原の乱鎮圧の功労者であり、キリシタン牢獄とも深い関わりを持っていた。

　弾《はじ》かれたように潜《くぐ》り戸《ど》が開いた。

　娘は笑顔で挨拶《あいさつ》を送った。

「川越藩留守居役、田原道康の娘八重と申します。この者は我が屋敷に仕えます青山と」

「青山友之介と申します」

　男もぺこりと頭を下げた。

「これは遠い道程《みちのり》をわざわざ……して、いかようなご用向きにございましょう」

　男は眩《まばゆ》いばかりの娘の美しさに圧倒されながら質《ただ》した。

「では桜井さまよりお聞き及びでは？」

　娘は牢を預かっている桜井の名を口にした。

「さて、今日はお屋敷の方に戻られましたが」

「父が桜井さまに川越の酒をお届けすると約束いたしました。ついでにと申してはなんですが、皆さま方にも少しばかり」

　八重が促すと青山は樽《たる》を二つ差し出した。

「一つは桜井さまに。これは皆さまで」

　大ぶりの酒樽を眺《なが》めて男は相好《そうごう》を崩した。

「桜井さまがおられましたら挨拶をと存じましたが、今宵《こよい》はこれにて」

八重は丁寧に辞儀をすると引き下がった。

「もし、お八重さまと申されましたな」

「はい」

「ありがたく頂戴《ちょうだい》いたします。皆も大喜びいたしましょう。この牢獄を訪ねてこられる方など滅多におりませぬ。くれぐれもお父上によろしくお伝え願います。桜井さまにも必ず申し上げますゆえ」

「あの堂で夜を待とう」

少し先に小さな地蔵堂がある。しばらく見送っていた男の姿が潜り戸に消えたのを見定めて男が言った。男は黒嵐《こくらん》だった。

「眠り薬が効くにはしばらく間がある」

「堂にいつまで待つと？」

武家娘に化けていた紅嵐はきつい目をした。

「大事な仕事の前だ。安心しろ」

黒嵐は鼻白んだ。仲間が二人きりとなってから紅嵐は妙に冷たい。

「あの者ども、飲むであろうか？」

「この寒さだ。心配ない。一刻《とき》も待てば楽々と牢獄に入れる」

「我らの顔を見た男だけは始末いたさぬと」

「俺《おれ》が殺《や》る。後のことは考えずうぬは自分の務めを果たせ」

牢を預かる桜井が屋敷に戻るのを確かめて企てた策である。留守居役の名も偽りだった。顔を見られたとてなんの心配もないのだが、念には念を入れてまずいことはない。

「問題はその男が歩けるかだ」

紅嵐の不安に黒嵐も頷《うなず》いた。狙いは水島金太夫一人にある。が、老齢の上に四年以上も牢獄暮らしでは足が萎《な》えていることも充分に考えられた。となると牢獄を破ってからの策がやりにくくなる。三十を超す人数を引き連れて遠くへ逃げるつもりはない。大塚を出れば直ぐに追っ手と見せ掛けてことごとくを殺す予定でいた。金太夫と紅嵐だけが逃げ延びればよい。しかし、肝腎《かんじん》の金太夫がそういう体なら殺されなかったのを不審に思うだろう。

「あらかじめ荷車でも用意しておくのがいいかも知れぬな。金太夫が歩けるならば、別の者を乗せればよかろう」

いい知恵だった。紅嵐も同意した。

「今のところ手筈《てはず》通りに運んでいるが……」

黒嵐にはたった一つ気になることがあった。

「昨夜、牢に入れられた男がいる」

「昨夜？　この世の中にか」

紅嵐にも不審が広がった。

「暗くて顔は見えなかった。ただの罪人ならいいが……あるいは柳生十兵衛の」

「手の者かも知れぬと？」

「まあよい。そやつが敵だとしても、しばらくはキリシタンのふりをしているはずだ。大塚の外れには鉄砲隊が待っておる。どうせそこでけりがつく」

黒嵐は自分に言い聞かせるように笑った。

笑いは広い畑に響き渡った。

3

黒嵐が荷車の調達に走るのを見届けた紅嵐は地蔵堂の暗がりの中で着替えをはじめた。武家娘の衣を脱ぎ捨てて質素な身形《みなり》になる。

かんざしや帯と一緒に畳んだ衣類を紅嵐は堂の天井裏に押し込んだ。持って歩く余裕はない。着替えを終えると今度は髪にかかった。綺麗《きれい》な島田に結ってある髪を指で割りほぐす。長く垂れた黒髪を紅嵐は肩の辺りで束ねた。この方が動きやすい。次いで紅嵐は左の目玉に魚の鱗《うろこ》を嵌《は》めた。白濁した目玉は変相の基本である。片方だけならこちらの動きにさほど影響がないばかりか、相手は必ず白濁した目玉に注意を奪われる。あとで顔を思い出そうとしても、目玉しか覚えていないのが常だ。目玉ほど人の表情を変える部分はない。

〈まさか……あの男と〉

会うということはないだろうか、と考えて紅嵐は軽い逡巡《しゅんじゅん》を覚えた。その時に片方の目が白濁した顔を見られるのは辛《つら》い。指が目玉に伸びた。が、すぐに思い直した。もし、あの男と相対した場合、髪を変えた程度では簡単に見破られてしまう。今度は紛れもなく敵として会うのである。こちらの正体が知られれば、頭領の左甚五郎にまで累《るい》が及ぶ。

〈第一……〉

あの男が現われるなど、と紅嵐は苦笑した。

紅嵐は立ち上がって格子《こうし》から外を窺《うかが》った。星がいくつか空に点《とも》っていた。人の気配のないのを見定めて扉を開ける。裏手の小川に向かって白粉《おしろい》と唇《くちびる》の紅を落とした。これで準備は整った。紅嵐は襟《えり》を指で探った。昨夜のうちに襟の中に小さな十字架を縫い込んである。その固い手応《てごた》えを確かめて安堵《あんど》した。

〈水島マルコ金太夫……〉

紅嵐は名をしっかりと頭に刻んだ。マルコという洗礼名が特に大事である。

道に上がると遠くから荷車の音が聞こえた。黒嵐に違いないが紅嵐は身を屈《かが》めた。

「早かったな」

黒嵐と見極めて紅嵐は声をかけた。

「藩の者が手に入れてくれた。盗むより金で買い取る方があとの面倒もない」

「私は済ませた。そっちも早く着替えを」

「まだ間があろう。焦《あせ》りは禁物だ」

黒嵐は荷車を堂の脇《わき》に隠すと紅嵐の顔をしげしげと見詰めた。

「その目では後々厄介《やっかい》にならぬか？」

「とは？」

「上手《うま》く聞き出せればよいが……あるいはそのまま永い旅となるやも知れぬ。今夜だけならともかく四六時中その目では疲れよう」

「平気だ。私の顔はあの男に見られている。もし出会えばすぐに正体が知れる」

「舫《もやい》鬼九郎か……」

「敵とは思わずに油断した。しかし、こうして化粧を落とし、片目を潰《つぶ》せばやすやすと見抜かれはすまい」

「おなじ部屋にいて半刻近くも顔を付き合わせていたのだ。俺なら騙《だま》されぬ。無駄《むだ》なことに思えるがな」

黒嵐は薄笑いを浮かべて、

「あやつ、並の男とは違う」

「……」

「それとも……正体の知れるのが怖いか」

黒嵐は皮肉な視線を紅嵐に注いだ。

「うぬの心を見抜けぬ俺と思ったか？　頭領とてすでに承知であろう。間抜けめが。敵に惚《ほ》れるなど呆《あき》れて物も言えぬ」

「惚れてなどおらぬ」

紅嵐は力説した。

「なれば小賢《こざか》しい変相など無用だ。正体がバレればバレたまでのこと。江戸を離れてしまえばなんの心配もない。半月も鱗を目に嵌めておれば必ず片目を失う」

「……」

「それよりは道中で水島金太夫を誑《たぶら》かすのが楽だ。六十に手が届くと言っても、男には変わらぬ。永い牢獄暮らしで飢えているはずだ。うぬの白い乳を見せてやれば食らいついてくる。女には女の術があると申したはうぬぞ」

屈辱に肩を震わせながらも紅嵐は目から鱗を外した。

「それでよい。うぬの武器はこの顔だ」

黒嵐は腕を伸ばして紅嵐の細い顎《あご》を撫《な》でた。紅嵐は邪険にその腕を払った。

「我ら二人しか残っておらぬと言うに、ちっとは優しい扱いをしてくれてもよかろう」

黒嵐は笑うと衣を着替えに堂へと進んだ。

「いまさら言うまでもあるまいが」

黒嵐は扉に手を掛けて振り返った。

「牢を出れば散り散りになることもある。道を違えるなよ。門より真っ直ぐ駆けて、四《よっ》辻《つじ》に出たら右だ。そのままどこまでも走れば川にぶつかる。舟はその橋の下に待っている。うぬは必ず金太夫を伴って先頭の舟に乗れ。間違えば土手から鉄砲の弾を食らう」

「他の者が構わず乗り込んできた場合は？」

「その時は仕方ない。しばらくは同行させるしかあるまいな。金太夫の目の届くところで殺せば不審を抱かれよう。いずれ折りを見て俺が始末をつける」

紅嵐は頷いた。

「この時節だ。大川に出て厩橋《うまやばし》までは心配もなかろうが、問題は舟を降りて本所の隠れ家に辿り着くまでの間だ。舟に荷車は乗せられぬ。金太夫の足が萎えておれば面倒だな」

「船頭の手助けは無理か？」

「ならぬ。舟はすぐに戻さねば。隠れ家の行き来の間に役人にでも舟を見咎《みとが》められれば危ない。さて、どうしたものか……」

黒嵐は腕を組んだ。

「となれば、屈強な男を一人選んで金太夫に同行させるしか……どうせ舟まで荷車を引いて貰《もら》わねばならぬぞ。私では疑われる」

「やむを得ぬな。もし金太夫の足がいかぬ時は、その策を取ろう。その後のことは頭領とで考える。なによりも金太夫を隠れ家に連れ帰ることが先決だ」

黒嵐は紅嵐の策に同意すると堂に入った。

4

黒嵐は念のために門の外から声を掛けた。

しばらく待っても応答はなかった。門の中はしんとして物音一つしない。前に組み合わせた紅嵐の掌《てのひら》を踏み台にして黒嵐は軽々と門の屋根に飛び上がった。耳を澄ませても人の動きまわっている気配はなかった。黒嵐は中に下り立つと門の閂《かんぬき》を外した。

「皆、眠りこけておる」

黒嵐は裾《すそ》の乱れを直して言った。黒嵐は浪人者を装っていた。

「先ほどの門番を捜せ。あの者だけは殺さねばならぬ。牢《ろう》を破るのはそれからだ」

紅嵐も頷くと館《やかた》に侵入した。

捜すのに手間は掛からなかった。牢役人たちは厨《くりや》に隣接した板間にごろごろと転がって鼾《いびき》をかいていた。黒嵐は数えた。五人。夜勤としたらそんなものだろう。伝馬町の牢屋と違って無法者を押し込めているわけではない。

黒嵐は門番を捜し当てた。

乱暴に体に触れても門番は起きない。眠り薬がだいぶ効いている。黒嵐は懐《ふとこ》ろから細い紐《ひも》を取り出すと門番の首に巻き付けた。紅嵐は門番の足首を押えた。黒嵐の腕に力が加わる。門番の痙攣《けいれん》が紅嵐の腕に伝わった。絶命したのを見届けた黒嵐は紐を解いた。

黒嵐と紅嵐にはなんの感情も見られなかった。

黒嵐は紅嵐を促して先に立った。牢屋は広い中庭を挟《はさ》んで建てられている。

「何者だ！」

不意に龕燈《がんどう》の明りが黒嵐を捕らえた。牢屋の見回りにきていた役人の持つ明りだった。明りに照らされた顔が見慣れぬ男と知って役人は笛を口にした。黒嵐は突進した。役人は笛を忘れて龕燈を振り回した。その明りの中に紅嵐が浮かび上がった。驚愕《きょうがく》した役人の目の前にぬうっと黒嵐が現われた。黒嵐の刀は役人の喉元《のどもと》に突き付けられていた。

騒ぎに牢の中の者たちが気付いた。

「鍵《かぎ》をこじ開ける手間が省けたな」

黒嵐は役人に引き返すよう命じた。

「キリシタン牢を破れば獄門磔《はりつけ》だぞ」

役人は喚《わめ》いた。

「他人のことよりも我が身を案じるのだな」

黒嵐は笑って役人の右頬《みぎほお》を切った。噴き出た血を掌で覆《おお》いながら役人は従った。

役人とともに現われた黒嵐と紅嵐を認めて牢屋は騒然となった。

「静かにしろ」

黒嵐の一言に静まる。

「他の役人どもは眠らせた。今から鍵を外してやる。無事に江戸を抜け出せるかどうかは分からんが、ここにいては三月とない命だ。そういう噂《うわさ》がある。特に長崎より送られた者が危ない。俺が頼まれたのは長崎の連中だけだが、逃げたい者はついてこい」

黒嵐が言うと歓声が上がった。

「水島金太夫は無事か？」

黒嵐は声を張り上げた。

「水島さまならここに！」

奥の牢から返事があった。黒嵐は紅嵐に目で合図した。紅嵐は奥に急いだ。

「どなたじゃ？」

よろよろとした足取りで、痩《や》せた男が紅嵐の顔を覗《のぞ》き込んだ。

「あなたさまが？」

「いかにも水島にござるが」

金太夫は怪訝《けげん》な顔で頷いた。紅嵐は金太夫に顔を近付けると明石志賀之助の名を囁《ささや》いた。金太夫の顔に喜びの表情が浮かんだ。

「どうぞ私どもと」

「じゃが……この体ではご迷惑を掛ける。とてものことに逃げおおせはできまい」

「少し先に荷車を……そこまで行けば」

「………」

「ぜひにもお連れ申します。私も皆さまとおなじ神のしもべ」

紅嵐は金太夫の細い腕を引いて襟に縫い込んだ十字架に触れさせた。形をまさぐっていた金太夫の目が十字架と知って輝いた。

「鍵を開けろ」

黒嵐が役人を引き立ててきた。役人は屈むと鍵を外した。中から何人かが躍り出た。黒嵐は他の三つの牢も開けさせた。

「今も言ったように抜け出たとしても先がどうなるか分からんぞ。幕府とて女や年寄りには滅多な真似《まね》はすまい。残れば反対に赦免されることも有り得る。長崎以外の者はそこをよく考えるんだな。川を舟で下るつもりだが、こっちで用意してある船は四艘《そう》だけだ。乗れるのはせいぜい二十人ってとこだ。長崎より送られたのはいったい何人いる？」

「儂《わし》も含めて十一人にござる」

金太夫が答えた。

「あと十人だ。悪いがそれ以上は無理だ。勝手に逃げて貰うしかない」

黒嵐の言葉にざわめきが広がった。

「ぐずぐずしてる時間はない。逃げたい者は前に出ろ。その数を見て考える」

争うように十五人ほどが名乗りを上げた。黒嵐は若い順に十人を選んだ。体力のない者は足手纏《あしでまと》いとなる。外れた五人は諦《あきら》めた。捕まれば確実に死罪である。手引きなくして逃げられはしないと悟ったのだろう。

「舟を使うと知られたからには……」

黒嵐は言うなり役人の胸を刀で貫いた。女たちは怯《おび》えて顔を伏せた。

「行くぞ。遅れずについてこい」

黒嵐は男たちを促した。金太夫は二人の男の肩に助けられて続いた。

「済まぬな。もしもの時は捨ててくれ」

「なあに、遠慮は要らねえってもんさ」

金太夫に応じた男は、昨日入牢したばかりの幡随院《ばんずいいん》長兵衛であった。

「お陰で浮世に戻れるじゃねえかよ」

長兵衛は笑った。

〈牢破りたぁ、面白ぇことになりやがった〉

根来《ねごろ》の乱破《らっぱ》は残り二人。長兵衛は九郎より二人の年格好や人相を聞かされている。二人が現われた時から長兵衛は正体を薄々と感じ取っていた。

〈問題は……〉

引き時だった。なんとしても九郎に報告しなくてはならない。と言ってあまりに早く引いては手掛かりを失う。長兵衛は舌打ちした。

四半刻（三十分）を男たちは駆け通した。

一歩一歩と牢から遠ざかるごとに男たちには安堵の色が増していった。追っ手の気配は微塵《みじん》もなかった。声を上げても遠慮は要らない田舎道だが、男たちは耐えた。舟に乗るまでは安心ができない。

目指す橋が見えると、さすがに喜びが広がった。荷車を引く長兵衛の足も早まる。荷車の振動が腕から肩へと伝わって痒《かゆ》い。それもじきに解放される。

全員が橋に達した。待ち望んでいたように船頭が舟を岸に並べた。

「慌《あわ》てるな。順に乗らぬと舟が沈むぞ。まず体の弱っている者からにしろ」

黒嵐は男たちを制した。紅嵐が金太夫を先頭の舟に誘った。金太夫も荷車の振動のせいで相当にくたびれていた。長兵衛は金太夫を背負うと舟に飛び乗った。紅嵐が続く。金太夫を横たえるように指示して紅嵐は舟を出させた。残りは三艘しかない。一艘に七、八人を詰め込んだ舟は重そうに岸を離れた。

〈こいつぁ、なにかあるな〉

長兵衛は察した。自分たちの舟と残り三艘とでは船足が倍も違う。見る見る三艘との距離が開いた。

案の定、土手の両側に鉄砲を構えた男たちが姿を現わした。両方で十五人はいる。鉄砲は鈍い動きの三艘に狙《ねら》いを定めた。

「追っ手が先回りを！」

紅嵐が叫んだ。金太夫は半身を起こした。と同時に鉄砲が火を噴いた。二番手の舟に乗っていた黒嵐が悲鳴を上げて水に落ちた。顔や胸を撃たれた男たちが激しい水音を立てて暗い川に姿を消した。狭い舟の上では逃れようがない。疲労に加えてこの水の冷たさでは、たとえ深手でなくても命を落とす。

「もっと速く！」

紅嵐は船頭を叱咤《しった》した。暗がりで見えないのか敵の鉄砲は的外れの川面《かわも》を叩《たた》いた。

長兵衛たちの舟は流れに乗ってその修羅場《しゅらば》から脱出した。

〈危ねえとこだったぜ〉

長兵衛は自分の運に感謝した。金太夫と一緒だったので殺されなかっただけなのだ。もっとも……偶然ではなかった。長兵衛は長崎から送られたキリシタンに近付くようにと九郎から言われていたのである。長老の水島金太夫に目を配るのは当然のことだった。

〈舫の旦那《だんな》の読みが的中したってわけだ〉

長兵衛は呆然《ぼうぜん》と暗がりを見詰めている金太夫の横顔を盗み見て無残さを覚えた。

金太夫だけがなにも知らないでいる。

〈無理もねえや〉

長兵衛の目は紅嵐に移った。娘のどこにも怪しさは感じられない。娘の頬には涙さえ伝っていた。

5

それから一刻（二時間）後。

厩橋で舟を降りた紅嵐たちは本所の裏道を辿《たど》っていた。長兵衛は金太夫を背負っていた。

ようやく着いた場所は畑に囲まれた無住の屋敷だった。

「ここが今夜のねぐらってことかい」

長兵衛は寒気をこらえて言った。

「役人の目を逃れるには一番かと」

紅嵐は微笑《ほほえ》んだ。

「明石志賀之助どのはここに？」

金太夫の言葉に長兵衛は緊張した。互いにほとんど口を利《き》かずに歩いてきた。明石志賀之助の名を耳にしたのははじめてだった。

「とりあえず、中に」

紅嵐は金太夫に目配せすると誘った。

〈明石志賀之助がいるのか？〉

長兵衛も必死で動揺を押し隠した。

〈いきなり懐ろに飛び込んだみてえだな〉

もしかすると夢の市郎兵衛がいるかも知れない、と次に思って冷や汗が噴き出た。市郎兵衛には名と顔を知られている。自分がキリシタンと無縁だということも承知だ。

〈隙《すき》を見て逃げるが勝ちか……〉

命を惜しむ長兵衛ではないが、ここで死ねばなんの意味もない。

「あなたもどうぞ」

逃げ腰となっている長兵衛を紅嵐は招いた。

「おいらは江戸者だ。ここら辺りなら匿《かくま》ってくれる仲間にも不自由しねえ。助けて貰った上にねぐらまで世話されたんじゃ男がすたる。自分の身ぐれえなんとかならぁ」

「明日の夜までは私どもと一緒に」

「明日の夜？」

「上方に向かう船があります。それに私どもが乗りさえすれば、あとは好きなように……」

そう言われると拒む理由はなくなった。

「そうしなされ。いくらお仲間と申しても、牢を破った者を匿えば同罪。それではお仲間にも迷惑となろう」

心細いのか金太夫も引き止めた。

〈こうなりゃ賭《か》けるしかねえ〉

長兵衛も覚悟を決めて頷《うなず》いた。

だが、その覚悟もあっさりと躱《かわ》された。夜が遅いということもあって長兵衛は金太夫とは別の部屋に案内された。紅嵐はしばらくすると酒と夜具を運んできた。廃屋には似合わぬ柔らかな夜具であった。どうやら明石志賀之助のいる気配もない。明日にでも訪ねてくるつもりなのだろう。長兵衛は掻巻《かいまき》にくるまって酒を引き寄せた。その気になれば楽に逃げ出せそうな様子でもある。

〈間抜けな野郎どもじゃねえか〉

長兵衛は苦笑した。

急に気が抜けた。これなら明日一杯連中の動きを見定めても遅くはない。長兵衛は茶《ちゃ》碗《わん》に酒を注いだ。口に運ぶと――

「毒かも知れんぞ」

天井から声がかかった。長兵衛は茶碗を取り落とした。慌てて上に目をやる。

「てめえ……」

天井板を外した暗がりの中には天竺《てんじく》徳兵衛の顔があった。徳兵衛は指を口に当てた。

「なんでてめえがここにいる?」

長兵衛は立ち上がると小声で質《ただ》した。

「俺《おれ》が動くよりも、うぬらを見張っている方が楽なんでな。お陰で危ない目にも遭わずにいる。うぬらとはここが違う」

　徳兵衛は自分の頭を指差した。

「ってことは……牢屋《ろうや》からか」

「まんまと乗り込んだつもりだろうが、連中も甘くはねえぜ。俺の睨《にら》みじゃ、その酒にゃ眠り薬が仕込まれているはずだ」

「正体が割れてるだと？」

「正体ってほどの器でもなかろう」

　徳兵衛はニヤニヤした。

「用済みになったんで邪魔なだけだ。仲間が戻るまで動けぬようにしておく腹さ」

「てめえも仲間と違うのか？」

「そう思うんなら好きにしろ。俺はこれから柳生を誘い出す。酒を食らって朝まで寝てるがいいぜ」

　徳兵衛は言うと姿を消した。

「あの野郎。舐《な》めてやがる」

　長兵衛は夜具に胡座《あぐら》をかくと酒の匂《にお》いを嗅《か》いだ。指ですくって舌に運んだ。確かに少しの苦味を感じた。が、気のせいかも知れない。

　それでも長兵衛は酒を諦めた。

〈ますます面白ぇ〉

ここで待っていれば柳生十兵衛が駆け付ける。長兵衛の肝は座った。

その頃《ころ》。

紅嵐は屋敷の外で黒嵐と会っていた。

「あの男、ずうっと金太夫の側《そば》におったので、てっきり長崎の仲間とばかり……」

紅嵐が言うと黒嵐も頷いて、

「となると、やはり柳生の手の者かもな。安養寺でも十兵衛の背後に坊主《ぼうず》が控えていたと言うではないか。沢庵《たくあん》が用いている坊主とも考えられる」

「十兵衛も金太夫に目を付けていたと？」

「信じられぬが、そうとしか」

「舫……九郎の手の者とは？」

「キリシタン牢に潜ませるにはそれなりの手続きが要る。もちろん天海にもその程度の力はあろうが……部外者であることは間違いない。いかに天海とて日数がかかる。その点、総目付の柳生であれば」

いかにも、と紅嵐は首を振った。

「頭領がなんと申すか……」

黒嵐は頬《ほお》を引きつらせた。

「気付かなんだとは言え、こともあろうに敵をここまで同行させるなど」

紅嵐も唇《くちびる》を嚙《か》みしめた。

「朝には頭領がやってくる。その前に片付けて、知らぬフリをするしかないか」

「それで済めばよいが」

紅嵐は首を横に振った。

「十兵衛のことだ。その様子なれば牢の外にも見張りを置いていたのではないか？」

「尾《つ》けられたかも知れぬと？」

「この夜では分からぬ。舟の上では瀬音に遮《さえぎ》られて足音も聞こえぬ」

「まさか、とは思うがな」

黒嵐は闇《やみ》に目を凝らした。

「我らだけならまだしも……鉄砲組の者たちが尾けられていれば」

紅嵐に言われて黒嵐は青ざめた。彼らはそのまま藩邸に戻ったはずだ。

「あの坊主一人を殺したところでどうにもなるまい。すべては手遅れぞ」

「と言って、どうする？」

「確かめるのが大事ではないか？」

「なにをだ？」

「わざと逃がす手がある」

紅嵐は真面目《まじめ》な顔で言った。

「寛永寺に向かうか、それとも柳生の屋敷に走るか……それでどちらの手の者か知れよう。柳生なれば事態に変わりはないが、もし寛永寺と分かれれば、多少は望みがある。口を割らせるよりは早い。それに……あの坊主、奇妙に我らと別れたがっていた。あるいはたった一人だけの監視ということも」

「よし。それで行こう。俺に任せろ。うぬは金太夫を連れてどこぞの船宿にでも身を隠せ。明日の朝にまたここで会おう」

黒嵐は手短に段取りを済ませると紅嵐を中に戻した。


「もし……」

紅嵐は長兵衛に声を掛けた。飲んだとしても、まだ薬が効く時間ではなかった。長兵衛の返事がすぐにあった。

「入って構いませぬか?」

「なにか起きたんで?」

「この時刻と言うのに、畑の向こうに提燈《ちょうちん》の明りが見えました。あるいは役人かも知れませぬ。請け合っておきながら面目もございませんが、私は水島さまと両国の船宿に参ります。あなたさまもご自由になされて下さい。もし上方に行かれるお気持があれば、明日の昼までに『網玄』という宿へ」

意外な言葉に長兵衛は跳ね起きた。

〈どうする……〉

長兵衛の頭は混乱した。

十兵衛を待つには間があり過ぎた。しかし、ここで二人と一緒に両国に行けばまた九郎との繋《つな》ぎが面倒になる。

「分かりやした」

長兵衛は頷いた。

「昼までに『網玄』という宿ですね。たぶん行かねえとは思いますが、もしもの時はお世話になりますぜ」

「ご遠慮なく。ぜひお待ちしております」

紅嵐はすがるような目で言った。

〈けっ、天徳の阿呆《あほう》が〉

この顔では、なに一つ気取られていない。むしろ頼りにされている。もし敵と承知ならむざむざ解き放つような真似はしないはずだ。こうなると柳生十兵衛の存在は逆に邪魔となる。長兵衛は一刻も早くこの屋敷を出るべきだと思った。仲間に加わると見せ掛けて敵の狙《ねら》いを突き止めるのもむずかしくはない。

「上方も悪くはなさそうだ」

長兵衛は紅嵐に頷くと立ち上がった。

紅嵐も愛らしい笑顔を見せた。

二人の笑いはそれぞれ別の意味を持っていた。

〈あの男……舫鬼九郎の手の者だったか〉

6

上野への道筋を取った長兵衛を遥《はる》か彼方《かなた》に眺《なが》めて黒嵐は安堵《あんど》と戸惑いの入り交じった溜《た》め息《いき》を吐《つ》いた。柳生と関《かか》わりがないとしたらひとまずは安心だが、反対に舫鬼九郎の底知れぬ力を感じた。伝馬町ならともかく、キリシタン牢に手下を潜り込ませるのは並大抵のことではない。天海が本気で取り組んでいる証拠である。

〈なんで天海が絡《から》んでくる?〉

それが分からなかった。が、黒嵐は考えを止めた。憶測するのは頭領や藩の連中の仕事だ。事実だけを伝えればよい。

〈下手に手出しをせぬ方が〉

無難かも知れぬ、と黒嵐は思った。あの男を殺すのはたやすいが、せっかく両国の船宿という偽《にせ》の手掛かりを与えている。頭領ならば別の知恵があるかも知れなかった。紛れもなく寛永寺に向かっていると見定めた黒嵐は引き返すことに決めた。深追いすれば藪蛇《やぶへび》となる恐れもあった。

長兵衛は寛永寺に辿《たど》り着くと真っ直ぐ大仏のある丘を目指した。いくら寺と言っても、この時間なら皆眠りこけている。大仏の裏手に回った長兵衛は台座の石組の一つを押し込んで中に体を潜らせた。手探りして火打ち石と蠟燭《ろうそく》を見付ける。舫九郎の寝泊まりしている場所は承知していた。もしそこにいない場合は、その部屋の前の紐《ひも》を引くと剛海に連絡が付く。長兵衛は地下への階段を降りた。

寛永寺の地下に広がるこの洞窟《どうくつ》は、天海が敵の攻撃から江戸を守るために拵《こしら》えたものである。あちこちに設けられた蔵には武器や弾薬が隠されている。九郎の居る場所はもしもの時に本陣とする部屋であった。普段は九郎や寛永寺の坊主たちの腕を磨《みが》く道場としても用いられている。

長兵衛は蠟燭を頼りに進んだ。やがて九郎の居る部屋の前に到着した。扉《とびら》からは淡い明りが漏れていた。

気配を察してか、その明りが消えた。

「長兵衛にございやす」

言うと中から九郎の返答があった。行燈《あんどん》の明りがふたたび扉より漏れてきた。九郎が扉の閂《かんぬき》を開けて顔を見せた。九郎は起きていたらしい。書見机には本が展《ひろ》げられていた。だだっ広い板間に夜具が一つ。窓もないこの部屋に一人で寝ろと言われたら勇気が要る。

「なにがあった？」

九郎は長兵衛を促すと質した。

「牢抜けをやらかしたんで」

「……」

「あっしじゃありませんよ。根来の乱破です。今夜襲ってきやした。旦那の考え通り、連中の狙いは水島金太夫。二十人ばかり舟で逃げやしたが、他は途中でズドンでさ。鉄砲を撃ってきたのも役人じゃねえ。連中の仲間です。恐らく松平越後守の配下かと」

「よく無事だったたな」

「あっしは運良く金太夫のとっつぁんと一緒でしたからね。それと、たぶん旦那のおっしゃっていた女と……隠れ家も突き止めましたぜ。本所にある荒れ果てた屋敷でした。たった今まではそこに潜んでおりやしたが、役人を恐れて両国の方に鞍替《くらが》えを。あっしも同行を勧められたんですがね。早いとこ旦那にお知らせしなきゃいけねえと思いやして」

「気付かれた様子はなかったか？」

「でなきゃ、自由にしてはくれねえでしょう」

長兵衛は請け合った。

「それと、天徳の野郎が現われやした」

「どこに？」

「あっしらをずうっと見張ってたようで。牢屋から尾けてきやがった。柳生十兵衛に本所の隠れ家を教えるとかぬかして姿を消しました。十兵衛も今頃は もぬけの殻《から》の屋敷を襲って悔しがっているに違いねえ」

「水島金太夫一人のために二十人を殺したと言うのか……」

九郎は深い息を吐いた。

「連中は上方にずらかるつもりです。他のやつらは邪魔になる。と言って、たった一人だけを牢屋から連れ出せば警戒される。それであんな惨《むご》い仕打ちを……」

「上方に逃れる？」

「そう言ってやした。明石志賀之助の名もはっきりこの耳で。あの分だと水島のとっつぁんと明石志賀之助は親しい付き合いのようで」

「なるほど。それでキリシタンの財宝の話を明石志賀之助が聞いていたわけか」

「筋が見えてきやしたね。連中は財宝のありかを知っている水島のとっつぁんをだまくらかして、そこに案内させようと企《たくら》んでいるんですぜ。上方までは船で逃れて、そっから長崎を目指すつもりなんじゃ？」

「いつと聞いている？」

「明日の夜とか。もしその気があれば両国の『網玄』って船宿に昼までに来いと女に誘われやした。どうしやす？」

長兵衛は膝《ひざ》を乗り出した。

「どうして長兵衛だけが助かった？」

九郎はそう言うと腕を組んだ。

「ですから水島のとっつぁんと一緒で」

「なぜ長兵衛まで上方に誘う?」

「罠《わな》だとおっしゃいますんで?」

「狙いが水島金太夫一人としたら邪魔だ。私が彼らなら誘わぬ。ましてや落ち合う場所も」

「そう言われると妙ですが……あの女の感じじゃこっちの正体を気取っていた様子は……」

「いずれにしろ、罠を覚悟でやるのが安心だ」

「じゃあ、やるつもりですかい」

「上方に逃げられれば厄介《やっかい》だ。できるだけ江戸で決着をつけなければならない。疲れていなければ、この足でまた本所に向かってくれ」

「本所へ?」

「十兵衛どのを捜し当てるのだ。厩橋の辺りで待てば会えるだろう」

「ここに連れてくるんで?」

長兵衛は戸惑った。

「天竺徳兵衛や根来の連中には私のねぐらが寛永寺と知られている。十兵衛どのにもそのうち伝わる。隠しても意味がない。この洞窟にしたところで総目付の柳生には知られていよう。この辺りで立場をはっきりさせねば」

「柳生と手を組むってわけで」

「越後守の背後にだれが居るか見当がついた」

九郎は暗い顔で言った。

「間違いなければ、我らだけでは面倒だ」

「そんなに手強《てごわ》い相手ですか」

「柳生が慎重になるのも当たり前だろう」

後で話すと言って九郎は長兵衛を促した。

「間に合わねえかも知れませんぜ。その時は柳生の屋敷に駆け込みます」

「天海僧正に仕える身と名乗るがよい。でなければ危ないぞ」

「承知で」

「案内には地下道を用いるな。上で会う」

「寺の方に連れてくりゃいいんですね」

長兵衛は頷《うなず》くと立ち上がった。

7

明け方。

結局、柳生屋敷に走った長兵衛は十兵衛一人を案内して寛永寺に戻った。広い石段を上がると山門の前に剛海が待っていた。朝の光に熱せられ、一面の霜が湯気となって噴き上がっていた。剛海は靄《もや》を掻《か》き分けて長兵衛たちに向かってきた。

「こっちだ」

剛海は山門の右手の道を顎《あご》で示した。小さな茶会に用いる庵《いおり》に炭を入れてある。

「僧正と九郎さまがお待ちしておる」

ほう、と十兵衛は首を振った。

「おぬしら、只者《ただもの》ではないと見ていたが……まさか天海僧正の手の者とはな」

十兵衛は苦笑して、

「にしても舫九郎とは何者だ?」

「儂《わし》にはなにも申し上げられぬ」

剛海は先を歩みながら言った。

「その口調では、よほどの者らしい」

「ご本人に訊《き》けばよろしかろう」

剛海はじろりと十兵衛を睨《にら》みつけた。

「あの者に稽古《けいこ》をつけたのはおぬしか?」

十兵衛は剛海の並々ならぬ腕を見抜いた。

「とても儂などの及ぶ技ではない」

剛海は笑った。

「それに儂は柳生とは無縁にござるよ」

言われて十兵衛も頷いた。舫九郎の剣には柳生の形が採り入れられている。独学で得たものではない。紛れもなく道場で学んだものに違いないのだが、不思議なことにだれにも心当たりがない。あれほどの腕なら必ず噂《うわさ》となって聞こえてきたはずである。

十兵衛たちは庵の垣《かき》を潜《くぐ》った。

「柳生十兵衛さまがお見えに」

剛海が声をかけると九郎が板戸を開けた。十兵衛に目礼する。腰の刀を剛海に預けようとした十兵衛に九郎は、無用と言った。

十兵衛は庵に上がった。天海に会うのは最初ではなかったが、親しく言葉を交わしたことはない。珍しく十兵衛は緊張した。なにしろ天海は百八歳という高齢でありながら未《いま》だに権勢を誇る怪物であった。

「おひさしぶりに存じます」

狭い庵である。天海を間近にして十兵衛は両手を揃《そろ》えた。十兵衛の上げた眼に飛び込んできたのは天海の鋭い眼光だった。肌《はだ》にも格別な衰えは感じられない。

「詳細はこの九郎どのより聞き及んでいる」

余計な挨拶《あいさつ》は抜きにしろと天海は制した。

〈九郎どのだと？〉

頭を下げながら十兵衛は訝《いぶか》しんだ。百八の男が、しかも将軍さえ操ることが可能な天海なのだ。それが呼び捨てにしないとは……。

〈ますます分からん〉

十兵衛は九郎に視線を移した。

「十兵衛」

天海は察して遮《さえぎ》った。

「松平忠直のことじゃ」

げえっ、と十兵衛は肝を潰《つぶ》した。

「図星のようじゃな」

ふおっふおっと天海は笑った。

「忠直どのは家光どのと同様に神君家康公のお孫。しかも忠直どのの父君である結城《ゆうき》秀康どのは庶子とは申せ、歴《れっき》とした徳川のご次男。二代将軍秀忠さまの兄上じゃ。ご長男を早くに失った徳川家にあっては長兄に当たる。庶子でさえなければ必ず将軍職を継がれておられた方であろう。それゆえの制外の家。九男の尾張、十男の紀州、十一男の水戸という御三家よりも遥《はる》かに家格が高い。たとえ隠居を命じられたとは申せ、その秀康どのの嫡子《ちゃくし》忠直どのとなれば、これは迂闊《うかつ》には扱えぬの。ましてや、忠直どのは大坂攻めにも大功がある。間違えば徳川が二つに割れるやも知れぬ」

十兵衛は無言で天海を見詰めた。

「松平越後守光長どのは忠直どのの嫡子。恐らく将軍家に対する恨みを持ってのことと察する。が、江戸市中にて三つ葉葵《あおい》の紋をひけらかしての狼藉《ろうぜき》となれば、必ず後ろには忠直どのが控えているに相違ないと睨んだ」

「越後守の家中の者とどうやって知れました」

十兵衛はそれだけを確かめた。

「九郎どのがな」

説明するように天海は九郎を見やった。九郎は横山頼介との関《かか》わりから越後守家中の者の位牌《いはい》を入手した経緯を伝えた。

「それで合点がいった」

十兵衛は大きく頷いた。

「合点はいったが……なぜ天海僧正が割り込んでこられるのか得心はいきませぬ。これは総目付である柳生の務めにござります。憚《はばか》りながら寛永寺がこれに関わってこられては迷惑いたします。それとも……我ら柳生の知らぬところで将軍さまがお願いを?」

「家光どのはご存じない」

天海は苦笑した。

「どちらかと言えば十兵衛のせいぞ。浅草寺で九郎どのに襲いかかったと申すではないか」

「あれは当方の勘違いにござりました」

「うぬの方は勘違いで済もうが……降り懸かる火の粉を払うのは人のならい。そこに外で待っている幡随院長兵衛が成り行きを伝えてくれた。十兵衛ほどの者が顔を隠してまでやらねばならぬ仕事に儂も興味を覚えた」

「では……今日でお忘れ下さいませ」

「そうもいかぬ」

天海は十兵衛を真正面から見据《みす》えると、

「敵はこの九郎どのが寛永寺に住まいするのをすでに承知しておる。しかも……越後守に仕えている根来の乱破の頭目が、儂の可愛《かわい》がっておった左甚五郎とあってはな」

十兵衛は絶句した。

「左甚五郎はつい昨日まで沢庵の居る東海寺に世話になっておったそうじゃ」

「拙者も何日か前に話を交わしました」

脂汗《あぶらあせ》を拭《ふ》きながら十兵衛は認めた。

「恐らく沢庵を通じて柳生の動きを見定めていたのであろう」

「左甚五郎が乱破の頭目である証《あか》しはござりますか？」

ことの重大さを悟って十兵衛は質《ただ》した。

「九郎どのが東海寺を訪ねた。その帰路を根来の乱破どもに襲われた。昨日のキリシタン牢《ろう》を破った者たちだ。甚五郎が率いておると見て疑いはない」

天海の言葉を引き継いで九郎は紅嵐とのことを詳しく話した。十兵衛は頷いた。

「見抜けなんだ儂の責任でもある。こうなると江戸城の抜け穴の修理も、ただの偶然ではあるまい。甚五郎は古くからこの日のくるのを待ち、忠直どのの下で働いていたのやも知れぬぞ。それも知らず儂が助命を図った」

天海は苦笑いして続けた。

「あれほどの男なればどの藩にも潜り込める。乱破として働くつもりなら楽じゃな。諸城の抜け穴とて熟知しておる。現にこの寛永寺とて甚五郎の手に成るものじゃ。釘《くぎ》の一本に至るまで覚えておるじゃろう。あるいは儂にも内密で抜け道を通じさせておるやも……考えられぬことではない」

十兵衛は唸《うな》ると九郎に顔を動かした。

「手を引いたところで、敵は私の命を狙《ねら》って参りましょう。こちらは構いませぬが、松平忠直さまが相手と知った以上、十兵衛どのにご挨拶なしに動けば迷惑になろうと考えたまでにございます。むしろ手を携えるのが互いのためではありませぬか？」

「我ら柳生は家光さまの直々の命にて働いておる。拙者の身だけで即答はできぬ」

「キリシタンの財宝など真実《まこと》にあるのか？」

天海の問いに十兵衛はたじろいだ。

「信綱（老中松平伊豆守）どのは島原の隅々《すみずみ》まで捜したと聞くが……」

「あるかどうかは拙者と関わりなきこと。ただし、あると思って動いている者どもがおることは確かです。そして、それがよからぬ企《たくら》みのためであるとすれば……」

「いくら制外の家格と申しても、今の世となっては謀反《むほん》などできまい。家光どのも案じ過ぎておいでのようじゃな」

天海は射るような視線を十兵衛に注いだ。

「あったところで、たかだか十万両にも満たぬであろう。越後は二十五万石。だれも味方につくはずがない」

「忠直さまお一人であられるなら」

十兵衛は頷きながら返した。

「他にもおると申すか？」

「それが分からぬので様子を眺《なが》めております」

「忠直どのに従う者がおるかの」

「いくら制外とは申しても、ご隠居の身にしては、ちと派手に動かれ過ぎます。今度の一件が明らかになる以前より、忠直さまの動きについては家光さまも案じ召されて……」

「もともと粗暴なお人じゃ。隠居を命じられたところで治まる気性ではない……もっとも、越前七十五万石の大身代を越後二十五万石に削られ、自らは五千石の隠居の身とされては将軍家に恨みを持つなと申しても無理じゃな。死ぬまで呪《のろ》い続けて当たり前ぞ」

「御意」

十兵衛も認めた。外様《とざま》大名ならともかく、将軍家の家長に当たる格式にあった秀康の血を継ぐ者が五千石では治まるわけがない。

「神君家康公が秀康どのの我《わ》が儘《まま》をお許し召されたのがそもそもの過ちであった」

天海は四十年近くも前に亡《な》くなった秀康の顔を思い浮かべた。温厚な二代将軍秀忠とは対照的に激しく武将の器量を持った人物であった。秀忠と秀康は父親家康の性質を綺《き》麗《れい》に二つに割って受け継いだと言えるかも知れない。戦乱の世にあっては秀康の器量が必要とされたが、豊臣が力を失い、徳川の政権が揺るぎないものになると、むしろ秀忠の温厚さこそが求められはじめた。気性の激しさはさらに混乱を招く恐れがある。庶子であるという理由よりも、それで秀康は退けられた。その代わり家康は秀康に特別な地位を与えた。それが制外の家という扱いである。秀康は他の大名や親族とは一線を画され、江戸に出てきても江戸城に滞在を許された。そのことで将軍と対等であると秀康に思い込ませたのだ。秀康は父親と弟の秀忠を挑発《ちょうはつ》するごとくに理不尽な行動をわざと取り続けた。関東への鉄砲の持ち込みは禁止されていたのに、無視して鉄砲隊を率いて江戸に現われたりもした。それでも家康は咎《とが》め立てしなかった。その頃《ころ》はまだ大坂に豊臣秀頼も健在で、家康は徳川の内紛を恐れていたのである。秀康は幸いに、と言うか豊臣の完全な滅亡前に病死した。もし長生きしていれば家康とて目に余る秀康の我が儘を許しはしなかったであろう。だが、その事情を秀康の息子の忠直は知らない。反対に父親が我が儘放題をしても許されていたことだけを記憶に止《とど》めている。庶子であったのが将軍職を継げなかった唯一《ゆいいつ》の理由だと信じ込んでいるのだ。大坂攻めでは亡き父親秀康の意思を継いで武勲も立てた。三代将軍の地位が自分に与えられてもおかしくはないと当時は考えたに違いない。

しかし……。

家康は忠直を冷たくあしらった。我が儘放題であった秀康の血筋には越前七十五万石で充分だと判断していたのである。

恩賞にも恵まれず、三代将軍は秀忠の嫡子が引き継ぎそうな状況にある。悶々《もんもん》として いた時に新たな怒りが忠直を襲った。家康が亡くなった翌年に、家康の九男、十男が揃って中納言《ちゅうなごん》の官位を朝廷より授けられたのだ。忠直はまだ参議の身であった。九男、十男は忠直の叔父に当たる。だが、忠直は秀康の家督を相続した身なのだ。家督には官位も含まれる。これは次男の秀康よりも九男、十男の方が重く扱われていることを意味していた。この時点では叔父と甥《おい》の関係で我慢できても、やがて従兄弟《いとこ》同士の代になると、九男、十男の息子よりも自分の身分が低くなる。忠直の怒りは正当なものであった。

忠直は荒れ狂った。

家康亡き後、その怒りは秀忠に向けられた。忠直の正室勝子は秀忠の三女である。忠直はあてつけのように側室を抱えては勝子を虐待《ぎゃくたい》した。その側室の一人に一国と呼ばれた女がいる。一国と引き替えにしても惜しくはない、という意味から忠直が付けた名である。一国は希《まれ》に見る美貌《びぼう》であったが、また希に見る残忍な性質でもあった。血を好み、忠直をそそのかしては人を殺させた。妊婦の腹を裂いて胎児を取り出させたという噂もあった。連日の処刑のために越前の牢屋には罪人が一人もいなくなったと言う。藩内に将軍秀忠の甥に当たる忠直を諌《いさ》める者など存在しない。忠直の行状はますます激しさを増した。その最たるものが父親秀康に殉死した忠義の家臣永見貞武の未亡人の美しさに目をつけて、側室に召し上げようとしたことである。未亡人は恐れて尼の道を選んだ。それを知った忠直は激怒し、永見の一族を攻めて根絶やしにした。大名の義務である参勤交代を無視するのもしばしばで、正室勝子の命まで脅《おびや》かした。耐え兼ねた勝子は父親の秀忠に苦境を訴えた。

ことここに至って秀忠も決断した。忠直から領地を没収した上で隠居させ、息子の光長に越後二十五万石を与えて移封するという策であった。しかも息子とは切り離し、豊後《ぶんご》へのお預けという過酷な処置である。

それでも、殺戮《さつりく》した数が数千を超えると噂された忠直に対する咎めとしては穏便に過ぎるという声もあった。制外の家であったればこその温情なのである。

〈知らぬは忠直ばかりか……〉

天海は軽く舌打ちした。秀康の代に適切な処置ができなかったことがすべての元凶だった。

「家光さまは……」

十兵衛は無言でいる天海に膝《ひざ》を進めると、

「できる限り表に出さずに始末いたせと」

「始末？」

「あ、いや……その意味ではございませぬ」

十兵衛は苦笑いして、

「咎めは五千石にて充分であろうと」

「……………」

「これ以上追い詰めれば国の乱れにも繋《つな》がり兼ねませぬ。越後の動きを封じるだけにいたせとの仰《おお》せにございます」

「謀反の兆《きざ》しがあっても許すと申すのか」

天海と九郎は顔を見合わせた。

「家光さまは飛び火を恐れていらっしゃいます。拙者には分かりませぬが、どうやら他にお心当たりがあるような。ことを大きくいたせばそちらにも罪を被《かぶ》せる恐れが……」

「なにやら、安易ならざることじゃな」

「なにとぞ我ら柳生にお任せあれ。天海僧正さままでとなりますれば」

「家光どのが気になさるというわけか」

ははっ、と十兵衛は返答した。

「あい分かった。そちの懸念《けねん》はもっともじゃ。手を引く、と言いたいところであるが……」

「いかぬと?」

「ことの次第にかかわらず、九郎どのの命が狙われていると家光どのが知れば……」

天海は薄笑いを浮かべて、

「九郎どのの身を守れと必ず家光どのより命が下ろうぞ」

天海の言葉に十兵衛は唖然《あぜん》とした。

「家光さまがこのお方をご存じとでも？」

「家光どのはそれをそちに知られたくはあるまい。知ればそちとてただでは済まなくなる」

言われて十兵衛は寒気を覚えた。

「儂《わし》の言葉が信用できぬか？」

天海は笑いを絶やさず十兵衛を見詰めた。

「天海僧正さまのお言葉を疑うなど」

十兵衛は頭を下げた。

「儂が言葉を家光どのの言葉と聞け」

「ははっ」

「たった今よりそちは九郎どのの下につけ。ただし、このこと、他言は無用。家光どのにも打ち明けてはならぬ」

躊躇《ちゅうちょ》の末に十兵衛は頷《うなず》いた。

「それでは私が困ります」

九郎は天海に言った。

「手を携えるだけで充分でしょう」

「九郎どのがそれでよければ儂も構わぬ」

天海も笑って頷いた。

〈どういう男だ？〉

十兵衛は首筋の汗を拭《ぬぐ》いながら思った。

「不問にいたすと言うのであれば」

天海はふたたび十兵衛と向き合った。

「急がねばなるまいぞ。敵は今夜にでも江戸を離れるつもりでおるらしい」

「……」

「水島金太夫を引き連れて上方行きの船に乗ると幡随院長兵衛が聞き込んできた。両国で落ち合って品川にでも向かう気であろう」

「上方へ？」

「その先は分からぬ。長崎か島原か……いずれ面倒なことじゃ。できるなら江戸で決着をつけるのが安心と言うもの」

「落ち合う場所もご承知で？」

「両国の船宿と聞いていますが……罠《わな》かも」

九郎が応じた。

「罠でも行かずばなるまい」

十兵衛はこともなげに口にした後、

「無論、水島金太夫もその場に？」

九郎に訊《たず》ねた。九郎は頷いた。

「それならこちらにも策がある」

十兵衛は笑いを見せた。

「水島金太夫については細かなところまで調べがついている。それを用いれば敵を欺《あざむ》くこともたやすい。二段構えでやれば、罠の裏をかくことができよう」

8

十兵衛と九郎たちが策を巡らせていた頃。

紅嵐は水島金太夫を両国の芝居小屋に案内していた。両国の小屋の大半は夢の市郎兵衛が牛耳っている。夜が明けたばかりの小屋の前には、まだ客の姿はない。小屋番の男が一人寝泊まりしているだけである。

紅嵐が声をかけると木戸が直《す》ぐに開いた。

「明石さまとのお約束で参りました」

小屋番にはそれで通じた。紅嵐と金太夫は中に招かれた。小屋と言っても常設なので田舎の見世物小屋とは異なる。暗い土間の天井も高い。二人は二階の桟敷《さじき》に上がった。

「ここでお待ちを。じきにお見えになります」

手《て》炙《あぶ》りを二人の間に置いて小屋番は引き下がった。朝はまだ冷えが厳しい。

「さすがに明石志賀之助どのじゃな」

感心した顔で金太夫は言った。日下《ひのした》開山、古今無双の横綱と称されただけあって、引退した今でも力を保っている。上方へ逃れるのに江戸の繁華街を仕切っている夢の市郎兵衛の助けを得られるのも明石志賀之助なればこそである。

「お寒くはないですか」

紅嵐は屈託のない顔をして金太夫の掌《て》を自分の両方の掌で包んだ。金太夫は慌《あわ》てて掌を引こうとしたが、紅嵐の笑顔を認めてそのままにした。紅嵐は肩をすり寄せた。

「さぞかしお辛《つら》かったことと……」

紅嵐はうっすらと涙を滲《にじ》ませた。

「ここまで来ればもう安心です……他の方々もお連れしとうございました」

「この老体ばかり助かって申し訳ない」

金太夫も涙を浮かべた。

「今後はなんなりと私に申し付け下さいませ。生涯《しょうがい》、水島さまのお側《そば》にお仕えするつもりにございます」

「それも明石どののご配慮か？」

「一族の皆が島原で討ち果てました。水島さまをお救い申し上げるのが私の務めと信じて働いて参りましたが……願いが成就《じょうじゅ》した今となりましては長崎か島原で暮らそうかと」

「さようか。島原でご身内が……」

金太夫は頷いた。優しい目と出会って紅嵐の緊張が緩んだ。金太夫にすがる。金太夫は戸惑いつつも恐る恐る紅嵐の肩を抱いた。紅嵐は金太夫の腕の中に進んで潜り込んだ。

「これからは幸せになりなされ」

金太夫は紅嵐の背中をさすって言った。

「ご身内の方々は必ず『はらいそ』で楽しく暮らしておろう。そう信じるがよい」

紅嵐は金太夫の膝で泣き伏した。

頃合を見計らったように二人の男が姿を現わした。紅嵐は金太夫から離れた。

「おひさしゅうござんした」

暗がりで顔はよく見えなかったが、並外れた背丈と声が明石志賀之助を示していた。

「案じていたよりお達者そうですの」

志賀之助は豪快な笑いで金太夫の前に胡座《あぐら》をかいた。桟敷の床が大きく揺れた。

「こたびはなにからなにまで」

金太夫は丁寧に両手を揃《そろ》えて礼を言った。

「まさか明石志賀之助どのに救っていただけるなど……」

「なんの。長崎でお世話になった数々を思えば、まだまだ足り申さん。水島さんを牢屋《ろうや》で死なせては明石志賀之助の名が廃《すた》りますでな」

「お世話など……こちらの申すこと」

「手前はこの通りの目立つ体ゆえ」

志賀之助は金太夫に手を上げさせると、

「同行いたしてはかえって迷惑となり申す。旅にはこの者をお連れ下さりませ」

側に控えている男を紹介した。白髪《しらが》混じりで頰《ほお》に大きな痣《あざ》のある男だった。男は金太夫に気取られぬように紅嵐に目配せした。痣に目を奪われて金太夫には見抜けなかったが、それは変相した黒嵐であった。

紅蓮《ぐれん》

1

「来ると思うか？」

両国の船宿に水島金太夫を移した紅嵐《こうらん》は、隣りの宿に待つ左甚五郎《じんごろう》の下へ黒嵐と急ぎながら質《ただ》した。金太夫は夢の市郎兵衛の手下が、見張っていてくれる。

「あの坊主《ぼうず》は必ず現われるだろうが、舫鬼九郎《もやい》の方は分からぬ。町方ならともかく、真昼に宿を襲うような真似《まね》もすまい。しばらくは様子を見ようとするかもな。なに、それならそれで別の手立てがある。咄嗟《とっさ》についた嘘《うそ》にしては上出来だったぞ。ありもせぬ宿を教えておけば策が面倒になっていた。この宿の名を口にしていたお陰で罠《わな》も仕掛けられる」

黒嵐の言葉に紅嵐は複雑な思いで頷《うなず》いた。自分たちとは無縁の宿の名を教えて敵の矛先を躱《かわ》そうとしたのである。なのに、それを知った甚五郎は逆にそこで敵を待てと命じた。こちらが信用しているフリをして舫鬼九郎や柳生《やぎゅう》を誘い出す策であった。たとえ無事に江戸を抜け出せたとしても柳生の追及は厳しい。ましてや行き先とてだいたいの見当がついているはずだ。それならいっそのこと早目に片付けるに越したことはない。

「私の顔をあの男が見れば直《す》ぐに敵と見抜く」

「見抜いたところでおなじだ。ことここに至れば正面からやり合うしかあるまい。水島金太夫にさえ気付かれねばいいのだ。くれぐれも坊主の言動には気をつけろよ。あやつになにか言われると厄介《やっかい》になる。儂《わし》ならこんな危ない場所に水島金太夫を連れてくるようなことはせぬのだが——頭領の命令ではな」

「頭領はまさかの時の人質と申したではないか。我らだけと知れば柳生が攻め込んでくるやも知れぬ。水島金太夫を盾にすれば……」

「あの老いぼれを頼りにしておるのは我らの方ぞ。柳生は違う。むしろ口封じに金太夫の命を縮めぬとも限らぬ。もともと牢屋《ろうや》に繋《つな》がれていた男だ。盾になるとは思えぬがな」

いかにも、と紅嵐も同意した。

「十万両という金は確かに途方もなき金だが……幕府にすればさほどでもなかろう。我らに奪われるよりは闇《やみ》に葬《ほうむ》ろうとするやも。秘密を握っているのは今のところ水島金太夫ただ一人。殺せばすべてにカタがつく。幕府も金を欲しがっていると見るのは甘い。下手をすれば屋台骨が崩れるのも承知のはずだ。金などに執着するとは思えぬ」

「なぜそれを頭領に言わなかった？」

「さあてな。頭領の心が俺《おれ》には分からぬ。もしかすると頭領の狙《ねら》いは別のところにあるのかも知れぬ。それを察したので従った。第一、俺の進言などに頷く頭領ではない」

「別の狙い？」

紅嵐は甚五郎の待つ宿の前で立ち止まった。

「頭領もまた十万両などどうでもいいと思っているのではないか？」

黒嵐は薄笑いを浮かべて言った。

「上手《うま》く見付けたとしても頭領の懐《ふところ》ろに入る金ではないのだ。頭領の狙いは騒ぎを大きくすることにあるような気がする」

「なんのために！」

「そこまでは知らぬと言ったではないか。ただ、そんな気がするだけだ。頭領は例の女を殺して川縁《かわべり》に捨てたことを策の失敗だったと笑っておったが……あれとて分からん。派手な動きを見せて柳生を戦場に駆り出す腹だったとも思える。これまでの頭領の頭のよさを考えるにつけ、今度は後手後手にまわり過ぎる。いかにも柳生が出張ってきたことを心外のようになされていたが……」

「わざと仕事を厄介にさせていると？」

「苦労すればするほど報酬も多くなる。あるいはそうお考えと違うかの？」

「まさか」

紅嵐は激しく首を横に振った。

「そのために紫嵐、青嵐、白嵐の三人を失っている。頭領を信じて従ってきた者たちではないか。それを道具に用いるなど……」

「頭領とてあの三人が敗れるとは思わなかったのだろう。頭領の責任ではない。いずれも尋常の立ち合いをして死んだのだ」

「……………」

「それ以外に水島金太夫をここに同行させる理由があるか？　あれほど苦労して連れ出した男だ。ここで奪い返されればすべては水の泡《あわ》だ。水島金太夫が一緒におらねば敵に疑われるということも頷ける。しかし、そこまでして仕掛けねばならぬ罠でもあるまい。さっさと船で江戸を離れるのが先決だ。柳生が追ってきたければ追ってくるがいい。大事なのは財宝のありかぞ」

「そこまで気がつきながら……解《げ》せぬ」

「俺の態度がか」

黒嵐は笑って、

「俺にも財宝は無縁だ。だからよ。穴掘りなど俺の性に合わん。俺の好きなのは腕を試すことだ。その意味で言うなら今の頭領の策に文句はない」

紅嵐の肩を押して宿に促した。

通された部屋には左甚五郎の他に明石《あかし》志賀之助の巨体も見られた。

「金太夫はどうしておる」

志賀之助は紅嵐に顔を向けた。

「のんびりとさせております。破牢は獄門磔《はりつけ》。念を押さずとも宿から一歩も外へ出る気遣いは……ひたすら船を待ち望んでいるようで」

「賑《にぎ》やかな宿だ。人目が気になる」

「迂闊《うかつ》でした。まさか本当にあの宿を用いるようになるとは思わずに……名の知れた宿ゆえ、うっかりと口にいたしました」

「それでよい」

　甚五郎が割って入った。

「町方とてあのような宿に脱獄した者が潜んでいるとは思うまい。また、舫鬼九郎たちも罠とは考えぬはず。これが野中の廃屋なら疑うかも知れんがな。それゆえの策だ。鬼九郎たちは我らがまったく気付かずにいると信じておろう。そこが付け目だ」

「はい」

　頷きながら紅嵐は甚五郎を見詰めた。それなりに理屈は通っていた。やはり黒嵐の考え過ぎだと紅嵐は安堵《あんど》した。

「あの坊主が来たとして……夕刻まで金太夫と一緒にさせておくのは面倒の種では？」

　黒嵐が口にした。

「もちろん我らも目を光らせる所存ですが、こっそり耳打ちでもされると……金太夫に我らの謀《はか》りごとが知れれば今後に……」

「じゃな。宿を立つまでは町方の目を逃れるためにも別々の部屋で待て、と申せばよかろう。どうせその者も船の出る時刻と場所を鬼九郎に伝えに一度は宿を抜ける必要がある。かえって都合がよいと喜ぶはずだ」

「わざわざ手間をかけずとも、その坊主を絞め上げて文《ふみ》を書かせてはどうだ。どこぞに呼び出して討ち果たせば済む」

志賀之助は甚五郎の慎重さを笑った。

「すでに根来《ねごろ》五人衆の三人を失い申した。憚《はばか》りながら二人で掛かっても無理な手だれ。また討ち洩《も》らす恐れがありますでな。いかにも大袈裟《おおげさ》な策に見えましょうが、上手く運べば柳生十兵衛《じゅうべえ》ともども葬ることができ申す」

甚五郎は志賀之助に言った。

「柳生十兵衛も現われるという確証は？」

「舫鬼九郎の名で柳生の屋敷に投げ文をいたせば必ず。どういう繋がりかは知りませぬが、目黒の安養寺ではともに居た仲にござる。たとえ鬼九郎の筆跡と異なっていると見抜いたとしても十兵衛ならばそれを承知で確かめに参りましょう。そこに鬼九郎が現われれば問題はござらぬ」

「町方とつるんで総掛かりでこられる心配はないか？　そうなると簡単には……」

「これまでも十兵衛は隠密裡《おんみつり》に動いております。その懸念《けねん》には及びませぬ」

甚五郎は請け合った。

2

案に相違して舫鬼九郎の手の者はなかなか宿に姿を現わさなかった。紅嵐と黒嵐は焦《あせ》りを感じはじめていた。

「どちらへ?」

ぼんやりと中庭を眺《なが》めていた金太夫が廊下の襖《ふすま》に手を掛けるのを見て黒嵐は引き止めた。

「厠《かわや》に。直ぐ戻りまする」

黒嵐は頷いて立った。金太夫に同行する。

「こうして待っていると永いものですな」

金太夫は苛立《いらだ》っていた。

「船はもっと退屈しますぞ」

「真っ直ぐ長崎にか?」

金太夫は囁《ささや》いた。廊下には擦れ違う客もある。黒嵐は曖昧《あいまい》な顔で笑った。

「もし……」

不意に二人は擦れ違った客に呼び止められた。ぎょっと黒嵐は振り向いた。旅の商人らしい身形《みなり》をしている。

「あの……不躾《ぶしつけ》には存じますが」

男は金太夫の顔をまじまじと見て、

「もしや……長崎のいわし屋の金太夫さまにはござりませぬか」

黒嵐は慌《あわ》てた。が、金太夫は無言だった。

「袋町の三河屋にお世話になっていた太吉にございます。お忘れかも知れませんが」

「人違いにござるよ」

金太夫はゆっくりと首を横に振った。

「手前どもは上総《かずさ》の者にて」

「それは……失礼申し上げました。あまりに似ていらっしゃったものですから。まさかかような場所でと思いながら、ついお声を」

男は丁寧に辞儀をすると、何度か金太夫を振り返りながら遠ざかった。


「見知った者にござったか？」

無言でいた黒嵐は部屋に戻ると質した。金太夫は苦笑して認めた。

「手前どもの店と組んで薬を扱っていた店の番頭を務めていた者にござる。六、七年ほど前に本店のある三河に戻りましてな。それで手前が牢に繋がれているとも知らず声をかけてきたのでござろう。世間は狭《つ》いものじゃ」

それを聞いて黒嵐は安堵の息を吐いた。

「それより、先ほどの訊《たず》ねであるが……どうなのじゃ。昨夜はいったん上方に落ち着くとか申されていたが、明石志賀之助どののお口ぶりでは直ぐにも長崎に」

金太夫は不安そうに紅嵐を見詰めた。

「なにか不都合なことでもありましょうか」

「不都合というわけでもないが……もし明石志賀之助どのの願いが私の知っておることと繋がっておるとしたら……」

「……」

「今一度明石どのと会わせて貰《もら》えぬか？」

「それは……」

「是非とも明石どのとご相談いたしたきことがある。江戸を離れては後が面倒じゃ」

紅嵐と黒嵐は顔を見合わせた。

「我らには口にできぬ話にござるか？」

黒嵐は身を乗り出した。ここまでことを運んできて明石志賀之助に手柄《てがら》をさらわれては割りが合わない。

「お二人はご承知かどうか知らぬが……背中の皮を剥《む》かれて殺されていた娘のことでの」

黒嵐の顔色が変わった。

「あれについては多少の心当たりがある。それを明石どのにお伝えしたい」

「心当たりとは……いかようなな？」

紅嵐は探りを入れた。

「明石どのをまじえてお話し申し上げよう」

黒嵐は覚悟を決めて頷いた。明石志賀之助は隣りの宿に居る。会わせるのはたやすい。

「ご連絡がつくかどうか、しかと約束はできかねますが、なんとかここに」

黒嵐は腰を浮かせる紅嵐を制して立った。


それから半刻《はんとき》後。

明石志賀之助は金太夫と向き合っていた。その側《そば》には夢の市郎兵衛の配下と名乗った左甚五郎が膝《ひざ》を揃《そろ》えている。

「殺された娘のことはお聞き及びにござるか」

沈黙を破るように金太夫が口にした。

「親父橋《おやじばし》の件なれば……騒がれましたゆえ」

志賀之助は顔色を窺《うかが》いながら頷《うなず》いた。

「それ以上についてはなにも？」

金太夫は茶を飲んで喉《のど》を湿らせると、

「あれは恐らく大矢野さまが隠された軍資金を狙っての殺生《せっしょう》と睨《にら》んでおりまする」

ゆっくりと、しかもはっきりと言った。

志賀之助は目を円くしてみせた。

「なにゆえにそれが分かります？」

甚五郎が質《ただ》した。

「背中の皮を剝かれたのがその証拠」

「はて？　そう申されましても……」

「明石どのをご信頼申し上げるによって、あえてお訊ねいたすのじゃが……」

金太夫は志賀之助を見据《みす》えた。

「破牢《はろう》は、それを画策いたした者ばかりか、手引きした小者に至るまで獄門磔と定められておりまする。言わば命懸け。せっかくこうして助けていただきながら疑うのは人の道に外れることと存ずるが……手前をお救い下さったについては、命を懸けるに足る理由があったのではござりませぬか。この老体と天下に名高き明石志賀之助どのの命とでは、とても釣《つ》り合いませせぬ。手前とてその程度は考えておりました」

「………」

「あいや、責めておるのではありませぬぞ」

金太夫は笑って付け加えた。

「お答えによっては恩義に報いる所存にござる。それでお話申し上げておるのじゃ」

「そう言われましても」

志賀之助は額の汗を拭《ふ》いた。

「即日に船を手配できることなど、いかに明石どののお力とは申せ、むずかしゅうござろう。この裏には必ずどなたかが……」

「お名前を打ち明けるわけには参らぬが」

甚五郎《ご》が志賀之助に代わって発した。

「この期に及んで、もはや隠し立てはいたしますまい。水島どののご推察通りにござる。明石どのの嘆願を聞き届けて、お力を貸して下されたお方が、徳川に恨みを持たれるお方にござりましてな。島原の民にもいたくご同情なされており申した」

「徳川に恨みと申しますと……お大名か?」

「今はそれでお許し下され。もしお名前が洩れることにでもなれば国が二つに」

「それほどのお方が島原の民を……」

金太夫は感激に瘦《や》せた肩を震わせた。

「明石志賀之助どのはお大名にも目通《めどお》りが許される身。そのお方が徳川のやり方に不満を持たれていると察してお頼みいたしたので」

甚五郎の言葉に金太夫は頷いた。

「いずれ遠くない日に徳川打倒の旗を掲《あ》げられるはず。さすれば島原の民の恨みとて……」

「晴らされまするか!」

「みどももそのためにお仕えしており申す。夢の市郎兵衛の配下と申したのは偽りにござる。実を申さばその殿の命にて働きを」

甚五郎は隠さずに言った。

「八重どの」

金太夫は紅嵐と向き合うと、

「襟元《えりもと》に縫い込んでおられる十字架を見せてはいただけぬか」

紅嵐は甚五郎の目を覗《のぞ》いた。甚五郎は小さく顎《あご》を動かして促した。紅嵐は襟を破った。

「おお……」

紅嵐から手渡された十字架を金太夫は強く握り締めた。涙が頰《ほお》を伝った。

「母のただ一つの形見にございます」

「明石どの」

涙を拭《ぬぐ》って金太夫は志賀之助の前に頭を下げた。甚五郎たちは戸惑った。

「この老体もお役に立ってみせましょう」

「では……ともに戦ってくれると」

甚五郎は金太夫の手を上げさせた。

「それが亡《な》くなった者たちへの供養《くよう》にござる。どこまでも胸に秘して『はらいそ』まで参るつもりであったが……それではこの八重どののように遺《のこ》された者たちの恨みに報いることができませぬ。こうして牢獄より抜け出せたからには、是非ともお手伝いを」

「ありがたき幸せ。我が殿は水島どのに無理をさせてはならぬと仰《おお》せであったが……これで我らの面目も立ちまする」

甚五郎は両手を揃えて礼を言った。

「だが……果たして間に合うか……」

金太夫はぽつりと呟《つぶや》いた。

「とは、なんのことにござる」

志賀之助は詰め寄った。畳が揺れる。

「それが、殺された娘と関《かか》わっているのじゃ」

「では、あの噂《うわさ》は真実《まこと》であったと！」

「さよう。手前は大矢野さまや千束さまから頼まれて二人の娘を逃がす手助けをしたに過ぎませぬ。大矢野さまは詳しきことをなに一つお話ししては下されなかった。むろん、手前とて薄々とは察しており申したが……大矢野さまは手前の迷惑になると思って打ち明けては下さらなかったものと」

「その二人の娘が軍資金のありかを？」

「と思われます。大矢野さまは手前に、もし途中で娘たちの身に万が一のことあれば……」

「万が一のことあれば」

志賀之助の口調は震えていた。

「背中の黒子《ほくろ》の位置と数を紙に書き写すようにと……」

「それが軍資金のありかを示す手掛かりじゃな」

「恐らく」

金太夫は大きく首を振って、

「後でそういう噂が長崎に広まりました。口に戸は立てられぬもの。秘密に携わった者から洩れたものに相違ござらぬ。もっとも、噂には尾鰭《おひれ》がついて、娘の背中には地図が彫られたと伝えられていたようじゃが」

志賀之助も認めた。

「実際は黒子にござる。どちらも若い娘ゆえに、この目で見たわけではござらぬが、いかに大事とは言え、大きな地図を彫るわけがありますまい。それでは風呂《ふろ》にも入れぬ」

「見ておりませぬのか」

志賀之助はアテが外れて肩を落とした。

「見てはおらぬが……二人の娘の行方は手前が承知にござります。娘たちの話では互いに黒子の数が異なるとか。それだけははっきりと手前も聞いております。たぶん、大矢野さまは二人が揃わねば解けぬような工夫をなされたのでござろう。それを悟って手前も娘たちを遠くに引き離す策を。一人は京に。もう一人は江戸に預けました」

「……………」

「お願いでござる。江戸に預けし娘の無事を確かめて下さらぬか。もし……所在が不明と分かれば……それが先日殺された娘ということに。殺された娘は十字架を所持していたと役人より耳にいたしてござる。首がないゆえに身許《みもと》の心当たりはないかと我々に質してきました。もしもあの娘と決まれば、軍資金の秘密を握る者が他におることになる」

「なるほど。背中の皮を剝《は》いだのはそのためであったか」

志賀之助は偽《にせ》の溜《た》め息《いき》を吐《つ》いた。娘を殺して皮を剝いだのは甚五郎たちである。それを牢屋に居る水島金太夫が知れば慌ててボロを出す可能性があると踏んでのことだった。それ背中に地図を彫った娘二人を連れて島原の原城から落ち延びた男が水島金太夫であることは隠れキリシタンに広まる噂であった。金太夫の経営する『いわし屋』は、廃絶となった小西行長が天草を支配していた頃《ころ》より出入りしていた薬種問屋であった。薬種問屋はもともと渡来の薬を扱うことが多い。当然、唐人や蘭人《らんじん》との繫《つな》がりができる。隠れて禁制の品々を入手するのもむずかしくはなかった。それで小西行長に重宝されていた。島原の乱を指導したのは、かつて小西行長に仕えていた浪人たちである。金太夫が密《ひそ》かに乱を支援し、また、キリシタンたちが水島金太夫に大事を託すのも不思議ではない。

「江戸のどなたに預けられました？」

狙い通りになったと舌なめずりをしながら甚五郎は金太夫に質した。

「遠い親戚《しんせき》の娘と偽って室町の山村宗軒さまにお預けいたしてござる。室町と親父橋は目と鼻の先。それが気掛かりでなりませぬ」

「山村宗軒どのと申されると？」

「お医者さまにござります。手前とは永年の付き合いにて信頼できるお方と思いましたが」

「娘の名はなんと？」

「名を変えるように申しましたので……じゃが山村さまには娘ごがござらぬ。訪ねれば直《す》ぐに分かると存ずるが」

「引き受けましてござる。ここに居る八重なれば滅多に疑われはせぬ。無事を確かめるだけであれば今日のうちにも」

「ありがたい。それで今後の策が成り申す」

「では……連れてきても構いませぬか」

紅嵐は金太夫と甚五郎の二人に訊《たず》ねた。

しばらく考えて金太夫も頷いた。

「となると……」

甚五郎は志賀之助に言った。

「どうしても京に立ち寄らずにはいられませぬな。そちらの娘も捜さねばならぬ」

志賀之助も当然のように首を振った。

そこに廊下を渡る足音が聞こえた。宿の者の足音だった。足音は部屋の前で止まると、

「お待ち合わせの方がお見えです」

部屋に案内して構わぬかと訊ねた。

「八重、そなたが参って少し待たせておけ」

甚五郎は眉《まゆ》をしかめながら命じた。

「余計なことは申すな。今後にいくばくかの変更があるかも知れぬ。金太夫どのの話を伺ったからには同行も考え直さねばならぬ」

紅嵐は笑顔を見せて立ち上がった。紅嵐に安堵《あんど》の色があるのを知って黒嵐は苦々しい思いで見送った。

3

「ごめん下さりませ」

紅嵐は大きな構えの山村宗軒の屋敷の門を潜《くぐ》って声をかけた。弟子が直ぐに顔を見せた。若者は紅嵐の美しさに視線を伏せた。

「志代《しよ》さまの今のお住まいについてお伺いしたくて参りました。八重と申します。志代さまとは以前に長崎の方で……」

紅嵐が口にすると若者は一瞬困惑の表情を浮かべて奥に姿を消した。志代という名と、その娘が一年前に療養のためにどこかに移ったことは近所の者に訊ねて調べてある。

「お待たせいたした」

やがて宗軒が首を傾《かし》げながら現われた。

「どうぞ奥にお入りなされ」

「いえ、ここでお暇《いとま》いたします」

「それが……少々込み入った事情があってな」

宗軒は人目を憚《はばか》るように小声となった。


紅嵐は奥の部屋に通された。

「志代とは長崎での知り合いと申されたが」

「はい。幼馴染《おさななじ》みです。三年ほど前に志代さまより文を。それでこのお屋敷にお世話になっておられることを知りました。たまたま江戸に参る用事がありましたもので……いきなりお訪ねいたしてはご迷惑かと存じまして近くの宿でそれとなく訊ねましたら……」

「志代について耳になされたわけじゃな」

納得した顔で宗軒は何度も頷《うなず》いた。

「長崎でのお知り合いとあれば、あの娘の両親がどうなったかもご存じであろうな」

「風の噂で……島原で亡くなられたとか」

「お恥ずかしいことじゃが……儂《わし》は聞かされておらなんだ。それを志代より打ち明けられて儂はカッとなった。儂は旗本の皆さまの屋敷にも出入りしておる。そこに島原と関わりのある娘を住まわせていたと知れれば……お世話になったお方よりの頼みであったので一も二もなく預かったのじゃが……それを知っては屋敷に置くわけには参らぬ。それで別のところに移って貰《もら》うことにいたした。と申して、まさか事情を世間に洩《も》らすわけにはいくまい。嫁いだという嘘《うそ》もならぬ。やむなく志代にも納得させて病気治療のための転居と。冷たい仕打ちと思われようが、決して無下《むげ》に扱ってはおらぬ。寮には賄《まかな》いの女も頼んである。元気で暮らしておるから安心召され」

「さようでございましたか」

本心から紅嵐も安堵の胸を撫《な》で下ろした。

「にしても志代が文を書いていたなど……故郷のこととなると一切なにも口にせぬ娘でな」

宗軒は笑った。

「寮をお訪ねしてはご迷惑でしょうか？」

「いやいや、是非そうして下され。志代もきっと喜ぶであろう。よければ若い者に案内させましょう。根津なれば遠くない」

「いえ、場所さえ教えていただけますれば。今日は他の用事もありますゆえ、夕方にでも私が一人で……志代さまをびっくりさせとうございます」

「その……書面には水島金太夫どのについてなにか書いてはおらなんだかの？」

「水島さまと申されますと？」

「知らねばそれでよい。そなたには無縁のことじゃ。それと……志代には余計なことを聞かぬと約束して下さらぬか。乱が治まって久しいとはいえども安心はできぬ。志代のためと思ってお願いいたす」

頭を下げた宗軒に紅嵐は頷いた。

紅嵐はその足で根津に向かった。

頭領や黒嵐に相談すべきかとも思ったが、娘一人を扱えぬ紅嵐ではない。水島金太夫の名を出せば手荒な真似《まね》をせずとも素直に付いてくるだろう。志代という娘とて、できれば長崎に戻りたいと考えているはずである。

〈この家だな〉

紅嵐はさほどの苦労もなく志代という娘の暮らす家を捜し当てた。こぢんまりとした女所帯であった。紅嵐は垣根《かきね》越しに窺《うかが》った。

若い女の笑い声が聞こえた。

紅嵐は躊躇《ためら》わず表から声をかけた。

「どちらさまでしょう？」

賄いの女が顔を見せた。

「長崎の『いわし屋』の者にございます」

わざと志代に聞こえるくらいの声で言うと、賄いの女を掻《か》き分けるようにして娘が顔を覗かせた。紅嵐が想像していたよりも遥《はる》かに美しい娘であった。紅嵐はしばらく志代の美しさに目を奪われた。女でも惚《ほ》れ惚《ぼ》れとする。

「『いわし屋』の方と申されましたか？」

志代は立ちすくむ紅嵐に微笑《ほほえ》んだ。

「どうしてこの家を？」

「山村さまのお屋敷をお訪ねしました」

「どういうご用件でしょうか？」

志代は紅嵐を家に上げることも忘れて重ねた。紅嵐は賄いの女にちらりと視線を注いだ。志代も意味を察した。

「なにか菓子でも買ってきて下さい」

志代は女に金を渡した。賄いの女も客が女と知って警戒を緩めていた。


「水島さまが牢《ろう》を出られたのですか！」

志代の体は小刻みに震えた。

「無事でいることを是非お伝えしたいと……水島さまは今夜私どもと一緒に上方行きの船に乗ります。志代さまに一目なりとも会いたいと申されておいでですが、役人の目が心配です。それで私がこうして」

「水島さまは今どちらに」

志代はそわそわと腰を浮かせた。

「大恩ある水島さまです。なにとぞ会わせて下さいませ。これまでのお礼を言わねばなりません。お願いいたします」

「それで私も安心しました。水島さまはああいうお方。口では申されませんでしたが、水島さまとてお喜びなされましょう」

「あの者が戻る前に行く方が……今の時刻から出ると申せば引き止められます」

志代は紅嵐の前で身支度をはじめた。

ことのほか簡単だったと紅嵐は内心で微笑んだ。連れて行けば、後はどうにでもなる。


志代と紅嵐が家を出たのを見届けるように路地裏から二人の男が姿を現わした。

「狙《ねら》い通りのことになったな」

笑ったのは柳生十兵衛であった。もう一人の男は舫九郎。九郎も頷いた。

「なかなかの女だが……あれが品川で会ったという根来の乱破《らっぱ》か？」

「確かに」

九郎は断言した。その表情にはなんの変化も認められなかった。

「今夜だ。吉と出るか凶となるか……いずれただでは済むまいぞ」

十兵衛は自信たっぷりに哄笑《こうしょう》した。

4

夕刻間近。寛永寺に長兵衛が戻った。

大仏の石組を押し込んで中に入ると、いきなり松明《たいまつ》が長兵衛の眼前に差し出された。

剛海の捧《ささ》げ持つ松明だった。長兵衛は無言で剛海の後に続いた。地下道にはいくつかの松明が取り付けられている。

二人は九郎の待つ部屋に辿《たど》り着いた。戸の奥には何人かの気配が感じられた。

「只今《ただいま》戻りやした」

長兵衛は薄暗い奥に向かって頭を下げた。

「首尾は？」

声をかけてきたのは十兵衛だった。九郎を中心にして十兵衛と柳生の手の者たちが七、八人顔を揃《そろ》えている。

「品川から二刻《ふたとき》後に上方への船が出やすぜ。揃って宿を出りゃ目立つんで品川までは別行動ってことに。それで寺に戻れたってわけで」

「品川のどこで待ち合わせている？」

「高輪の大仏の手前でさ。牛の尻《しり》って呼ばれている辺りです。砂浜に下りるでっけえ石段があるとか。そっから小舟に乗って沖合に出るつもりらしいですぜ」

「船の名は聞いているか？」

十兵衛はじっと長兵衛を見据《みす》えて質《ただ》した。

「常豊丸。相当に古い船のようですがね」

「やはり……な」

十兵衛は苦笑して九郎に目を動かした。九郎も曇った顔で頷いた。

「どういうこってす？」

長兵衛は九郎と十兵衛を交互に見やった。

「正体が割れていたということだ」

「まさか。そいつはねえですぜ」

長兵衛は首を激しく横に振った。

「連中の乗る本当の船の名は神力丸。どちらも越後松平藩の御用船だ。もっとも……常豊丸の方は廃船寸前のぼろ船と聞く」

「じゃあ、とっくにお調べ済みなんで？」

「密《ひそ》かに動かすとなれば藩の船しかあるまい。調べるのはたやすい」

こともなげに十兵衛は応じて、

「まかり間違っても常豊丸を用いるはずがない。なのにその船名をおぬしに教えたということは、おぬしを敵と見抜いての罠《わな》であろう」

「いつからバレてたんで？」

「破牢の時からかも知れぬし、あるいは昨夜この寺に戻ったのを尾《つ》けられていたとも」

「……………」

「いずれにしろ覚悟はしておった。おぬしも無事に戻してもらえただけ感謝するのだな。恐らく敵は我らをおびき出して一気に決着をつける腹だ。それとも我らの目を常豊丸に引きつけて、その隙《すき》に逃げる策か……神力丸は五日前より品川の港に入っておる」

「両方でしょう」

九郎は腕組みを解いて言った。

「沖合の常豊丸に騒ぎが起きれば港役人たちの目がそちらに釘付《くぎづ》けとなる。御用船ともなれば迂闊《うかつ》な動きもならない。役人の目を逸《そ》らして神力丸に乗り込むつもりでは？　そのどさくさに紛れて港を離れられる」

「なるほど。一挙両得か」

十兵衛も頷いた。

「となれば、罠と知っても常豊丸に行かねばなるまいな。騒ぎがはじまるまで敵も神力丸には近付くまい。どこぞで様子を窺っておろう。こちらも二手に分かれるしかないか。なんとしても敵を舞台に引き摺《ず》り出す」

「お言葉ですが……」

長兵衛は首を捻《ひね》りながら訊《たず》ねた。

「神力丸って話は確かなんですかい？」

「長兵衛の戻る前に連絡があった」

九郎は懐《ふところ》ろから紙を取り出して見せた。場所、刻限、船名のみが記された簡単なものである。合致しているのは刻限ばかりと知って長兵衛は床を叩《たた》きつけた。

「根来の乱破たちは常豊丸に違いない」

九郎は刀を腰に差すと立ち上がった。

「二手に分かれるのならば私が常豊丸を。十兵衛さまは神力丸の方に」

「それはならぬ」

不意に頭上より天海の声がした。天海は狭い階段を下りてきた。

「みすみす罠と承知の場所に九郎どのを赴かせるわけにはまいらぬ」

十兵衛たちは天海に平伏した。

「儂が甚五郎なれば……船に爆薬を仕掛ける。海の上では逃げ場がない。それを狙っての老朽船であろう」

「ですが……だれかが参らねば」

「ことここに及んでも家光さまは闇《やみ》に葬《ほうむ》れと仰《おお》せであるか？」

天海は九郎を制して十兵衛を見下ろした。

「ぼろ船と申しても越後藩の御用船には違いあるまい。それが炎上したとなれば騒ぎは必定なるぞ。松平忠直はそれも覚悟の上でことを成就《じょうじゅ》しようと謀《はか》っている。いかに徳川家にとって厄介《やっかい》な相手とは言え、見過ごせばますます増長いたさせるばかりじゃ。家光さまの苦衷も察するにあまりあるが……ここは歯止めの策に出るのが賢明と見た。幸い場所は人目につかぬ沖合。どうせなら派手にやるのがよかろう」

「派手と申されますと？」

「家光さまには儂が後日申し上げる。こちらも徳川の大船を繰り出して攻めるがよい」

げっ、と十兵衛は顔色を変えた。

「総目付柳生但馬守宗矩《たじまのかみむねのり》の下知とあればたいていの船は出せよう。それでも足りぬなら寛永寺の天海の名を告げても構わぬ」

「それればかりはご容赦を」

十兵衛は額の汗を拭《ふ》きながら遮《さえぎ》った。

「三つ葉葵《あおい》の帆を掲げた大船を動かせば、もはや隠しだてがなりませぬ。松平忠直さまとてどうお動き召されるか……下手をいたせば江戸が火の海になるやも」

「越後一藩ごときでなにができる。それを松平忠直ばかりか諸藩に示す好機ではないか」

「戦さをするつもりはござりませぬ。それを防ぐのが我ら柳生の務め」

必死で十兵衛は言いつのった。

「どこまでも松平忠直の好きにさせると言うのか?」

天海は九郎の隣りに座ると睨《ね》めつけた。

「忠直の陰にはだれがおる？　いかに制外の家とは申せ、ここに至っても攻めがならぬとは尋常の扱いとは思えぬ。まかり間違えば徳川の屋台骨が根底から覆《くつがえ》されよう」

「……………」

「その顔付きを見ればおおよその見当もつくがの。当ててみせようか」

「どうかこの場でそのお名前を口にいたすのはお許し下さりませ」

十兵衛は天海の目を見詰めて懇願した。

「そのお方がよほど忠直に肩入れを？」

「御意」

「家光さまも苦労の多いお方じゃな。外ばかりか内にも気を遣わねばならぬ。いかにもそれが露見いたせば幕府が二つに割れる。と申してあからさまな処分もできまい」

天海もさすがに溜《た》め息《いき》を吐《つ》いた。

「常豊丸には我ら柳生が参ります」

十兵衛は顔を上げて言った。

「もとはと言えば我らの役目。九郎どのには神力丸をお頼み申そう」

「徳川の船が無理なら別の船がある。儂が頼めば必ず出してくれよう。小舟では危ない」

天海は思い付いたように頰《ほお》を緩めた。

「神力丸の方とて策を用いて近付くのじゃな。港に繋《つな》がれている船なれば、あらかじめ潜り込むのもさして面倒ではないはずじゃ」

十兵衛は大きく頷《うなず》いた。

5

船底に火薬が積み込まれたのを見届けた黒嵐と紅嵐の二人は太い帆柱に攀登《よじのぼ》った。帆柱は右に左に大きく揺れている。

「この高さから本当に跳べるのか？」

紅嵐は下の海を眺《なが》めて寒気を覚えた。しかも冬の凍った海である。

「やるしかあるまい。船は一つ。できるだけ多くの敵をこの船に乗せねば火薬が勿体《もったい》ないというものだ。それには見届け役が要る」

「それはそうかも知れぬが……船底に潜んでいても用は足りる。火が回る前に海に飛び込めばよい」

「そっちの方が逆に命取りだ。柳生十兵衛と舫鬼九郎の二人を相手にやすやすと逃げられると思うか？　この上なら見晴らしも利《き》くし、咄嗟《とっさ》に海へ逃れられる。それに……俺《おれ》が船底に居ればおまえに合図もできまい」

黒嵐の言葉に紅嵐は頷きながらふたたび海面に目を戻した。すでに陽《ひ》の落ちた海面は黒々と鰻《うなぎ》の背のように波打っている。

「あの者どもも哀れよな」

紅嵐は下で働く六、七人の男たちを見詰めた。運んだ荷物が火薬とも知らずにいる。十兵衛たちに怪しまれぬよう、彼らはこの船と運命をともにする定めであった。

「どうせ夢の市郎兵衛の手下どもだ。生き長らえたところでロクなことはせぬ。第一、船が燃える前に十兵衛たちに殺されていよう」

黒嵐は薄笑いを浮かべた。

「一気に攻め込まずに様子を窺《うかが》うのでは？」

紅嵐は言った。自分ならそうする。

「何人で押し寄せるかによるが……その場合は必ず船を取り囲もう。なればおなじだ。これほどの火薬だぞ。小舟など吹き飛ばされる」

「……」

「アテが外れて辛《つら》そうだな。頭領の口振りでは鬼九郎などに構わず上方へ向かいそうであったが……まだ諦《あきら》めきれぬと見える」

「しつこいぞ。敵に情けをかける私ではない」

紅嵐は声を荒げた。

「おまえの思いなどどうでもよいが、鉄砲の狙いだけは外すなよ。合図と同時にきっと火薬の樽《たる》を撃ち抜け。波に揺られたとておまえの腕ならよもや間違いはなかろう」

紅嵐はそれに応ぜず周囲に目を配った。

「ん？」

先に気付いたのは黒嵐だった。

「あの明りはなんだ？」

明りばかりか賑《にぎ》やかな太鼓や三味線の音が風に乗って聞こえてくる。黒嵐は闇に目を凝らした。提燈《ちょうちん》を屋根にずらりと並べた巨大な屋形船であった。真っ直ぐこちらを目指してくる。黒嵐と紅嵐は目を見合わせた。

「まさかな……」

どう見ても遊興の船としか見えない。が、この時期の、この闇に……。

「小舟に急げ！　やつらかも知れぬ」

黒嵐は紅嵐に命じた。紅嵐は素早く帆柱を滑り下りた。

「ふざけた真似《まね》を！」

黒嵐は賑やかな歌声とともに近付く屋形船を睨《にら》んだ。その巨大さは接近するに従ってさらにはっきりとした。常豊丸は小型とは言え、れっきとした廻米船《かいまいせん》である。川船などとは比較にならないはずだ。なのに屋形船はこちらと大差のない大きさだった。黒嵐は知らなかったが、それは年に一度の大川の祭りのため、吉原の主人たちが建造して将軍に寄進した二階屋根の観覧船であった。櫓《ろ》は左右を合わせて二十四丁。その気になれば伊豆《いず》や房総までも漕《こ》いで行かれる船なのだ。祭りの日以外は吉原が管轄《かんかつ》して鉄砲洲に繋いである。

「正面からやり合うつもりか！」

思いもかけなかった大船の出現に黒嵐は動転した。それに、あの賑々しさ。三味線の音色は反対に不気味さを煽《あお》り立てていた。

「こいつぁ豪気だ」

長兵衛は幇間《ほうかん》たちの叩く小太鼓に体を動かしながら酒を喉《のど》に流し込んだ。柳生の者たちはとっくに身支度を整えて待ち構えている。

「権兵衛よ。こんな戦さは二度とあるめえ。果報と感謝しな。将軍さましか乗れねえ船で地獄への旅立ちだ。閻魔《えんま》さまとて目を回す」

長兵衛が言うと権兵衛も笑った。その隣りには剛海がどっしりと胡座《あぐら》をかいている。

「そろそろだな。行くぞ」

十兵衛は窓から常豊丸の黒い影を間近にとらえると皆を促した。男たちは屋形の屋根に上がった。広い屋根だ。滑る恐れもない。

「狙い通りに運べばようござんすがね」

頬を突き刺す風に緊張を取り戻した長兵衛は十兵衛に叫んだ。

「案ずるな。家光さまの御座船だ。舳先《へさき》には分厚い鉄を張り付けておる。対する向こうはぼろ板同然の船。腹に正面からぶち当たれば必ず穴が開く。たとえ爆薬を仕込んでいようと水に濡《ぬ》れれば役に立たぬ。この屋根から飛び込めばこちらのものだ。敵を蹴散《けち》らしてから船に火を放つ。それで神力丸も動き出す」

「そうなって貰《もら》いてえもんで」

長兵衛も祈った。

「あっしらがヘマをやりゃ、舫の旦那《だんな》がお一人になっちまう。なんとしても仕事を果たして品川の港に向かわねえと」

「九郎さまとて無謀な策には出まい」

剛海はむしろ自分に言い聞かせるように言った。その目は品川に向けられている。

「どうやら敵も気付いたと見える」

十兵衛が言うと同時に鉄砲の音が響いた。船縁《ふなべり》に何人かの構える鉄砲が見えた。だが、この暗さで当たるわけがない。

「死ぬ気で漕げ！　逃がしてはならぬ」

十兵衛は漕ぎ手の者たちを叱咤《しった》した。鉄砲の音に怯《おび》えたのか太鼓がさらに激しく鳴った。

「ぶつかるぞ。海に落とされぬようにしろ」

十兵衛はあらかじめ屋根に繋いでいた縄《なわ》をぐるぐると左腕に巻き付けて刀を抜いた。

屋形船は常豊丸の作る高波に船首を高く持ち上げた。長兵衛は屋根に這《は》いつくばって衝撃に備えた。耳を聾《ろう》するばかりの音が響き渡った。振動は後から襲ってきた。長兵衛の体が浮いた。一瞬のうちに長兵衛は屋根の端に飛ばされた。必死に縄にすがる。足が屋根から食《は》み出た。腕が千切れそうだ。長兵衛の目の前を十兵衛の部下が転げていった。握った縄が途中で切れている。男は悲鳴とともに漆黒の海に消えた。また一人。

「幡随院長兵衛、死んでたまるかよ！」

長兵衛は屋根から半分ずり落ちながら叫んだ。右腕を伸ばして探る。屋根より木釘《きくぎ》が飛び出ていた。だが握れるほどの長さではなかった。指がかけられる程度でしかない。

「この野郎！」

長兵衛は思いきり力を込めて釘を掌《てのひら》で叩きつけた。掌を深々と釘が貫いた。長兵衛の体が止まった。長兵衛は左腕で縄を手繰った。その腕が剛海によって支えられた。

「釘に掌を縫い付けるとは……剛の者だな」

剛海は呆《あき》れた顔で長兵衛の右手を眺めた。

「おいらは塩水が苦手なのさ」

屋根に腰を上げると長兵衛は一気に掌を釘から引き剝《は》がした。血が噴き出た。

「その手でやり合えるか？」

「いざとなりゃ嚙《か》みついてだって」

長兵衛は船首を確かめた。船首は見事に常豊丸の横腹に突き刺さっていた。海水がその穴から浸入している。常豊丸は傾いていた。

「続け！」

闇に十兵衛の声が響いた。長兵衛は権兵衛の姿を屋根に求めた。縄を頼りに権兵衛が顔を見せた。転げて打ったのか足を引き摺《ず》っている。それでも権兵衛には笑顔があった。

「柳生にヒケを取るんじゃねえぞ」

長兵衛は剛海の差し出した鉄の錫杖《しやくじよう》を左に摑《つか》むと屋根を駆けた。屋根の高さと常豊丸の船縁はほとんどおなじだった。

長兵衛は跳んだ。

「ここは我らが引き受ける。火薬を捜せ！」

十兵衛に促されて長兵衛は船底を目指した。

「てめえ！　幡随院長兵衛じゃねえか」

船底の入り口を固めていた男が長兵衛の顔を見て喚《わめ》いた。夢の市郎兵衛の手下だった。

「なんでてめえがここに！」

「理由《わけ》は地獄でとっくり考えやがれ」

長兵衛は錫杖を一振りさせた。男の構えた刀が根元で折れた。男は腹に錫杖をまともに受けた。右手にふっ飛んでいく。

「今のおいらは地獄の使いも一緒だぜ」

口から炎でも噴き出しそうな叫びを発した。


「ちっ！」

黒嵐は船縁に取り付けた火薬の樽が外れて海に落ちたと知ると舌打ちした。それを紅嵐が狙い撃つ手筈《てはず》であった。あの樽がなければ船を爆破させることはできない。船底の火薬には念のための火縄も用意してある。が、それには柳生十兵衛の剣を掻《か》い潜《くぐ》って船底に行かねばならなかった。

〈舫鬼九郎はどうした？〉

それも気懸りの一つだ。あるいは屋形船の中に待機しているのか？

〈海から行くしかなさそうだ〉

黒嵐は覚悟を決めた。飛び込んで船尾の窓から船底に潜る。十兵衛を相手にするよりは賢明というものだ。乱破に躊躇《ちゅうちょ》はない。黒嵐は息を止めると帆柱を蹴った。

黒嵐の体は弧を描いて海に鋭く突き刺さった。心も砕ける冷たさだった。

だれも自分の動きに気付いた様子はない。海面に顔を出した黒嵐は安堵《あんど》の息を吐いた。腹が灼《や》けるように熱い。海面で打ったせいだ。見守っていたらしく紅嵐の操る小舟が向かってくる。黒嵐は無視して船に泳ぎはじめた。船尾にまわる。舵《かじ》を足掛かりにして黒嵐はやすやすと船尾の窓まで攀登った。紅嵐も意図を察した。ゆっくりと船から離れて行く。

黒嵐は窓から船底の気配を窺った。

〈坊主《ぼうず》一人か〉

浸水した床に膝《ひざ》まで浸りながら荷を調べている。火薬は破壊力を強めるために荷の奥深くに積み込んである。完全に水に浸っていれば別だが、この様子では間に合いそうだった。黒嵐は窓の格子《こうし》を蹴破って突入した。

長兵衛はぎょっと振り返った。

「おまえが幡随院長兵衛だったとはな」

帆柱の上からやり取りを聞いていた黒嵐は嘲笑《あざわら》いながら刀を逆手に身構えた。狭い船底では振り回すよりも扱いやすい。

「てっきりどこぞのクソ坊主と思っていたぞ」

「クソはてめえの方だろうぜ。罪もねえ者たちをわざわざ牢破《ろうやぶ》りさせて殺しやがった」

長兵衛は唾《つば》を吐いた。

「根来の黒嵐だ。鬼九郎はどこに居る」

言いつつ黒嵐は火縄を目で捜した。荷の上にそのまま纏《まと》められていた。先は奥の火薬樽に繋がっている。じわじわと黒嵐は火縄に接近した。目の前の長兵衛を倒して火縄に火を点《とも》せば目的は完遂する。

「そうかい、それがてめえの狙いか」

長兵衛も火縄に気付いた。

「そうはさせるか！」

長兵衛は渾身《こんしん》の力で錫杖を繰り出した。想像以上に鋭い突きだった。水に浸って体の重い黒嵐は辛《かろ》うじて避けた。長兵衛の錫杖は荷を崩した。長兵衛は水に足を取られた。崩れた荷が長兵衛の背中を襲った。すかさず黒嵐は飛び込んだ。が、その黒嵐にも荷が邪魔をした。二人は荷の下敷きとなった。

〈おのれ！〉

傾《かし》いだ床を荷とともに黒嵐は滑った。

「食らいやがれ！」

体勢を立て直した長兵衛は頭上より錫杖を揮《ふる》った。がしっと錫杖が低い梁《はり》につかえた。躱《かわ》しながら黒嵐は刀を一閃《いっせん》させた。長兵衛の腿《もも》がざっくりと割れた。長兵衛は悲鳴を上げた。とどめを刺そうとした黒嵐の目の前に荷崩れした箱が転げてきた。船は沈みかけている。黒嵐は慌《あわ》てて火縄に目を転じた。まだなんとか無事だった。長兵衛を諦めて黒嵐は火縄に腕を伸ばした。火打ち石は濡れぬよう油紙に厳重に包んである。黒嵐は長兵て火打ち石を用いた。荷物に阻《はば》まれて動きが取れないでいた。黒嵐は長い火縄を半分に断ち切って火打ち石を用いた。自分の安全よりも一刻も早く船を爆破するのが先である。火縄は勢いよく燃えはじめた。

「揃《そろ》ってあの世に行け！」

黒嵐は哄笑《こうしょう》すると窓から逃れた。

「どうした！」

黒嵐と入れ違いに船底への階段を駆け下りてきた十兵衛は火縄の匂《にお》いを直《す》ぐに察した。

「火縄は荷の隙間《すきま》に消えちまいやした。もう間に合わねえ。おいらに構わず船を！」

長兵衛は荷に挟《はさ》まれながら怒鳴った。

「爆発する！　皆、海に飛び込め」

十兵衛は甲板の者たちに命ずると長兵衛のもとへ引き返した。荷を払い落とす。

「無理だ。十兵衛の旦那も早く！」

長兵衛の目は奥に注がれていた。いつ爆発するか分からない。それにこの足の傷では。

「あっしなんぞと心中してどうなるんで！」

長兵衛は喚いた。十兵衛は長兵衛を挟んでいた荷を取り去った。長兵衛は自由になった。

「水に潜れ！　開いた穴から外に」

十兵衛は長兵衛の頭を水に押し込んだ。

その瞬間――。

激しい振動が伝わった。二人の体は水の中で弾《はじ》き飛ばされた。長兵衛は壁に叩《たた》きつけられた。ふわっと壁が破れた。長兵衛は暗い海に押し出された。したたかに水を飲む。吐き気と恐怖が長兵衛を襲った。上も下も分からない。必死で長兵衛は水を掻いた。いきなり長兵衛の顔はぽかっと海面に突き出た。船の破片がばらばらと頭上から降り注ぐ。長兵衛は息を吸うとまた水に沈んだ。巨大な波が長兵衛を運んだ。長兵衛は流れに身を任せた。体が棒のように強張《こわば》っている。だが、生きているのには間違いなかった。

〈べらぼうめ、こんなもんで死ぬかよ〉

長兵衛は意識を失いそうになる自分と戦っていた。目をしっかりと開けたまま長兵衛はどこまでも流された。

「やったな」

黒嵐を小舟に引き上げながら紅嵐は労《ねぎら》った。

「これで役人どもの目がこちらに」

「失敗だ。鬼九郎はおらぬ」

黒嵐は苦々しく炎を睨《にら》んだ。

「それに、敵の船とて無事だ」

「この成り行きでは仕方あるまい。まさか船の脇腹《わきばら》に穴を開けられるなど……」

「十兵衛は甲板に居たはずだが……この暗さではどうなったか見分けもつかぬ。爆破する直前に何人かが海に逃れた。恐らく生きておるに違いない」

黒嵐の言葉に紅嵐も頷《うなず》いた。

「幡随院長兵衛一人では無駄《むだ》な散財だ。いかにぼろ船と言ってもな」

「幡随院長兵衛？」

「うぬが引き込んできた坊主のことよ。市郎兵衛の手下がそう言っていたぞ」

「幡随院と言えば評判の無頼か？」

「てっきり寛永寺の坊主とばかり思っていた。舫鬼九郎という男、なにやら分からぬ。無頼者とつるんでいたとは」

黒嵐は濡れた着物を脱ぎはじめた。肌《はだ》からは白い湯気が立ち上がった。

「まあ、よい」

燃え盛る船を見ながら黒嵐は笑った。

「別れの花火と思えば気も晴れる。これで江戸ともおさらばだ。まさかやつらもこの花火を目くらましとは気がつくまい。察した頃《ころ》、我らは遠い海の上だ。我らには水島金太夫という案内役も居る。こっちの勝ちよ」

「だが、追ってこよう」

「おうさ。望むところだ」

黒嵐はそう言って紅嵐から櫓《ろ》を受け取った。

「それでなくては恨みを果たせぬ」

6

神力丸の荷積みを見守っていた役人たちは沖合に火の手が上がったという知らせを受けると、役目を放り出して走った。役人の姿が消えると暗がりから何人かが現われた。明石志賀之助がその中心に居る。旅に同行するつもりはなかったが、金太夫の協力が得られると知って考えをあらためたのである。

「あれでは役人どもも肝を潰《つぶ》す」

志賀之助は沖合の空を紅蓮《ぐれん》に染めている炎に目をやって腹を揺すった。

「役人の船が辿《たど》り着いた頃には沈んでおるだろう。だれにも越後藩の御用船とは気付かれぬ。その隙に我らは抜け出ている」

志賀之助は上機嫌《じようきげん》だった。志賀之助は舫鬼九郎と柳生十兵衛が船と運命をともにしたと信じきっていた。

「ともかく船へ」

左甚五郎が促した。船はすでに出航の用意を整えていた。自分たちが乗り込めば直ぐに動き出す。黒嵐と紅嵐の二人は途中で拾い上げることになっている。

「荷などはもうよい」

甚五郎は積み残しの荷に手をかけた人夫たちを制した。

「いや、荷を残せば不審を抱かれよう」

志賀之助は首を横に振って荷に近付いた。二人がかりでようやくの荷を、しかも二つ同時に志賀之助は軽々と両手で運んだ。

「さすがに日下開山《ひのしたかいざん》……途方もなき膂力《りょりょく》じゃ」

甚五郎も目を剝《む》いた。人夫たちも啞然《あぜん》として眺《なが》めている。負けじと重い油壺《あぶらつぼ》を肩に担《かつ》ぎ上げた男がいた。華奢《きゃしゃ》な体付きだが腕の筋肉は張っていた。この寒さに腕を肩まで見せている。肘《ひじ》から肩にかけて精緻《せいち》な刺青《いれずみ》が彫られているのに甚五郎は気付いた。

〈ほう……〉

物腰にも隙がない。ただの人夫とは思えなかった。いずれ無頼の徒には違いないが、あるいは浪人崩れかも知れぬと感じた。

「急ぎましょう」

金太夫が甚五郎を誘った。その隣りには志代が肩を並べている。

〈この娘の美しさも……〉

ただものではない、と甚五郎は思った。

　神力丸は深い闇《やみ》に舳先《へさき》を向けた。船内の灯《あか》りはすべて消されている。船そのものが息を潜めた獣のようであった。静かに櫓を操る音だけが聞こえる。役人の目を恐れて帆は下ろしていた。甚五郎たちは暗い船縁《ふなべり》から品川の町の明りを眺めていた。蠟燭《ろうそく》のない船室よりはこちらの方が気が紛れる。

「寒くなって参りました」

だれに言うでもなく志代はそこから離れた。甚五郎は船室に向かう志代の背中を見届けるとふたたび目を港に戻した。

志代は船室に入った。窓からは船尾が見える。そこに一人の男が働いていた。志代は窓に近寄ると声をかけた。

「九郎さま」

呼ばれて九郎は窓に顔を見せた。

「どうして九郎さまがこの船に?」

志代は困惑の色を隠さずに質《ただ》した。腕の刺青を見るまでは、まさか九郎が人夫に紛れているなど思いもよらなかったことである。

「そなたの報告を受けての策だ」

「にしても、なぜ九郎さまお一人で?」

「ことが上手《うま》く運んでいれば、やがて沖合で十兵衛どのの船と合流する。十兵衛どのは常豊丸に向かった」

「あれは罠《わな》です」

「知っている。だが、それをやらねばこの神力丸が動かぬ。品川で騒ぎを起こしたくないという十兵衛どのの考えだ」

「もし……十兵衛どのがしくじれば？」

「私と高尾の二人でやるしかあるまい」

九郎は志代と名乗って潜入した高尾に笑顔を見せた。

「水島金太夫の様子はどうだ？　そなたを見ても驚きはしなかったようだが」

「はい」

「十兵衛どのも策士だな。すべては何年も前から仕組まれていたと見える。これほどの策とあれば柳生一人にできるわけがない。あるいは松平伊豆守《いずのかみ》辺りの知恵と見た。嵌《は》められた松平忠直こそ哀れというものだ」

「と言いまするると？」

「じきに分かる。十兵衛どのが乗り込んでくればはっきりしよう。それよりも気取られるな。船の上では逃げ場がない」

九郎は言って耳を澄ませた。櫓の音に混じって怪しい水音を耳にしたのである。

音は船尾からだった。九郎はそっと窺《うかが》った。黒い影がゆっくりと船尾を這《は》い上がってくる。九郎は息を止めて待ち構えた。

7

〈何者だ？〉

左甚五郎の配下の乱破なら船尾より忍び込むわけがない。と言って柳生十兵衛たちとも思えなかった。彼らの船は将軍の巨大な御座船である。接近すれば必ず分かる。

〈敵でも、味方でもなし、か〉

九郎は物陰に身を潜めた。この場はやり過ごすのが賢明と見た。

とん、と黒い影が船尾に立った。男は下穿《したば》き一つの裸身であった。頭に荷を結んでいる。気配を窺いながら男は荷を解いた。手早く着物を纏《まと》う。腰に差した異様に長い刀を認めて九郎には相手の見当がついた。天竺徳兵衛である。徳兵衛は身支度を整えると、そっと窓に近付いて船室を覗《のぞ》いた。高尾はすでに船室から姿を消している。

〈徳兵衛がなぜここに?〉

九郎は訝《いぶか》しみながらも息を殺していた。

徳兵衛は別の荷を広げた。革袋を取り出して船尾に撒《ま》きはじめた。火薬に違いない。奇妙な男だ、と九郎は思った。しかし、少なくともこれで敵でないことだけは判明した。

〈が……〉

今ここで騒ぎを起こされるのはまずい。十兵衛たちが到着するまでは、なんとか持ち堪《こた》える必要があった。徳兵衛が火打ち石を手にしたのを認めて九郎は決心した。

気配に徳兵衛はぎょっと身構えた。

「舫九郎だ」

九郎は低い声で言って制した。

「やはりあんただったか」

徳兵衛は安堵《あんど》の顔で頷いた。

「どっか似ていると思ったが、いくらなんでも彫り物を背中にしているとは信じられなくてな。他人の空似とばかり」

「では、港からこの船を？」

「長兵衛の間抜けは騙《だま》されたようだが、こっちは嘘《うそ》にゃ馴《な》れている。そのまま船宿を見張っていたのさ。そしたら案の定このざまだ。水島金太夫も連中の仲間になったらしい。こうなりゃ船を燃やしちまうしかねえと」

「しばらく待て」

「待てばどうなる」

「こちらも罠と承知。やがて十兵衛どのが現われる。今夜でケリをつける」

「沖に見えた火は？」

「恐らく十兵衛どのが襲った火だ」

「アテになるのか？」

「半刻《はんとき》もすれば分かる。それが過ぎても現われぬ場合は二人でやるしかあるまい」

「小舟をこの船に繋《つな》いである。火を放って逃げるが楽だぜ。海に飛び込んだやつらをこいつで狙《ねら》うが一番さ」

徳兵衛は懐《ふところ》ろの短筒を見せた。

「水島金太夫の命さえ取れば話はふりだしだ」

「宝を狙っていたのではないのか?」

「暮らしには困らねえんでな。ちゃんとしたやつに渡るってんなら手助けしねえでもないが、どうやらロクでもねえ野郎どものようだ」

「だれに使われている?」

「だいぶ前に手を切った。ひょっとして骨のある野郎かと思っていたが、結局は金欲しさと分かった」

「名は?」

「由比《ゆい》正雪」

「楠正成《くすのきまさしげ》の血筋と言われる蘭学者《らんがくしゃ》の?」

九郎は問い返した。

「俺《おれ》の睨みでは食わせ者だな。野郎のところには島原を逃れた浪人どもも厄介《やっかい》になっている。それで宝の話を聞き込んだんだ。口じゃ浪人救済の資金にするとか言っていたが、その気はないと見たぜ。てめえの遊ぶ金が欲しいだけだ。そいつが分かったんでおさらばしたのよ。俺も島原にゃ多少の縁がある。もしやと信じた俺が甘かったのさ。確かに軍資金は必要だろうが、順序が逆だ。天下をひっくり返すつもりがあるなら、金よりも先に心意気だ。人は金についてくるんじゃねえ。金なんぞは後でなんとでも工面ができる。最初に金を口にするやつになにができる?」

「野郎はそう言っていたぜ。まあ、無理だろう。頭はいいが口先ばかりの男だ」

徳兵衛は吐き捨てるように言った。

「二匹の大魚が網にかかったというわけか」

九郎は苦笑した。

「てと？」

「皆が踊らされていたということだ。知恵伊豆の描いた図面の上をな」

「なんの話だ？」

「天下を覆《くつがえ》す？」

「膿《うみ》を出してしまう腹だったに相違ない」

その九郎の言葉が止まった。九郎の目は沖に向けられていた。闇の中に小さな明りが見える。小さいが幾つかの明りの集まった光だった。

「あれか？」

徳兵衛も見やった。

「明りを点《とも》したまま来るなど、いかにも十兵衛どのらしい」

「悟られて港に戻られはしないか？」

徳兵衛は案じた。

「この凪のない海では櫓を持つ船の方が速い。その前に追い付くはずだ」

九郎は請け合った。

「この船の構えはどうなっている?」

「鉄砲が十ばかり。十兵衛どのが参られる前に片付けておく方が楽かも知れぬ」

九郎の言葉に徳兵衛は頷きながら、

「これを持て」

短筒を手渡した。

「十兵衛たちの船に気付いて騒ぎはじめたら俺がここに火を放つ。と同時にそっちも。俺は船底に押し入って舵取《かじと》りを襲う。あんたの腕なら心配もあるまいが、なんとかそれまで敵を甲板に引き付けていてくれ。舵さえ壊せば動きが取れなくなる」

九郎は承知した。

8

「得体の知れぬ船だ」

明石志賀之助は覗いていた遠眼鏡を左甚五郎に渡しながら舌打ちした。

「常豊丸の燃えた方角から来るのも気懸りにござりまするな」

甚五郎も不安を隠さずに言った。遠眼鏡を用いずとも甚五郎には見える。

「まさかとは思うが……」

「黒嵐と紅嵐が戻りませぬ。あるいは十兵衛や舫鬼九郎の乗る船やも」

甚五郎が言うと志賀之助も首を振って、

「にしても奇態な船じゃ」

暗い海に目を戻した。

「恐らく将軍家の観覧船……」

「将軍家の！」

「家光さまも覚悟を決めたのでござろう。これまでは柳生が陰で動いておるだけにござったが……今宵《こよい》よりは表から攻める所存かと」

「天下の割れるのを承知の上でか！」

志賀之助は青ざめた。

「だが……なぜ十兵衛にこの船のことが知れた？　うぬの手下の口か」

「口を割るような者どもにはござらぬ。もし十兵衛たちの船と決まれば……」

「決まれば？」

「罠に嵌められたのはこちらということに」

「たわけたことを。策を講じたのは我らぞ」

志賀之助は信じなかった。

「それとも、敵に通じる者がおるとでも」

「いずれはっきりいたしましょう。心当たりがないわけではござらぬ」

甚五郎の目は船縁に立つ水島金太夫に注がれていた。

「ともかく正念場にござるぞ。この海の上では互いに逃げ場がござらぬ。十兵衛の狙いもそこにあると存ずる。ここで我らが敗れれば、もはや言い逃れも許されますまい。敵のすべてを討ち果たすしか道はありませぬ」

甚五郎は志賀之助に言った。

「殿様にご迷惑はかけられぬ。万が一も考えて船を燃やす手筈《てはず》を整えよ。生き証人の一人もなければどうにもなるまい」

志賀之助は甚五郎に命じた。

「この船の者たちを殺せと？」

甚五郎は低い声で訊《き》き返した。

「お家が大事だ。島原の宝はまたの機会もある。今は殿様をお守りすることが……」

「あい分かり申した」

甚五郎は頷《うなず》いた。

「小舟の用意もいたせ。十兵衛の船と決まり次第、儂《わし》と水島金太夫とで逃れる。あの娘も一緒だ。ぐずぐずしておれば間に合わんぞ」

「それは、いかがなものでござろうかな」

甚五郎は笑った。

「それがまた命取りの種になり申す」

「……？」

「心当たりとは、あの者どものことで」

「水島金太夫が敵だとでも？」

「あるいは。儂の考え違いでなければよろしいが、どうにも話が上手く運び過ぎました」

「牢《ろう》に繋がれている間に心変わりしたと？」

「それなら牢から許されておりましょう」

「では、なんだ？」

「その返答はあの船を見極めてから申し上げましょう。でなければ信じてはいただけぬ」

甚五郎は遮《さえぎ》ると船室に向かった。この船にも火薬をたっぷりと積み込んでいた。

「や！」

甚五郎は思わず声を上げた。船尾から炎が広がったのである。甚五郎は船室の屋根に跳び乗った。炎を背にして男が立っていた。

身構えた甚五郎の背後に銃声が上がった。

甚五郎は振り向いた。

続いてもう一発。

鉄砲を構えたまま二人の男が海に落ちた。

暗がりではっきりしないが鉄砲を持つ男たちが逃げ惑っている。敵がいるらしい。

「ちっ！」

甚五郎に焦《あせ》りが生じた。目の前の男は高笑いして長い刀を抜いた。

「何者ぞ？」

甚五郎には見当がつかなかった。

「こっちにはてめえがお見通しだぜ」

「儂がだれか知っておるとな？」

「根来を率いる左甚五郎」

「ほう。柳生の者とは見えぬが……」

少しずつ甚五郎は余裕を取り戻した。

「てめえに名乗る名なんぞ持っちゃいねえが、冥途《めいど》の土産に聞かせてやろう。南蛮帰りの伊達男《だておとこ》、天竺徳兵衛たぁ俺のことだ」

「知らぬ」

薄笑いを浮かべて甚五郎は前に進んだ。

「う！」

突然、眼前を激しい炎が塞《ふさ》いだ。

「舐《な》めるなよ」

徳兵衛は笑った。あらかじめ屋根に火薬を撒《ま》いておいたのである。

「小僧！」

甚五郎は屋根を蹴《け》った。人の背丈よりも高い炎を甚五郎はやすやすと飛び越えた。

「ん？」

着地した甚五郎は徳兵衛を捜した。が、瞬時のうちに姿をくらましている。船尾から船室に通じる窓が破られていた。甚五郎は窓に突進した。船室に人の気配はなかった。窓を振り返った甚五郎に短筒が向けられていた。船室に逃れたと見せ掛けて徳兵衛は船尾の縁《へり》にぶら下がっていたのである。体を右に躱《かわ》したのと銃声は同時だった。甚五郎の左の肩は射抜かれた。気付かなければ心臓が貫かれていたはずだった。甚五郎は大袈裟《おおげさ》な呻《うめ》きを上げて床に転がった。この暗闇《くらやみ》だ。徳兵衛は仕留めたと思って確かめに来ると思ったが、それきり物音がしない。

甚五郎はゆっくりと顔を上げた。

窓に徳兵衛の姿は見えなかった。

〈しまった〉

甚五郎は立ち上がった。徳兵衛にとってこちらの命など関係のないことらしい。

〈みくびられたものよな〉

傷口を押さえながら甚五郎は苦笑いした。

左の指は辛《かろ》うじて動いた。が、満足に戦える状態ではなかった。

「甚五郎、どこだ！」

声を張り上げて志賀之助が現われた。志賀之助は肩を押さえている甚五郎を認めて、

「やはり敵の船だ。十兵衛に違いない」

珍しく動揺の色を浮かべた。

「上の騒ぎはどうなりました？」

「敵が人夫に紛れておった」

「あの彫り物の男では？」

甚五郎の問いに志賀之助は頷いた。

「只者《ただもの》ではないと感じており申した」

「とてつもない腕だ。市郎兵衛の手の者では歯が立たぬ。この上十兵衛まで参れば……」

「小舟を出している暇はありませぬな」

甚五郎は志賀之助を押し退《の》けて甲板への階段を上がった。

「覚悟するしかなさそうじゃ。志賀之助どのは船底に行って油壺《あぶらつぼ》を壊して下され。幸い敵が火を放ってくれ申した」

「舟は出せぬと？」

「殿様に迷惑をかけぬ気なれば死になされ」

冷たく言い放って甚五郎は甲板に出た。

甲板には幾つかの死体が転がっていた。

船首の方で争う音がする。甚五郎は目を凝らした。市郎兵衛の手下や越後藩の者たちに取り囲まれている男は上半身をあらわにしていた。白い肌《はだ》が眩《まぶ》しい。

〈あれは……〉

甚五郎は息を呑《の》んだ。前には油壺で顔が隠されていて見過ごしたのだ。

〈舫鬼九郎〉

甚五郎の胸が騒いだ。

短筒で二人、刀で七人を倒したというのに九郎には疲れがなかった。殺すまでもない相手である。となれば峰打ちの方が破壊力がある。たった一振りで気絶させることが可能だ。道場での立ち合いで木刀を振り回す癖がついてしまうと、真剣の場合でもついおなじことをしてしまう。形もなにもない市郎兵衛の手下はともかく、越後藩の者たちの剣はそれであった。大振りを繰り返せば必ず腕に震えがくる。九郎の剣にかすりもしないうちに息切れしている武士が目立った。

残る敵は十一人。もちろん九郎とて一度に襲われれば勝ち目はない。が、たちまち七人を斬《き》り倒した腕に敵はたじろいでいた。ただ遠巻きにして隙《すき》を窺《うかが》っているだけだ。九郎は海に目を転じた。十兵衛の乗る船は間近にあった。あと少し持ち堪《こた》えればいい。自分から攻め込む愚をする九郎ではなかった。こうして体を動かさずに敵を待つ。踏み込んでくるやつを躱すだけなら消耗も少ない。

「でやっ！」

苛立《いらだ》ったように一人が突進してきた。つられてもう一人が体を動かす。九郎は後の男を睨《にら》みつけた。男の足がすくんだ。一人を目で封じると九郎は剣を正面に突き立てた。相手は怯《おび》えて左に逃れながら飛び込んできた。九郎は腰を屈《かが》めると横に払った。したたかに腹を打たれて相手は悶絶《もんぜつ》した。

取り囲んでいる敵の輪が後退した。

「四人で四方より攻めよ」

輪の後ろから声がかかった。九郎は声の主を捜した。左甚五郎のものであった。

「一人一人でかなう相手と思うてか。四方から刀を抜け。それしか策はない」

甚五郎に鼓舞されて四人が九郎の周りに散った。四人は互いに目配せすると一気に刀を突き立ててきた。九郎はぎりぎりまで我慢した。同時と言っても必ず後先がある。左の男の刀がわずかに遅れていた。しかも切っ先がだいぶ上を向いている。見定めると九郎は左の男の剣を撥《は》ね返して胸元に飛び込んだ。瞬間入れ代わる。敵の刀がその男の胸を貫いた。摑《つか》んでいた男を前に倒すと今度は右に跳んで敵の頭を割った。もう一人は床に折り重なっている二人に躓《つまず》いて転がった。すかさず九郎はその男の利《き》き腕《うで》を潰《つぶ》した。

一瞬のうちに三人。残る一人は仲間の死体の下でもがいている。恐れが敵に広がった。

「頼みにならぬ者どもだ」

苦々しい顔をして甚五郎は前に出た。

「舫鬼九郎……ひさしぶりじゃの」

「………」

「首まで隠す異様な衣は彫り物を見せぬための用心であったか」

「甚五郎どの……覚悟をなされたようだな」

「覚悟など常のことじゃ。そうでなくては役目が務まらぬ」

甚五郎は懐《ふところ》ろより鉄の筒を取り出した。左右に振る。両刃の刃物が両端から飛び出た。鉄の筒には太い縄《なわ》が巻かれていた。甚五郎は筒を頭上に放った。回転しながら縄が伸びた。伸び切ると筒が落ちてくる。甚五郎は器用に筒を受け止めた。

「儂の双月を見事躱しきれるか」

甚五郎は筒を構えて迫った。

「短筒などよりも速いぞ」

言うなり甚五郎は筒を投じた。びゅうう、と縄が風を切る音がした。九郎は峰で筒を弾《はじ》いた。痺《しび》れが指に伝わった。筒はすでに甚五郎の手に戻されている。

「今のはほんの小手調べぞ」

それは九郎も察していた。自分との距離を計ったに過ぎない。じりじりと九郎は引き下がった。真昼ならまだしも、この暗闇に黒い鉄の筒だ。咄嗟《とっさ》には策が思いつかない。見抜いた甚五郎はふたたび襲った。真っ直ぐ胸元を狙《ねら》ってくる。同時に九郎は刀を甚五郎目掛けて投げた。縄を操る腕に乱れが生まれた。筒は屈んだ九郎の面前で角度を変えた。頬《ほお》を切っ先がかすする。床を転げながら九郎は倒した相手の刀を奪うと体勢を整えた。

「うぬっ！」

辛うじて九郎の刀を逃れた甚五郎は激しい屈辱に襲われた。

「お待ち！」

甚五郎の背後から女の声がした。

「動くとあの世行きだよ」

「貴様……やはり」

短筒を構えている高尾を認めて甚五郎は歯嚙《はが》みした。囲いが崩れる。高尾は甚五郎の胸に銃口を向けながら九郎の側《そば》に駆け寄った。

「助かった」

九郎は高尾に礼を言った。

「そいつを海に捨てて貰《もら》いましょうかね」

高尾は甚五郎に命じた。

「なぜ殺さぬ？」

「十兵衛どのに引き渡す」

代わりに九郎が応じた。

「明石志賀之助はどこだ？」

「自分で捜すがよい！」

甚五郎は筒を空に投げ上げた。帆柱に刃が突き刺さった。それを支えに甚五郎は跳んだ。縄が張る。船首から船尾へと一瞬のうちに甚五郎は逃れた。高尾の短筒が火を噴いた。

聞こえたのは悲鳴ではなく笑いだった。

「まだ一発あるよ！」

身構えた男たちを高尾は一喝《いっかつ》した。

「燃やす気だな」

九郎は大量に運び入れた油壺の意味を悟った。まさかのための用意であろう。

「旦那《だんな》！　無事ですかい」

海の方から声が聞こえた。屋形船が目の前に近付いている。その大屋根の上に長兵衛が立っていた。剛海や権兵衛の姿もある。

「急げ！　やつらは船を燃やすぞ」

九郎は促すと正面の敵を蹴散らして船底を目指した。どどうん、と船同士がぶつかる衝撃があった。九郎は床に両手をついた。

「どうやら間に合った」

真っ先に船縁を飛び越えてきたのは十兵衛だった。だが、十兵衛は九郎の背中から手首にかけてびっしりと埋められた彫り物を認めて声を失った。もちろん絵の具で描いたものではない。

「愛染明王《あいぜんみょうおう》……か」

十兵衛は仏の絵姿と知ってさらに驚いた。愛染明王は緋《あか》い炎を背負っていた。白く抜けるような九郎の肌に似合った緋《ひ》の衣だ。

「ますます貴公が分からなくなったな」

十兵衛は現実に戻るとすべてを後回しにして九郎の腕を取った。

「船はともかく、明石志賀之助だけは生きて捕らえねばならぬ。あやつを逃せば生き証人がいなくなる。それでは苦労の甲斐《かい》がない」

「船底には天竺徳兵衛がいるはずだが」

「天竺徳兵衛！　あの男がなぜここに」

十兵衛は目を剝《む》いた。

「それより、最前から水島金太夫の姿も見えません。恐らく甚五郎には水島金太夫が十兵衛どのの手の者と見抜かれておりましょう」

「儂の？」

「この期《ご》に及んでまだそれを？」

九郎が言うと十兵衛も苦笑して、

「話は後だ。急がねば火が回る」

船底に走った。九郎も続く。

「くそっ！　まんまと謀《はか》られた」

神力丸に十兵衛たちの船が横付けされるのを見届けた黒嵐は喚《わめ》き散らした。

「どうして十兵衛にこのことが知れた？」

紅嵐も啞然《あぜん》として船を見上げた。

「理由などはどうでもいい。大事なのは頭領の身だ。十兵衛たちにかかれば越後の武士どもなど敵ではない。お救いせねば」

「と言ってなにができる？」

紅嵐は振り向いた。小舟に移したところで敵の屋形船の速さにかなうべくもなかった。

「暗闇の助けを借りるしかあるまい。運があれば岸にまで辿《たど》り着ける。浅瀬に入ればこっちのもんだ。十兵衛の狙いは水島金太夫と見た。たとえ頭領一人が逃れたとて、直《す》ぐには追ってこまい」

「どうやって頭領に繋《つな》ぎを？」

「俺《おれ》が行く。うぬは舟を漕《こ》いで敵の船とは反対側につけろ。必ず捜してお連れする」

黒嵐は言うと海に飛び込んだ。


その頃《ころ》、十兵衛と九郎は火薬樽《だる》を抱いた志賀之助と船底で対峙《たいじ》していた。志賀之助の右手には太い蠟燭《ろうそく》が握られていた。多少の風程度では消えない。

「ともどもに死にたいか？」

志賀之助は哄笑《こうしょう》した。

「これに火をつければ船が吹き飛ぶぞ。死にたくなければ上の者どもに命じろ。命は無《む》駄《だ》にするでない」

「引き払えば、なんとする？」

十兵衛は刀を鞘《さや》に収めながら言った。

「この場は逃れられても、もはや越後と忠直さまへのお咎《とが》めは避けられぬと知れ」

「なんの証拠があってのことだ」

志賀之助は嘲笑《ちょうしょう》した。

「貴様らを船から追い払うのを儂の小心と侮《あなど》っているのではあるまいな」

「……………」

「瘦《や》せても枯れてもこの明石志賀之助、おのれの死に場所ぐらいは心得ておる。柳生の手の者と心中いたせばただでは済むまい。たとえ証拠がなくても越後の船というだけでお咎めは必定。それがうぬらのやり方であろう。しかし、我らのみが死ねば……確証もなしに天下の忠直さまを責められるわけがない」

「船もろともに死ぬと？」

「疑うならここで見届けることだな。死ねばどうでもいいことだ。儂の親切が分からぬのなら仕方あるまい。それも運命ぞ」

志賀之助は蠟燭を樽に近付けた。

「待て」

慌《あわ》てて十兵衛は押し止《とど》めた。

「いかにも無駄に命を捨てさせるわけにはいかぬ。上の者どもは船に戻そう」

「ならばさっさといたせ！」

志賀之助は十兵衛を怒鳴った。

「上の者は戻すが……拙者は地獄へお供いたそう」

ぎろりと十兵衛は志賀之助を睨んだ。

「そちらが日下《ひのした》開山なら、こちらとて天下に隠れなき柳生。死を恐れたとあれば先祖に対して申し開きが立たぬ。九郎どの。済まぬが上の者どもに引き揚げるよう伝えていただきたい」

十兵衛は言うと志賀之助の前に胡座《あぐら》をかいた。志賀之助はさらに蠟燭を近付けた。

九郎は十兵衛と志賀之助とを交互に見やった。十兵衛には笑いさえ見られた。

9

九郎は甲板に飛び出すと船への引き揚げを命じて、ふたたび船底に戻った。

「情けで申したのだ。残っておれば、我が身とともに命を失うだけぞ」

慌ただしい甲板の足音を聞きながら志賀之助は嘲笑《あざわら》った。

「この男も地獄へ連れて行かねばなりませぬ」

階段を下りてくる甚五郎の声が聞こえた。甚五郎は水島金太夫の襟首《えりくび》を摑《つか》んでいた。

「まんまと騙《かた》られましたな」

「騙られた？」

志賀之助は不審の目を甚五郎に注いだ。

「島原の宝など幻にござるよ。すべては柳生の仕組みしこと。それに我らが踊らされていたに過ぎませぬ」

「バカを申せ。宝は必ずある」

「さよう。どこかには……しかし、この男の案内せし道は紅蓮の地獄道。儂も明石志賀之助どのとこやつが古い馴染《なじ》みと聞かされて、うっかり嵌《は》められてしまい申した」

「……」

「ましてや、何年もキリシタン牢《ろう》に繋がれておる。いくらなんでも罠《わな》ではあるまいと」

「罠？　なんのことぞ」

「この期に及んでもまだ分からぬか」

甚五郎は呆《あき》れた顔で志賀之助を睨《にら》みつけ、

「この男の手引きなくして、なぜに柳生がこの船を突き止められる？　明石どのは何年も前からこやつに目をつけられていたのじゃ」

「なんのために？」

戸惑った目で志賀之助は質《ただ》した。

「水島金太夫は幕府が放った草忍《くさ》にござろう。恐らくは島原の動向を探らせるため。それで長崎に古くから潜り込んでいたに相違ない。そうとも知らずキリシタンどもは、この金太夫を頼りとしていた。島原の様子が筒抜けになっていたという噂《うわさ》があるが、それらは皆、金太夫のごとき草忍のせいでござる」

甚五郎は金太夫を船底に蹴《け》り落とした。

「牢獄に押し込めたのも、幕府の草忍であったと悟られぬため。戦さにケリがついたと申しても残党は国中に散らばっておる。あわよくば二度三度の勤めをさせる腹であったに違いない。そこに島原の宝の噂が広まった。ここからは儂の考えに過ぎぬが……」

甚五郎は十兵衛と向き合った。

「宝の秘密を、この水島金太夫が握っておると密《ひそ》かに流せば……餌《えさ》に食い付いてくる大魚もおりましょう。幕府に敵対いたしたキリシタンの宝を得ようとする者は、すなわち幕府にとっての敵。幕府はこれを機会に敵を見定めようとしたのでござる」

「まことか！」

志賀之助は額に青筋を立てた。

「実際に島原の者たちに便宜を図り、なおかつキリシタン牢に何年も繋がれている水島金太夫であれば、だれもが、さもあらんと信ずる。ことに、長崎にて金太夫と懇意にしていた志賀之助どののようなお方であれば、騙《だま》されて当たり前であろう。まだお疑いのようじゃが……草忍とはそういうものにござってな。場合によっては親子二代にわたって潜りおる者どもも。戦場で働くだけが乱破の勤めではありませぬぞ」

「うぬ！」

志賀之助は火薬樽を抱えたまま金太夫の髷《まげ》を摑むと頭を床に押し付けた。

「はじめから、たばかったと申すか！」

「なにを申される……たわごとじゃ」

金太夫は必死に抗弁した。

「金太夫が預かって江戸に逃したという女、ここにおる舫鬼九郎の仲間にござった」

「おのれ」

甚五郎に聞かされた志賀之助は金太夫の背中に片足を乗せて押さえると、思いきり髷を引いた。ぶちぶちっと厭《いや》な音がした。金太夫の白髪《しらが》混じりの髷が毟《むし》り取られた。金太夫はさすがに悲鳴を上げた。

「ようもこの志賀之助を……うぬだけは勘弁ならぬ。ここで首を引き千切ってやる」

志賀之助は左手で金太夫の首を摑んで目の高さにまで持ち上げた。

「役目を果たしただけのこと。たばかられたおぬしに目がなかったと諦《あきら》めるんだな」

十兵衛はわざと挑発《ちょうはつ》した。

「もともと罪科《つみとが》なければ恐れることもあるまい。牢屋に繫がれていた水島金太夫に手を出したのはおぬしではないか。それを、騙られたなど、盗人猛々《たけだけ》しいとはおぬしのことよ」

「貴様ぁ！」

志賀之助は金太夫を床に叩《たた》きつけた。

「おぬしを目当てに用いた策ではない。おぬしが自ら網にかかってきたのだ」

十兵衛は不敵に志賀之助を見上げた。

「ついでに申しおく……おぬしの背後にどなたがおられるか家光さまもご承知の上は、確証など無用と心得るがよい。いかにもおおやけの咎めはむずかしかろう。が、いったん吹き出た芽は隠されぬ。おぬしが死んだとて無意味と覚悟いたせ」

「………」

「どこまで我らが承知か気になるようだな」

十兵衛は笑った。

「いくら制外の家格といえども、忠直さまと越後だけではなにもできまい。にもかかわらずご府内で鉄砲を放つなど、数々の人目を気にせぬ振る舞い。必ず他に支援いたすお方がおられるに違いない。その見当がつかぬゆえにおぬしらを泳がせておいたのだ。が……」

十兵衛が睨むと志賀之助は後退した。

「そういうことだ。あのお方の手助けについても家光さまはご承知。忠直さまと同い歳《どし》のお方と言えば、おぬしには分かろう」

十兵衛は九郎の耳を気にして、その名を明かさなかった。だが志賀之助には通じた。

「あのお方を罰せられると申すか?」

「そのつもりはない」

十兵衛は遮《さえぎ》った。

「すべてを承知、と家光さまがあのお方に耳打ちいたせば、それで終わりだ。あのお方とて忠直さまへの肩入れをお止《や》めになるだろう」

十兵衛の言葉に志賀之助は震えた。

「どうした。遠慮は要らぬ。火薬に火をつけるがいい。おぬしが死のうが生きようが、もはやなに一つ変わらぬ。それは拙者とておなじでな。酔狂に地獄への同道を申し出ただけに過ぎぬ。天下の日下開山に共連れがなくては寂しかろう。太刀持ちはこの柳生十兵衛が引き受ける」

十兵衛の付け足しがとどめとなった。志賀之助は絶句したきり胡座をかいた。

「けっ、またたぶらかされおって」

甚五郎は床を蹴り上げると志賀之助の抱いていた火薬樽を叩き落とした。蓋《ふた》が壊れて火薬が床に撒《ま》かれた。甚五郎は素早く火打ち石を手に身構えた。

「騙られた上、十兵衛ごときの口車に乗るとは、呆れた間抜けよな。十兵衛がここに残ったのは、うぬという証人欲しさだ」

「なにをする！」

十兵衛が止める間もなく甚五郎は火薬に火を放った。火薬は青白い火花を散らして、たちまち広がった。

「ことが露見したからには、もはや松平忠直、アテにはせぬ。が、心中する気もないわ。しかし志賀之助、うぬだけは地獄に行け」

甚五郎は傍《かたわ》らの油壺《あぶらつぼ》を志賀之助に投げつけた。志賀之助は油を頭から被《かぶ》った。

「しまった！」

一瞬のうちに炎の柱となった志賀之助を認め十兵衛は歯噛《はが》みした。甚五郎の笑いが船底に残った。九郎は志賀之助に突進すると刀を一閃《いっせん》させた。志賀之助の帯が落ちた。また一閃。炎を上げる着物が志賀之助から離れて舞う。志賀之助は九郎の助けを求めた。

「無理だ……間に合わぬ」

十兵衛が九郎に言った。炎はすでに志賀之助の髪まで燃やしていた。

「楽に……してくれ」

志賀之助は燃える腕を九郎に差し出した。

九郎は十兵衛を振り返った。十兵衛の頷《うなず》きを見て九郎は炎の柱へ踏み込んだ。

炎は分断された。志賀之助の首がごろりと落ちた。首は床の火薬を燃やしながら転がった。船底は炎で明るく照らされている。

「油壺に火がまわる。急げ」

十兵衛は九郎と金太夫を促した。

「どこかに天竺徳兵衛がいるはずですが」

「抜け目のない男だ。察していよう」

十兵衛はそう言って階段を上がった。炎はますます激しさを増していた。

結縁

1

「頭領、ご無事で！」

船尾から船に上がった黒嵐《こくらん》は船室より飛び出してきた甚五郎《じんごろう》とかち合った。

「遅かったぞ」

甚五郎は怒鳴りつけた。

「紅嵐の舟があちらに」

黒嵐は敵の屋形船の見える船縁《ふなべり》とは反対の海を示した。

「すべてが柳生《やぎゅう》の罠《わな》であった。こと破れたり。忠直は見限る他にない」

甚五郎は黒嵐と甲板を走った。

「そうはいくかよ」

頭上から蝙蝠《こうもり》のような影が飛んできた。

「てっきり、おっ死《ち》んだとばかり思っていたがな。案外しぶといじじいじゃねえか」

「天竺徳兵衛《てんじくとくべえ》！」

甚五郎はぎりぎりと徳兵衛を睨《にら》みつけた。

徳兵衛の銃口は甚五郎を狙《ねら》っていた。

「一人に二度撃つのは、てめえがはじめてだ。俺《おれ》の短筒を外したとは、自惚《うぬぼ》れていいぜ」

「こやつは？」

黒嵐は甚五郎の前にまわって質《ただ》した。

「鬼九郎とつるんでいる雑魚《ざこ》よ」

「ほざきやがれ！」

徳兵衛の短筒が火を噴いた。が、それと同時に短筒は弾《はじ》き飛ばされた。黒嵐の背中に隠れた甚五郎が咄嗟《とつさ》に鉄の筒を投じたのである。弾丸は黒嵐の頬《ほお》をかすめた。黒嵐は隙《すき》を逃さず宙に跳んだ。懐《ふとこ》ろ手にしていた手裏剣を続けざまに放つ。徳兵衛はそのうちの二本を左の腕で受けた。徳兵衛の腕には鎖かたびらが巻かれていた。腕を払うと手裏剣が落ちた。

「食らえ！」

甚五郎はふたたび鉄の筒を飛ばした。筒の両端から鋭い刃が飛び出た。筒は回転しながら徳兵衛を襲った。徳兵衛は長い刀を引き抜くと甲板に突き立て、柄《つか》を支えに床を蹴《け》った。くるくると鉄筒の縄《なわ》が刀に巻き付いた。着地した徳兵衛は刀を引いた。ぴいんと縄が張る。

「今だ！　殺《や》れ」

甚五郎が叫んだ。徳兵衛の動きは止まっている。黒嵐が背後から突進した。

「ぐえっ！」

黒嵐は顎《あご》をしたたかに弾かれて後ろに飛ばされた。甚五郎は啞然《あぜん》となった。

「生憎《あいにく》だったな」

徳兵衛は左手に握っている道具を得意気に掲げた。小さな箱であった。

「こいつぁ紐《ひも》のついた鉤《かぎ》を空に飛ばす道具さ。枝に引っ掛けた後に俺を空に引き上げてくれる。まさか、こういう具合に役立つとは思わなかったがな」

箱から発射された鉤が黒嵐の顎を打ち砕いたのである。徳兵衛は笑いながら箱を振った。するすると紐が箱に戻った。鉤もかちゃりと音をさせて収まる。徳兵衛はその箱を甚五郎に向けた。

「短筒に較《くら》べりゃガキの玩具《おもちゃ》みてえなもんだが、てめえの目くれえは潰《つぶ》せるぜ」

甚五郎は手にしていた縄を捨てて退いた。

「左甚五郎……惜しいな。猿《さる》や猫《ねこ》だけを彫っていりゃ畳の上で死ねたものをよ」

その徳兵衛の膝《ひざ》が崩れた。

黒嵐だった。黒嵐が足に取り付いたのだ。徳兵衛は鉤を甚五郎に向けて発射した。辛《かろ》うじて避けた甚五郎の目に、船室から上がってくる十兵衛と九郎が映った。甚五郎はそのまま船縁に走ると海に飛び込んだ。

「黒嵐、恩に着るぞ！」

甚五郎の声が海に消えた。

「くそっ」

徳兵衛は黒嵐と床を転げながら喚《わめ》いた。

甚五郎が逃れたのを見届けた黒嵐は徳兵衛から腕を離して立ち上がった。船底より黒い煙が噴き上がってくる。

黒嵐は手近に徳兵衛の落とした短筒があるのを見付けた。素早く拾うと、

「動くな！」

徳兵衛や十兵衛たちに叫んだ。

「ともに冥途《めいど》へ同道してもらう」

「弾は一発きりだぜ」

徳兵衛は苦笑いした。

「顔触れを見てから言いやがれ。一発で俺たちを抑えきれると思ってるんじゃあるめえな。命を惜しむヤワな野郎は一人もいねえんだ。なんなら俺から撃って貰《もら》おうかい」

「………」

「第一、火縄が消えてるじゃねえか」

言われて黒嵐は短筒に目をやった。そこに十兵衛の小柄《こづか》が飛んだ。黒嵐は短筒を取り落とした。九郎はすばやく退路を断った。

「間抜けめ。火縄の燃える臭《にお》いにも気付かねえで俺の誘いに乗るたぁ」

徳兵衛は肩で風を切った。

「のんびりと相手をしている暇はない」

十兵衛は黒嵐に向かって刀を抜いた。

「どれほどの腕か知らぬが、拙者と舫《もやい》九郎を敵に回して勝てるとは思うまい。それでも命が要らぬと言うなら刀を抜け」

「おうさ。柳生十兵衛、相手にとって不足はない。根来《ねごろ》の技を見せてやる」

黒嵐はぎらりと腰の刀を抜いた。

「ほう。言うだけあって、なかなかの腕だ」

十兵衛は下段に構えた。黒嵐もおなじ構えをした。そのまま互いににじり寄る。十兵衛は腰を落とすと切っ先を右に傾けた。黒嵐もまた真似《まね》る。黒嵐は薄笑いを浮かべた。

「根来剣法……移し身」

「移し身？」

「たった今思いついた術だ。うぬの剣を盗めば相討ちとなる。人に伝えられぬのが残念だ」

「そういう乱破《らっぱ》がいたと伝えよう。安心して死ぬがよい」

十兵衛は試みに正眼から上段へと構えを動かした。見事なほどについてくる。もともとの腕がなければ不可能な技であった。苦笑いして十兵衛はだらりと剣を下げた。怪訝《けげん》な顔をしながら黒嵐も腕の力を抜いた。

「柳生の剣は身を守る剣。攻めてくる相手には鬼神の働きをするが……おぬしが真似て攻めてこぬでは致し方ないな。それでは剣を捨てて組み討ちしかあるまい」

十兵衛は剣を捨てる形のまま、黒嵐に近付いた。黒嵐もおなじ形で前に進んだ。

「十兵衛！　本気か」

黒嵐の目には不審が渦巻《うずま》いていた。

「同時に剣を捨てよう」

腕を伸ばせば届く近さにまで接して十兵衛は握っていた指の力を緩めた。剣先がふらふらと揺れる。黒嵐の目は剣先に動いた。

十兵衛はふわっと指を離した。とん、と切っ先が床に突き刺さった。

「たわけめがっ！」

黒嵐は柄を握り直すと上段から十兵衛の頭目掛けて振り下ろした。

十兵衛はするりと脇《わき》に逃れた。十兵衛の指には小刀が握られていた。黒嵐は信じられぬ顔をして自分の腹を見やった。

ぶわっと臓物が食み《は》出た。夥《おびただ》しい血が噴き出た。黒嵐は十兵衛を振り向いた。

「柳生の剣は身を守る剣。それに、接近戦では小刀が有利というのを忘れたな」

十兵衛はゆっくりと小刀を鞘《さや》に収めた。

「うぬも刀を捨てれば抜くまいと思ったに。しょせん乱破の性《さが》よな」

その言葉も聞こえぬように黒嵐は倒れた。

「噂《うわさ》以上の腕だなぁ」

徳兵衛は額の汗を拭《ぬぐ》って言った。

「どっちが勝つ？」

徳兵衛は十兵衛と九郎とを見較べた。

「前には拙者が不覚を取った」

十兵衛が答えた。

「だが、もうやり合うことはあるまい」

それに九郎も笑いで応じた。

その瞬間――

船底が爆発した。三人は甲板を転がった。

「まだ火薬を隠していたか！」

十兵衛は舌打ちした。

「火に巻き込まれるぞ。海へ！」

言うなり十兵衛は海に飛んだ。九郎と徳兵衛も続く。巨大な火柱が上がったのは同時だった。九郎は爆風に煽《あお》られた。九郎の背中は真っ赤に燃えていた。愛染明王の真紅の炎が火柱の炎を映して、さらに輝いていた。

三人は暗い海面に顔を出した。

正面には屋形船が見える。

「俺も乗せてってくれるんだろうな」

徳兵衛は九郎の肩に手を置いた。

「にしても……あんたの正体ばかりは分からねえ。彫り物を背負った武士《さむれえ》ってのも面妖《めんよう》だが、その上、寛永寺に寝泊まりしてやがる」

「そっちこそ」

九郎は返した。この時代に南蛮帰りの無頼の徒など聞いたこともない。

「おいおいとな……苦労話を聞かせてやるぜ」

徳兵衛は寒そうに体を震わせると抜き手を切って十兵衛と九郎の先に進んだ。

2

それから半月が過ぎた。

所は江戸城北の丸・竹橋御殿。

その夕刻、将軍家光上覧の薪能《たきぎのう》が、この奥庭にしつらえられた舞台にて催された。

将軍上覧となれば老中をはじめ常溜間詰《じょうだまりのまづめ》を申し付けられている彦根《ひこね》、会津《あいづ》、高松の三藩の当主、それにご三家である水戸、尾張《おわり》、紀伊《きい》の藩主の陪席が常例であるのに、この日の顔触れはことのほかに奇妙であった。

御簾《みす》の奥の御座所には家光がのんびりと胡座《あぐら》をかいている。その手前の座敷には家光の乳母であった春日局《かすがのつぼね》と奥女中が七、八人。

薪能の名目は今年で六十五歳となった春日局の祝いであった。

御座所の左手の部屋には竹橋御殿の主、天樹院と、特別に招かれた松平忠直、そして忠直の息子の松平越後守《えちごのかみ》。

右手の部屋には寛永寺を預かる天海僧正、柳生但馬守宗矩《たじまのかみむねのり》・十兵衛親子、加えて老中ではただ一人招かれた松平伊豆守《いずのかみ》。

まさに異例の顔触れであろう。

さらに不思議なのは庭に控えて舞台を眺《なが》めている男たちだった。大半は柳生に仕える者たちである。しかも、その中に寛永寺の僧侶《そうりょ》を装い畏《かしこ》まっている幡随院《ばんずいいん》長兵衛と唐犬《とうけん》権兵衛《ごんべえ》の姿も見える。

宵闇《よいやみ》に助けられ長兵衛と権兵衛の顔は隠されているものの、二人の体は小刻みに震え、額からは冷や汗が噴き出ていた。無論、能を観《み》るのははじめてのことである。ただでさえ難解であるのに、目をわずかに動かせば将軍の顔を盗み見られる場所にいる。激しい緊張と恐るべき退屈さに二人は地獄の責め苦を味わっている気分さえ抱いていた。

番組は荘重に進められた。

いよいよ最後の演目と知って長兵衛と権兵衛はほうっと溜《た》め息《いき》を吐《つ》いた。足は痺《しび》れて感覚がない。

〈なんだって、こんな席に……〉

長兵衛は胸の底で悲鳴を洩《も》らしながら九郎を恨んだ。はじめは将軍上覧の薪能を観られると知って天にも昇る喜びを覚えたが、今はむしろ後悔の方が大きい。

〈旦那《だんな》も旦那だ〉

てっきり九郎も一緒だと思っていたのに、どこを探しても九郎の姿が見当たらない。

〈詰まらねえのを承知でおいらたちを〉

代わりに招かせたのかも知れなかった。

だが、この苦痛も間もなく終わる。気力を振り絞って長兵衛は舞台を見守った。

舞台には一段高い畳台が置かれた。

「物の怪《け》の話は祝いに似合わぬであろうが」

いきなり御簾の奥から家光の声がした。

「特に所望いたした。それも趣向であろう。忠直どのにもきっと気に召されよう」

名を呼ばれて忠直は平伏した。

目敏《めざと》く様子を窺《うかが》った長兵衛は、その目を十兵衛に動かした。十兵衛の口許《くちもと》には微《かす》かな笑みが浮かんでいた。

〈こいつぁ、なにかあるぜ〉

恐らく、演目の中に謎《なぞ》が秘められている。

長兵衛は身を乗り出して舞台に集中した。

始められたのは『土蜘《つちぐも》』であった。と言っても長兵衛には演題さえ分からない。

舞台には病身らしい高貴な身分の男と、その従者らしき男が登場した。畳台の上に病身の男が着座する。左肩には白い小袖《こそで》を羽織り、いかにも力ない風情《ふぜい》だった。そこに一人の女が現われた。女は胡蝶《こちょう》と名乗った。頼光が病に苦しんでいると耳にして帝《みかど》の命により薬を持ってきたと説明する。長兵衛にも頼光は馴染《なじ》みの名前だった。大江山の鬼退治で名高い源頼光に違いない。女は従者に案内されて頼光の許に進む。頼光は帝からの使いと聞いてありがたがったものの、とても薬では助からぬと嘆く。どうもこれはただの病ではないようだ。頼光は訴えるが、女は、天下の頼光さまが気弱なことを、と取り合わない。女と従者が舞台から立ち去ると、入れ代わりに怪しげな僧侶が出現した。頼光も不審な目で見詰める。名を質《ただ》しても正体を明かさない。と、僧侶は両手から白い糸を放って頼光の体を包んだ。頼光はもがきながらも傍《かたわ》らの刀を抜くと僧侶の背中に斬《き》りつけた。僧侶は慌《あわ》ててその場を逃れた。声を聞き付けて若武者が舞台に駆け寄ってきた。

〈ん？〉

面で隠されているが、その若武者の背格好にはどこか見覚えがあった。長兵衛はさらに舞台に見入った。

若武者の問いに頼光はことのあらましを伝えた。恐らくこれまでの病の原因は今の物の怪《け》のせいであろう。蜘蛛《くも》のように千筋の糸を放つ化け物であった。幸いにも傍らの刀を揮《ふる》って化け物の背中を傷付けた。そこに血が滴《したた》っている。その血を辿《たど》れば必ず化け物の隠れ家を突き止めることができるに違いない。頼光の言葉に頷《うなず》いた若武者は刀を手にして物の怪の後を追う。

舞台はここで転換する。頼光は退き、畳台の上には張りぼての塚《つか》が置かれた。血を辿り、手勢を引き連れた若武者は塚の前に立つ。若武者は、この塚こそ物の怪の隠れ家と確信した。

——下知《げじ》に従ふ、もののふの、下知に従ふ、もののふの、塚を崩し、石を返せば、塚の内より、火炎を放ち、水を出《い》だすといへども、大勢崩すや、古塚の、怪しき岩間の、蔭《かげ》よりも、鬼神《きじん》の姿は、現はれたり——

岩を破って飛び出た鬼神は手から糸を投じて若武者を襲う。若武者は名を訊《たず》ねた。

——汝《なんぢ》知らずや、われ昔、葛城《かづらき》山に年を経《ふ》る、土蜘の精魂なり。なほ君が代に障りをなさんと、頼光に近づき奉《たてまつ》るに、かへつて命を断たんとや——

だが若武者は糸を切って刀を身構え、

——汝、王地に住みながら、君を悩ます、その天罰の、剣《つるぎ》に当たつて、悩むのみかは、命魂《みょおこん》を断たんと——

恐れも見せずに突進した。しかし、土蜘もしぶとく応戦する。

——手に手を取り組み、掛かりければ、蜘蛛《ちちう》の精霊、千筋の糸を、繰り溜《た》めて、投げ掛け、投げ掛け、白糸の、手足に纏《まと》はり、五体を縮《つづ》めて、倒れ伏してぞ、見えたりける……然《しか》りとはいへども、然りとはいへども、神国王地の、恵みを頼み、かの土蜘を、中に取り籠《こ》め、大勢乱れ、掛かりければ、剣の光に、すこし恐るる、気色を便りに、斬り伏せ斬り伏せ、土蜘の、首討ち落とし、喜び勇みて、都へとてこそ、帰りけれ――

討ち取った土蜘の首を手にして若武者はひとしきり舞った後、

――葵色《あふひいろ》せし松が枝に、掛かりし千の白糸も、いつしか綻《ほころ》び、散りにけり――

二度高らかに謡《うた》うと、真っ直ぐに松平忠直を見据《みす》えた。

忠直は顔面蒼白《そうはく》となった。

「姉上……どうなされた」

家光は、忠直の隣りに並んで見物していた竹橋御殿の主である天樹院に声をかけた。

天樹院は荒々しく立ち上がった。

「家光どの、さぞ旨《うま》い酒でありましょうの」

天樹院、落飾前の名を千姫と呼ばれた家康の孫娘は、憎々し気に弟の家光を睨《にら》んだ。

「わらわにとって、豊臣を滅ぼせし徳川は生涯《しょうがい》の敵ぞ。それを隠し立てするわらわではない。小賢《こざか》しい諫《いさ》めなど無用と心得召され。この命が欲しくば、いつでも差し上げる」

「はて……なんのことやら」

家光はとぼけて笑顔を見せた。

「家光は姉上が好きでございます。それでこうして姉上の許に参る口実を拵《こしら》えただけに過ぎませぬ」

「さようか。なればわらわの考え過ぎじゃ」

天樹院も薄笑いを浮かべて言った。

「忠直どのも顔色が勝《すぐ》れぬようであるが」

家光は笑いを崩さずに、

「あるいはこれまでの疲れが溜まっておるのやも知れぬ。今後はゆっくりと静養なされよ」

忠直と越後守は平蜘蛛のように頭を下げた。

見守っていた天海にはじめて笑顔が戻った。笑いは少しずつ広がっていった。


「旦那、舫の旦那でござんしょう？」

長兵衛と権兵衛は家光が御殿を立ち去ると庭の舞台に戻って若武者を演じた男に声をかけた。若武者は面を外した。

「いってえ、どういう趣向で？」

九郎の顔を認めて長兵衛は質した。

「天海僧正の裁きだ。忠直どのはともかく、まさか豊臣をいまだに慕う千姫さまを罰するわけにはいかぬ。と言って知らぬフリもできぬ。それで『土蜘』を演じた。あれは天下への謀反《むほん》を示す演目だ。おぬしたちには分からなかったようだが、最後の言葉は新たに天海僧正が付け加えたもの。忠直どのに肩入れした千姫さまを暗に諌めている」

「なるほど……千の白糸が綻びたとか」

「あれで充分だろう。当分は千姫さまとておとなしく暮らされるに相違ない」

九郎は十兵衛の近付いてくるのを認めた。

「もしやと案じて柳生の手の者を集めておいたが、無駄《むだ》な心配であったな」

十兵衛も上機嫌《じょうきげん》だった。

「これでしばらくは遊んでいられる」

「旅にでもでられるおつもりですか？」

「褒美《ほうび》の金で高尾太夫《だゆう》でも身請けいたすか」

十兵衛は珍しく冗談を口にした。

「身請けはともかく、今夜は吉原で結縁の盃《さかずき》といきてえもんで」

長兵衛は十兵衛に頭を下げた。

「天徳の野郎が夕刻から待っていやすぜ」

「ほう。あの男が仲間にか」

「いきがっていても、結局は寂しい野郎だ。あの臍曲《へそま》がりじゃだれも相手にしねえ」

長兵衛が言うと十兵衛は苦笑して、

「甚五郎だけが気懸りだな。このまま引き下がりはすまい。狙《ねら》うとすれば拙者か九郎どの。となると当分は足並みを揃《そろ》えるのが……」

九郎も頷いた。

「まだまだ面白えことになりそうだ」

長兵衛は張り切った。

「こうなりゃ、夢の市郎兵衛も目じゃねえ。こっちにゃ柳生十兵衛と舫鬼九郎の二人がついている。江戸は全部おいらたちのもんさ」

「どうかな。どうやら私と十兵衛どのは生まれつき災いを引き寄せる星の下にあるようだ。苦労をするのはおぬしたちかも知れぬ」

九郎は言った。今度の一件とて偶然の出会いから生じている。

「それでも悔いがないと言うのなら」

「その先は野暮ですぜ」

長兵衛は九郎を遮《さえぎ》った。

「口約束なんざ女郎のするこった」

長兵衛の目を見詰めて九郎は頷いた。

十兵衛は笑うと九郎を促した。

九郎も闇に力強く足を踏み出した。

文春文庫版あとがき

こういう物語が性に合っている、と自作なのに熱中して読んでしまった。今回の再文庫化に当たり書架から取り出して実に十何年ぶりかで頁を捲ったのである。自分が書いたものだから登場人物や大まかなあらすじはもちろん承知している。しかし細かな展開や剣戟の描写などは忘れている。恐らくあちらこちらで未熟な自分と対面することになるだろうと覚悟しつつの再読だった。

なにしろこの作品は私にとって初めての娯楽時代小説であったのだ。時代もの、という括りであれば、この小説とほぼ同時期に『火城』という幕末期における佐賀藩の佐野常民を主人公とする物語を書き始め、その三年くらい前からは『総門谷R』で平安時代を舞台に選んでいたものの、『火城』は純然たる歴史小説で、『総門谷R』は伝奇SF。単に時代を過去としているだけで、私にすれば娯楽時代小説という認識は少しもなかった。娯楽時代小説と言えばやはり柴田錬三郎さんの眠狂四郎、山田風太郎さんの忍法もの、はたまた都筑道夫センセーのなめくじ長屋等々であろう。ひたすらに面白さだけを追求する、まさにエンタメの王道だ。デビュー当初から、せっかく物書きになれたからには、いつかは、と望んでいたものの、それにはまだまだ人生経験が足りないと自覚していた。悩みや苦しみ、そして怒りや恐れは書き手が未熟であってもなんとか物語として成立させることが可能だ。いや、未熟であればこそそういう素の感情が逆にリアリティを生み出す原動力になり得る。とんでもない例えとなるが、この作品にも登場させている沢庵がもし物語を書くとしたら恋愛ものとか怪異談は断じて手掛けないはずだ。僧侶である身にはもはや興味を持てない素材であろう。悩みや苦しみとも無縁。残るはただ一つ、安楽庵策伝の『醒睡笑』のごとく、厳しい現実を読者に忘れさせるようなホラ話。すなわち娯楽小説となる。

もし私が書けるとしたなら、最低でも五十歳前後、と考えていた。その頃にはきっと大概の欲と無縁になっているだろうし、幽霊もたぶん怖くはなくなっている。怒りや妬みの気持ちも薄れていよう。多少は人生経験も豊富になっている上、自己主張する気概もない。ただただ読者を楽しませたいという心境になっているに違いない。

けれど――

担当編集者の懇願に屈する形でこの作品をスタートさせたのは四十四歳のときだった。私はもともと浮世絵研究者であったので江戸の歴史にある程度以上詳しいはずだ、と盛んに持ち上げられてのことだが、私の方にも、そろそろいいか、という思いが強まっていた。物書きとなってすでに八年が過ぎ、著作も三十冊を楽々と越えていた。物書きにとって一冊の作品の執筆は苦難続きの大冒険旅行に匹敵するものだ。それを三十回以上も果たしたのだから、人生経験も豊富になっている。当時は雑誌連載を何本も抱え、自宅に籠もりきりの毎日だったので欲も薄れている。心にあるのは、読者に喜んで貰いたいという気持ち一つ。まさに頃合いではないか。

そして、その熱気と勢いが、この作品の随所に込められている。

なんだか自画自賛となっているけれど、驚いたのはかく言う私なのである。

私はこの作品を契機に歴史小説と娯楽時代小説に軸を傾けるようになった。それにはこの作品の刊行直後にNHKから大河ドラマ原作執筆の依頼を受けたという背景もあるのだが、それ以降、この鬼九郎のシリーズを筆頭に、完四郎シリーズ、だましゑシリーズ等々、二十五年にわたり数多くの娯楽時代小説を手掛けてきた。私にすればその第一作という意味合いは大きくても、さすがに未熟さが目立つ作品だろうとどこかで思い込んでいた。だから読み返すことに躊躇があったのだ。

この文章のはじめの部分に記した「覚悟の再読」とはそのことだ。もしこの作品が今現在書いている物語より面白ければ、これまでの二十五年の努力が無駄となる。

ああ、それなのに――という複雑な心境とはこのことだ。ここまで登場人物すべてに歴史上の有名人を揃え、ここまで派手な剣戟の連続、ここまで目くるめく筋立ての展開をさせたものはない。波瀾万丈、荒唐無稽、百花繚乱。楽しんで貰うことしか頭にない脳天気な無茶苦茶ぶりに呆れてしまった。

今思えば、自分でもこの作品が気に入り、それが娯楽時代小説に自身がのめり込んでいく切っ掛けとなったのに違いない。
鬼九郎のシリーズは四部で完結させたが、なんだか続きが書きたくなった。
私にとっての娯楽時代小説の原点であると同時に、この元気さが自分でも羨ましい。

二〇一七年三月

高橋克彦

文春文庫

舫《もやい》 鬼《おに》 九《く》 郎《ろう》

定価はカバーに
表示してあります

2017年5月10日　第1刷

著　者　高《たか》橋《はし》克《かつ》彦《ひこ》
発行者　飯窪成幸
発行所　株式会社 文藝春秋

東京都千代田区紀尾井町 3-23　〒102-8008
TEL 03・3265・1211
文藝春秋ホームページ　http://www.bunshun.co.jp

落丁、乱丁本は、お手数ですが小社製作部宛お送り下さい。送料小社負担でお取替致します。

印刷製本・凸版印刷

Printed in Japan
ISBN978-4-16-790852-2